一笑

古龍自署

國際學術研討會

古龍武俠小說 領先時代半世紀

【記者賴素鈴／報導】江湖代有才人出，這廂古龍凋零二十載，那廂今朝懸賞百萬獎新秀，浪淘不盡，唯有武俠熱愛，不隨時間變易，在學術研討會上更見分明。以「一代鬼才：古龍與武俠小說」爲主題，淡江大學第九屆文學與美學國際學術研討會昨起在國家圖書館，展開爲期兩天的議程，紀念武俠小說家古龍逝世二十周年，新生代學者與古龍故舊齊聚一堂，以文論劍話武俠。

日前與淡大中文系教授林保淳共同發表《台灣武俠小說發展史》，武俠小說評論家葉洪生昨天在專題演講中，直批胡適1959年底發表「武俠小說下流論」是「胡說」，學界泰斗的不當發言以及隨即展開的「暴雨專案」，反而促成1960年起台灣武俠新秀的繁興，「武俠小說迷人的地方，恰恰在門道之上。」，葉洪生認定，武俠小說審美四原則在文筆、意構、雜學、原創性，他強調：「武俠小說，是一種『上流美』。」

集多年心血完成《台灣武俠小說發展史》，葉洪生認爲他已爲從十歲起迷上武俠小說的半世紀畫上完美句點，並且宣布他「以後決心退出武俠論壇，封劍退隱江湖」。

雖然葉洪生回顧武俠小說名家此起彼落，套太史公名言「固一世之雄也，而今安在哉？」，認爲這是值得深思的嚴肅課題，昨天意外現身研討會而備受矚目的溫世禮，則爲了紀念同是武俠迷的哥哥溫世仁，推出第一屆「溫世仁武俠小說百萬大賞」，即日起至今年10月3日截止收件，經兩階段評選後於明年12月7日公布首獎得主，預料將會是一場武林新秀的龍虎爭霸戰。

看明日誰領風騷？風雲時代出版社發行人陳曉林眼中的古龍，其實領先他的時代半世紀，以致如今雖然古龍逝世20年，陳曉林認爲大家對古龍的了解仍然有限，預言未來世代更能和古龍的後設風格共鳴。

昨天這場研討會，也凸顯武俠小說作爲一項文學研究門類，仍有待開發學習空間。多位與會者都指出，武俠小說的發表、出版方式和管道具考證難度，學術理論與論文格式的建立待加強。而武俠名家的版權之爭、市場競爭力，也增加出版推廣困難，古龍武俠小說的版權糾紛、司馬翎作品的版權官司也成爲研討會的場外話題。

武俠小說

第九屆文學與美

古龍兄為人慷慨豪邁、跌蕩自如，變化多端，文如其人，且復多奇氣，惜英年早逝。余與古兄當年交好，且喜讀其書，今既不見其人，又無新作可讀，深自嘆惜。

金庸

一九九六、十、十一、香港

絕代雙驕
(五)

古龍精品集⑩

絕代雙驕（五）

目錄

目錄

九七　胸有成竹

屠嬌嬌瞪眼道：「有什麼麻煩？」

白開心笑道：「別的麻煩也沒什麼，只不過，誰也弄不清你哪幾天是男的，哪天是女的，若是弄錯了時辰，豈非危險得很。」

李大嘴拊掌大笑道：「妙極妙極，想不到你這樣的俗人，也能說出那些妙不可言的話來，莫非是這些日子來，已漸漸受了我的感化。」

白開心道：「不錯，古人說得好！同氣相應，近朱者赤。這些日子來，小弟能和李兄這樣的風雅之士朝夕相處，說話自然也漸漸變得有味起來。」

這兩人本是天生的冤家對頭，雖然兩人都名列十大惡人，但見面的時候並不多，而一見面不是鬥口，就是鬥手。

白開心在江湖中的仇家也並不少，但他就爲了李大嘴，是以寧可在江湖中像野狗般東藏西躲，也不肯躲到惡人谷去。

他此刻竟忽然說出這種話來，李大嘴倒不禁怔住了。

屠嬌嬌笑道：「你們兩個混蛋鬧夠了麼？若是鬧夠了，就快回去吧！」

哈哈兒道：「不錯，杜老大只怕已在那邊等得急了，哈哈，你兩人總該知道，杜老大若是生起氣來，那就不是鬧著玩的了。」

白開心嘆了口氣，道：「想不到冷冰冰的杜老大，居然會對那小魚兒這樣好，還生怕小魚兒找不著，一定要留在那裡等。他若知道小魚兒永遠再也不會去了，一定傷心得很，咱們還是趕緊回去，好生安慰安慰他吧。」

李大嘴大笑道：「你以爲小魚兒真的已被江玉郎害死了麼？」

白開心瞪眼道：「你方才難道沒有聽見？」

李大嘴笑道：「你放心，江玉郎若能真的害死小魚兒，他就不是小壞蛋，是活神仙了。」

哈哈兒道：「只怕連活神仙都害不死小魚兒的，哈哈，我第一個放心得很。」

屠嬌嬌笑道：「小魚兒若是死了，我少不得也要掉兩滴眼淚的，又怎會如此開心？」

白開心道：「既是如此，你們爲什麼也要害他，故意留下那些標誌，騙他到那老鼠洞去，這豈非存心要他死在那大老鼠手上麼？」

屠嬌嬌笑道：「這只因咱們知道就算那大老鼠也弄不死他的。」

白開心冷笑道：「你只怕沒有這麼好的心吧？你只不過是怕他和燕南天勾結在一起，來害你們，所以就想借刀殺人，要他的命！」

李大嘴怒道：「你這張狗嘴，爲什麼永遠說不出人話來？」

白開心怒道：「老子說的難道你敢不承認？」

屠嬌嬌嘻嘻笑道：「咱們就算承認也沒關係，但我告訴你，就算他是被咱們害死的，我還是會爲他掉眼淚的……」

這時竟真的有一滴眼淚從樹上掉了下來，幸好他們已離開了這樹林子，誰也沒有注意。

鐵萍姑並沒有真的暈過去，只不過，在她這麼樣悲慘的處境下，她除了假裝暈過去之外，還有什麼更好的法子？他們說的每一句話，她都聽到了。

她再也未想到江玉郎對她竟完全都是虛情假意，更未想到江玉郎竟會如此地拋棄了她。

她的心早已碎了，只等他們走光之後，才忍不住放聲大哭起來，她恨不得現在立刻就能死去。

她自己也想不到自己怎會對這小畜牲如此多情。

這也許是因爲她在移花宮裡忍受的寂寞太久，壓制的情感太多，所以一旦發作，就不可收拾，她本來從不知流淚的滋味，但現在眼淚卻流個不停。

也不知過了多久，她忽然發覺又有雙眼睛在瞬也不瞬地瞧著她，但這雙眼並不如別人那麼貪婪，那麼可恨。

這雙眼非但美麗，而且明亮得就像是春天晚上升起的第一顆星，叫人見了，幾乎忍不住要向她朝拜下去。鐵萍姑從來也沒有見到如此動人的眼睛。這雙眼睛的主人笑了。她柔聲笑道：「這位姑娘，你貴姓呀？」

鐵萍姑竟不由自主答道：「我姓鐵。」

鐵萍姑瞧著她那絕世的風姿，瞧著她身上那華美的衣衫，想到自己狼狽的模樣，忍不住閉起眼睛，眼淚又落了下來。

那少女柔聲道：「你一定很不願意在這樣子時見到我，但你也用不著難受，這世上的壞人實在太多，像我們這樣的女孩子，都免不了要受人欺負的，你若是知道，世上比你遭遇更悲慘的人還多得很，你也許就不會這麼樣難受了。」

鐵萍姑忍不住道：「世上難道真還有……還有比我更不幸的人？」

那少女道：「怎麼會沒有呢？你可知道，世上每一個城市裡，都有一些可憐的女孩子，被一些她素不相識，甚至是她們厭惡的人蹂躪，但她們還不能像你這樣盡情一哭，她們還得裝出笑臉，去討好那些蹂躪她們的人。」她的確很會安慰別人，只因她很瞭解人們的心。

鐵萍姑果然不再哭了，過了半晌，忍不住道：「你能不能將我救下去？我一定……一定重重謝你。」

那少女嘆了口氣，道：「你用不著謝我，我也很想救你的，只可惜我連梯子都爬不上，這麼高的樹，我簡直連瞧著都頭暈。」

鐵萍姑道：「你……你難道一點武功都不會？」

那少女笑道：「你好像很奇怪，是麼？其實這世上不會武功的人比會武功的人可多得多了，大多數正常的人都不會武功的。」

鐵萍姑長長嘆息了一聲，黯然道：「那麼你……你還是快走吧！」

那少女道：「我至少可以爲你做些事，你冷不冷？我在下面生堆火好麼？」

鐵萍姑方才又是羞惱，又是悲慘，又是害怕，竟忘了寒冷，現在才覺得全身都已冷得發抖，山風吹在她身上，就像是刀割一樣。

只見那少女果然拾了些枯枝，又自懷中取出個很精巧的火摺子，在樹下生起一堆火來。

那少女笑了笑，道：「我叫蘇櫻。」

「蘇櫻，你就是蘇櫻？」鐵萍姑又吃了一驚，忍不住失聲驚呼了出來。

鐵萍姑默然半晌，嗄聲道：「你到這裡來，是不是想找一個人？」

蘇櫻也有些驚訝了，道：「你怎麼會知道？難道你……你也認得我要找的那個人？」

鐵萍姑黯然道：「不錯，我認得他。」

蘇櫻嘆了口氣，苦笑道：「世上所有美麗的女孩子，好像都認得他，你說奇怪不奇怪？看來我競爭的對手倒不少哩。」

鐵萍姑道：「我不會和你競爭的，以後只怕也永遠沒有人和你競爭了。」

她一句話未說完，眼淚又落了下來。

蘇櫻臉上忽然變了顏色，失聲道：「你這句話是什麼意思？」

鐵萍姑流淚道：「他……他已被人害死了！」

蘇櫻全身的血液，像是一下子就結成了冰。

她木然怔了半晌，蘇櫻忽又笑了，大笑道：「你一定是弄錯了，小魚兒怎麼會被人害死？世上又有什麼人能害得死他？他不害死別人，已經很客氣了。」

鐵萍姑凄然道：「我本來也不信世上有人能害得了他的，但這次卻不能不信，因爲這次是我自己親眼瞧見的。」

蘇櫻全身都發抖了，顫聲道：「你親眼瞧見的？是……是誰害死了他？」

鐵萍姑道：「那人叫江玉郎，他將小魚兒推到那邊山壁上的洞裡去了，那山洞深不可測，何況小魚兒還中了毒……」

她話未說完，蘇櫻已向那邊山壁奔了過去。

這山壁筆立千尺，宛如刀削，那洞穴離她又至少有十丈，其間雖然也有可以落腳的地方，但輕功稍差的人也難躍上，何況絲毫不會武功的蘇櫻？平日比誰都鎮定的蘇櫻，此刻不禁也失常了。

她早已淚流滿面，跺著腳道：「我爲什麼不學武功？誰說武功是沒有用的……」

鐵萍姑道：「你能上得去麼？」

蘇櫻道：「無論如何，我也要想法子上去的，而且我一定有法子上去！」

她說這句話時，語聲忽然變得無比堅定，說完了這句話，她立刻就擦乾了眼淚，絕不再哭泣！

她就算要哭泣，也要等到以後，因爲她知道現在不是哭泣的時候，她知道眼淚並不能幫助她解決任何事。

鐵萍姑瞧見她的轉變，也看出她的決心，心裡不禁暗暗嘆息：「想不到這弱不禁風的女孩子，竟有這麼強的自信，這麼大的決心，而我呢？……」

胡藥師的運氣不錯。

他掉下去的這山洞，實在比他想像中還要深得多，這山洞外面最多只有十丈，裡面卻深了不止六倍。

從五十丈高的地方跌下去，就算這人的輕功已天下無雙，還是一樣難免要摔得四分五裂。

胡藥師自己也以爲自己是必死無疑的了！他還未來得及再轉第二個念頭，只聽「噗通」一聲，身子已跌入水中，這山洞底下，原來是一池水。

胡藥師先吃了一驚，但驚嚇立刻就變成了喜歡，他既沒有摔死，小魚兒自然更不會跌死了。

他想從水裡跳起來，但水卻不淺，竟一頭栽進水裡，喝了兩口又鹹又臭的水，幾乎嗆得他透不過氣來。

只聽小魚兒笑嘻嘻道：「我正覺得寂寞，有朋自天上掉下來，不亦悅乎。只可惜這裡沒有酒，也只好請你喝兩口臭水了。」

山洞裡雖然很暗，但總算有天光從那裡透進來。胡藥師揉了揉眼睛，已瞧見了小魚兒了。

只見小魚兒坐在旁邊一塊大石頭上，他肚子裡裝滿了無可救藥的女兒紅，又被人推到這插翅也難飛出的洞裡來，但他臉上居然還是笑嘻嘻，非但一點也不發愁，而且還像是開心得很。

胡藥師也游過去爬上石頭，忍不住問道：「你……你難道不發愁？」

小魚兒笑道：「發愁若能使我逃出去，我早就發愁了。」

胡藥師默然半晌，吃吃道：「那解藥浸了水之後，還能用麼？」

小魚兒道：「你放心，那解藥我藏得很妥當，水浸不透的。」

胡藥師咳嗽兩聲，乾笑道：「現在魚兒和在下同在危難之中，已可算是同病相憐的患難之交，魚兒現在總該將解藥贈給在下吃了。」

小魚兒道：「不可以。」

胡藥師道：「為……為什麼？」

小魚兒笑嘻嘻道：「我解藥不給你，你就會一直聽我的話，我將來就算養個兒子，也不會像你這樣乖的，有這樣乖的人在旁邊，豈非是件很令人愉快的事，我為什麼要將解藥給你呢？」

胡藥師苦著臉道：「但……但在下……」

小魚兒道：「你只管放心，你中的毒暫時絕不會發作的。」

他們說話的聲音自然很小，因為空谷傳音，山洞裡又有水，說話的聲音一大，外面立刻就會聽見的。

但他們卻未想到，外面說話的聲音，這裡竟也能聽得見。在外面的人，瞧見四野無人，更絕不會想到隔牆有耳，是以說話時自然也不會有什麼顧忌。

江玉郎在那裡向鐵萍姑花言巧語時，小魚兒聽得只是搖頭嘆氣，胡藥師幾次要說話，都被他攔住了。

忽聽鐵萍姑一聲驚呼，小魚兒正以為她不知被江玉郎怎麼欺負了，但這時卻已響起江玉郎的驚呼聲。

接著，他又聽到江玉郎、鐵萍姑和移花宮主說的那些話——聽到了這些話，小魚兒就像個石頭人似的怔住了。

他這時才知道鐵萍姑是移花宮的門下。

過了半晌，只聽小魚兒喃喃道：「原來鐵萍姑竟是移花宮門下，難怪她那天一見到花無缺，就悄悄溜走了！那麼『銅先生』和『木夫人』就一定是移花宮主改扮的了。這也難怪移花宮主要花無缺聽銅先生和木夫人的話，但移花宮主好生生的爲什麼要改扮成別人呢？」

他將前因後果，每件事都仔仔細細想了一遍，想得頭疼了起來，但卻愈想愈糊塗，愈想愈不明白。

想到名震天下，人人畏之如鬼的移花宮主，竟被他支得團團亂轉，甚至在廁所的外面等他大便，他又忍不住笑了出來。

突聽胡藥師笑道：「妙極妙極，移花宮主剛走，『十大惡人』又來了好幾個，我看江玉郎這小子以後也沒有什麼好日子過了。」

小魚兒這才回過神來，聽了半晌，展顏笑道：「來的是『不男不女』屠嬌嬌、『不吃人頭』李大嘴、『笑裡藏刀』哈哈兒，和『損人不利己』的白開心。」

胡藥師道：「你和他們很熟麼？」

小魚兒道：「天下只怕再也沒有比我跟他們再熟的人了。」

胡藥師精神一振，道：「那麼你現在爲何還不趕快要他們來救你？」

小魚兒笑道：「等一等，我還要聽聽他們究竟在搞什麼鬼。」

等到他們說出魏無牙的貴客就是江別鶴，小魚兒又是一驚，這才知道那天他重傷垂死時，無牙洞裡來的人就是江別鶴，若非江別鶴到了，蘇櫻還未必能將他救走，想到這裡，小魚兒不禁又笑了。只聽胡藥師又道：「奇怪，他們爲何要將幾口箱子看得如此重要呢？」

小魚兒笑道：「少年戒之在鬥，老年戒之在貪，一個人年紀愈大，對錢財也就看得愈重，竟似乎已忘記人若死了，是連一文錢也帶不走的。」

胡藥師道：「但他們要的只是幾口箱子呀。」

小魚兒微笑著，不再說話了，但眼睛裡卻發出了光，過了半晌就聽得屠嬌嬌他們說起他了。

聽到那些標誌果然是他們設下來騙他的陷阱，小魚兒臉色不禁又變了，默然半晌，搖頭苦笑道：「想不到竟不出蘇櫻所料，連你們都想要我的命，但你們可知道，我早已知道燕大叔的秘密了麼，我並沒有想要你們的命呀！」

他嘆了幾口氣，忽又開心起來，笑道：「只不過一個人死了後，若能賺得屠嬌嬌幾滴眼淚，也真算不容易了。」

小魚兒最大的本事，就是無論在多麼惡劣的情況下，他都有法子讓自己變得開心起來。

胡藥師卻再也沒有這樣的本事，他現在自然也已知道小魚兒是不會要屠嬌嬌他們出手相救了。

胡藥師愁眉苦臉地怔在那裡，再也打不起精神來。

小魚兒卻拍了拍他肩頭，笑道：「你放心，就算他們不來救我，也有人會來救我的。」

胡藥師還想再問，這時外面卻已傳來蘇櫻說話的聲音。

聽到後來，胡藥師忍不住嘆了口氣，道：「蘇姑娘對魚兄你當真是情深一往，有這麼樣的佳人垂青，魚兄你的福氣實在不錯。」

小魚兒竟也嘆了口氣道：「你若覺得這是福氣，我就轉讓給你吧。」

胡藥師只有笑了笑，過了半晌，忍不住又道：「但在下實在想不出她有什麼法子？」

小魚兒笑道：「你若能想得出她的法子，也就不會像現在這麼樣倒楣了。」

突聽鐵萍姑大聲呼道：「蘇姑娘，這石壁滑不留足，你爬不上去的。」

聽她的語聲，似乎很爲蘇櫻著急，顯見得蘇櫻一定爬得很狼狽、很艱苦，小魚兒也不禁嘆息道：「她那雙腳一定又白又嫩，若被割破了，倒可惜得很。」

胡藥師也嘆道：「看她的模樣那麼嬌弱，倒真想不到她有這麼大的決心。」

小魚兒道：「但像她那樣的聰明人，竟會用這麼笨的法子，卻叫我失望得很。」

這時外面根本聽不見蘇櫻的聲音，鐵萍姑卻不時發出一聲驚呼，顯見得蘇櫻的處境必定真是危險得隨時都可能跌下去的。

胡藥師微笑道：「一個女子若對男人有了情意，根本就不必有什麼理由。而且，女人們的理由，男人根本永遠也不會明白的。」

小魚兒嘆道：「不錯，只要碰見女人，我也只有自認倒楣的！」

突聽鐵萍姑一聲歡呼，又聽得蘇櫻大聲道：「小魚兒，我來找你了，你聽得見我說話麼？」

這語聲竟已是從上面洞口發出來的。空谷迴應，小魚兒非但能聽得到，而且耳朵都快要被震破了。胡藥師剛想說什麼，小魚兒已將他的嘴掩住，悄聲道：「你千萬不能回答她，否則她說不定會跳下來的。」

只見蘇櫻的臉，已在洞口露了出來，只不過洞太深，洞裡的光線又太暗，所以小魚兒雖能看到她，她卻看不到小魚兒。

小魚兒甚至可以看到她的臉已被劃破了，滿臉濕淋淋的，也不知是汗水，還是眼淚。

蘇櫻嘶聲道：「小魚兒，你爲什麼不回答我的話？你……你怎會這麼樣沒用，連江玉郎那樣的小畜牲都能害得死你，豈非丟人丟到家了。」

小魚兒附在胡藥師耳畔悄聲笑道：「她這是在用激將法，想要我說話，我就偏偏不上她這個當。」

蘇櫻又呼道：「我辛辛苦苦救了你，你就這樣糊裡糊塗地死了，你怎麼對得起我，你、你簡直太令我失望了。」

小魚兒還是不說話。這次蘇櫻也說不出什麼了，忍不住放聲大哭起來。胡藥師平日看她一舉一動，風姿都那般優美，無論遇著什麼事，神情都那樣鎮定，再也想不到她也會像這麼樣號啕大哭，哭得就像孩子一樣。

只聽鐵萍姑道：「你自己方才還說過，世上遭遇比我們更悲慘的人，還多得很，連我都不再哭了，你又何必哭呢？」

蘇櫻痛哭著道：「你放心，我哭過這一次，以後就不再哭了，所以這次我一定要痛痛快快的哭一場，你也用不著再勸我。」

也不知過了多久，蘇櫻的哭聲非但沒有停止，反而愈哭愈傷心，竟真的像是要將所有的眼淚都在這一次哭出來。鐵萍姑哽聲道：「求求你，莫要再哭了好麼，你若再哭，我……我也……」話未說完，她自己也已失聲哭了出來。

蘇櫻卻忽然不哭了，道：「你我萍水相逢，總算還很投緣，我希望你以後能想法子用石塊將這山洞塡滿，免得有別人再來打擾我們。」

鐵萍姑道：「你……你怎麼能死呢？據我所知，你和小魚兒又沒有什麼山盟海誓，你爲什麼要爲他死？」

蘇櫻淡淡道：「我並不覺得要爲他死，我只覺得活著沒什麼意思了。」

胡藥師動容道：「魚兒，到了這地步，你還不說話麼？」

小魚兒嘆道：「你以爲她真會死麼？她這只不過是嚇嚇人的。你難道不知道，女人最大的本事，就是一哭二鬧三上吊。」

胡藥師道：「但是她……」

話未說完，突聽鐵萍姑一聲驚呼。蘇櫻已從上面墜了下來。

九八　生死兩難

小魚兒這才真的吃了一驚，用了全力，一躍而起，想凌空抱起蘇櫻的身子，但蘇櫻下墜之勢卻實在太猛，小魚兒武功縱已非昔比，還是接不住的，只聽「噗通」一聲，兩個人同時掉在水裡。

水花濺起，過了半晌，才瞧見小魚兒濕淋淋地從水裡鑽了出來，抱著蘇櫻，跳到石頭上。

胡藥師忍不住微笑道：「她並不是故意說來嚇嚇人的，是麼？」

小魚兒嘆了口氣，苦笑道：「這丫頭倒真和別的女人有些不同，我簡直忍不住要開始懷疑她究竟是不是女人了。」

他本以爲蘇櫻這下子必定早已嚇得暈了過去。誰知「這丫頭」的身子雖比春天的桃花還單薄，神經卻堅韌得像是雪地裡的老竹子，此刻非但沒有暈過去，而且還像是覺得很舒服、很有趣的樣子，正瞪著一雙大眼睛，在瞬也不瞬地瞧著小魚兒。

小魚兒怔了怔，忽然一鬆手，將蘇櫻拋在石頭上，大聲道：「我問你，你這究竟是什麼意思？我和你根本連狗屁關係都沒有，你爲什麼要爲我死？難道你要我感激你？一輩子做你的奴隸？」

蘇櫻悠悠道：「我也不想要你做我的奴隸，我只不過想要你做我的丈夫而已。」

小魚兒又怔了怔，指著蘇櫻向胡藥師道：「你聽見沒有？這丫頭的話你聽見沒有？臉皮這麼厚的女人，你只怕還沒有瞧見過吧？」

蘇櫻笑道：「無論如何，他現在總算瞧見了，總算眼福不錯。」

小魚兒瞪著眼瞧了她很久，忽然嘆了口氣，搖頭道：「我問你，你為了一個男人要死要活，這男人卻一見了你就頭疼，你難道竟一點也不覺得難受麼？」

蘇櫻嫣然道：「我為什麼要難受？我知道你嘴裡雖然在叫頭疼，心裡卻一定歡喜得很，你若一點也不關心我，方才為什麼要跳起來去抱我呢？」

小魚兒冷冷道：「就算是一條狗掉下來，我也會去接牠一把的。」

蘇櫻笑道：「我知道你故意說出這些惡毒刻薄的話，故意作出這種冷酷兇毒的模樣來，只不過是心裡害怕而已，所以我絕不會生氣的。」

小魚兒瞪眼道：「我害怕？我怕什麼？」

蘇櫻悠悠道：「你生怕我以後會壓倒你，更怕自己以後會愛我愛得發瘋，所以就故意作出這種樣子來保護自己，只因為你拚命想叫別人認為你是個無情無義的人，但你若真的無情無義，也就不會這麼樣做了。」

小魚兒跳起來道：「放屁放屁，簡直是放屁。」

蘇櫻笑道：「一個人若被人說破心事，總難免會生氣的，你雖罵我，我也不怪你。」

小魚兒瞪眼瞧著她，又瞧了半晌，喃喃道：「老天呀，老天呀！你怎麼讓我遇見這樣的女人。」他嘴裡說著話，忽然一個觔斗跳入水裡，打著自己的頭道：「完蛋了，完蛋了，我簡直完蛋了，一個男人若遇見如此自作多情的女人，他只有剃光了頭做和尚去。」

蘇櫻笑道：「那麼這世上就又要多了個酒肉和尚，和一個酒肉尼姑了。」

小魚兒也不禁怔了怔，道：「酒肉尼姑？」

蘇櫻道：「你做了和尚，我自然只有去做尼姑。我做了尼姑，自然一定是酒肉尼姑，難道只許有酒肉和尚，就不許有酒肉尼姑麼？」小魚兒呻吟一聲，連頭都鑽到水裡去。

胡藥師瞧得幾乎笑破肚子，暗道：「這小魚兒平時說話簡直可以將人氣死，不想今日也遇著剋星了，這位蘇姑娘可真是聰明絕頂，早已算準一個女人若想要小魚兒這樣的男人對她服貼，只有用這種以毒攻毒的法子。」

只見小魚兒頭埋在水裡，到現在還不肯露出來，他似乎寧可被悶死，也不願被蘇櫻氣死。

蘇櫻也不理他，卻問胡藥師道：「你現在總該已看出來，他是喜歡我的吧！」

胡藥師只有含含糊糊「嗯」了一聲。

蘇櫻笑道：「你想，他若不喜歡我，又怎麼將頭藏在我的洗腳水裡，也不嫌臭呢？」

話未說完，小魚兒已一根箭似的從水裡竄了出來。

此刻水已愈漲愈高，只有這邊一塊石頭還在水面上，蘇櫻就坐在這石頭中間，小魚兒若不坐到她身旁，只有再跳下水去。

小魚兒只有坐到她身旁，蘇櫻笑著問道：「你不是天下第一聰明人麼？又怎會上了江玉郎的當呢？」

小魚兒道：「我高興，我就喜歡上他的當，你管得著麼？」

蘇櫻柔聲道：「我知道你絕不會上他的當，你只不過是故意逗著他玩的，是麼？」

她的確聰明得很，知道自己現在已將小魚兒氣夠了，若再不適可而止，只怕小魚兒就要真的惱羞成怒，那就反而弄巧成拙了，是以語鋒一變，忽然變得說不出的溫柔。

小魚兒冷冷道：「你用不著拍我馬屁，這次我的確是上了他的當，一個人偶爾上一次當，也算不了什麼。」

蘇櫻知道他火氣已漸漸平了，但現在最好還是不要惹他，她不等小魚兒說話，就轉向胡藥師道：「這件事你一定知道的，你告訴我吧。」

胡藥師咳嗽一聲，道：「這件事要從花無缺說起，他……」

他說到「女兒紅」時，蘇櫻忍不住失聲道：「他難道真將那棵『女兒紅』吃了下去？」

胡藥師嘆道：「真吃了下去，就因爲他吃了這毒草，所以才認爲江玉郎不會再害他，所以才會被推下這裡。」

蘇櫻道：「原來他這只不過是爲了救花無缺，才願這麼樣做的，一個人能爲了救朋友而犧牲自己，實在是了不起，了不起……」

她說著說著，身子忽然發起抖來，終於嘶聲道：「但你難道就沒有想到，花無缺也許早已自己走了，江玉郎只不過是在以謊話來要脅你？」

小魚兒道：「我自然想到了。」

蘇櫻顫聲道：「但你可知道這『女兒紅』的毒性若是發作起來，簡直比死還難受。」

小魚兒瞧見她著急，就再也不生氣了，笑嘻嘻道：「我日子過得實在太開心了，有人能讓我難受難受，倒也不錯。」

蘇櫻瞪大了眼睛瞧著他，道：「你……你難道一點也不著急？」

小魚兒笑道：「已經有你在替我著急了，我自己何必再著急呢？」

蘇櫻怔了半晌，嘆道：「人人都算準你要上當時，你偏偏不上當，人人都想不到你會上當時，你反而上當了，我有時實在猜不透你這人究竟在打什麼主意？」

小魚兒蹺起了腿，大笑道：「我打的主意，就是要別人都猜不透我，一個人做的事若都已在別人意料之中，他活著豈非也和死了差不多？」

蘇櫻苦笑道：「不錯，你死的時候，一定有很多人會大吃一驚的，只可惜那時你自己已瞧不見了。」

小魚兒笑嘻嘻道：「那倒不見得，說不定那時我正在棺材裡偷看哩。」

蘇櫻跳下去時，鐵萍姑也暈了過去。

這幾天來，她吃的苦實在太多，身子實在衰弱不堪，再也受不了任何刺激。

暈暈迷迷中，她彷彿聽到那山洞裡有人語聲傳出來，但她也不能確定，她對自己已無信心。

她想起了移花宮中，那一連串平淡的歲月，那時她雖然認為日子過得太空虛、太寂寞，但現在……現在她就算想再過一天那樣的日子，也求之不得了。

她又想起了和小魚兒在那山洞裡所度過的兩天，在那黑暗的山洞裡，沒有食物，沒有水，甚至連希望都沒有。她的肉體雖在忍受著非人所能忍受的折磨，精神卻是愉快的，只要小魚兒握住她的手，任何痛苦都像是變成了甜蜜。

當然，她也想起了江玉郎，江玉郎雖然可惡，雖然可恨，但卻也有可愛的時候，尤其令人忘不了的，就是他那溫柔的撫摸，輕柔的蜜語。

有了這麼多愛和恨糾纏在心頭，想死又怎會容易？鐵萍姑滿面淚痕，連這麼大的風都吹不乾了。她遙望著蘇櫻方才跳下去的洞窟，淒然道：「為什麼她能死得那麼容易，而我就不能呢？我為什麼不能有她那樣的決心？她不是比我有更多理由活下去？」

鐵萍姑伸出舌頭，用力咬了下去。

鐵萍姑沒有死，卻忽然暈了過去。等她醒過來時，她第一眼就瞧見了那猙獰可怕的青銅面具。

邀月宮主也正在冷冷地瞧著她，那冷漠的目光，實在比那猙獰的面具更可怕，但最可怕的，還是她說的話。只聽邀月宮主道：「你那男人已走了麼？」

鐵萍姑垂首道：「是。」

邀月宮主道：「但他卻沒有救你。」

這兩句話實在像兩枝箭，刺穿了鐵萍姑的心，她雖然永遠也不想再提起這件事，卻又不敢不回答。她只有強忍住眼淚道：「他……他不敢救我。」

邀月宮主冷笑道：「他既然敢逃走，爲什麼不敢救你？」

鐵萍姑終於忍不住又流下淚來。

邀月宮主道：「你用不著流淚，這是你自作自受，你早該知道男人沒有一個好東西，爲什麼還要上他們的當？」

鐵萍姑忽然大聲道：「男人也並非沒有好的，有的人做事雖然古怪，但心地卻善良得很。」

邀月宮主道：「你說的是誰？」

鐵萍姑道：「我說的就是江小魚。」

邀月宮主冷漠的目光忽然像火一般燃燒起來，反手一掌摑在她臉上，嘶聲道：「你可知道姓江的沒有一個是好東西，江小魚更和他不要臉的爹娘一樣。」

鐵萍姑道：「我只知道他又善良，又可愛……」

邀月宮主怒喝道：「你再說他一個字，我就立刻殺了你！」

鐵萍姑道：「你可以封住我的嘴，不讓我說話，但卻沒法子讓我不想他。他現在已死了，你若殺了我，我反而立刻就可以去會見他，這也是你阻攔不住的。」

邀月宮主身子忽然劇烈地顫抖起來，只因她又想起了江楓和花月奴臨死的情況，花月奴臨死前說的話，正也好像鐵萍姑現在說的一樣。她卻不知道鐵萍姑說這些話，只不過是爲了要激怒於她，鐵萍姑自然知道移花宮對叛徒的處置多麼殘酷，自從花月奴的事件發生後，邀月宮主的心腸已變得比任何人都殘酷、毒辣。鐵萍姑現在所求的，只不過是速死而已。更令邀月宮主憤怒的是，小魚兒竟已死在別人手裡，她十多年來所費的心血竟完全白費了。只因這二十年來，花月奴臨死前所說的話、江楓臨死的表情，仍都像烈火般鮮明，時時刻刻都在燃燒著她的靈魂。

這痛苦簡直已將令她發瘋了，她還是拚命忍受著，只因她知道總有一天，江楓的兩個兒子會落入她一手造成的悲慘命運。

她幻想著花無缺親手殺死小魚兒後的情況，她也不知想過多少次，只有在想著這件事時，她的痛苦才會減輕。但現在，小魚兒竟已死在別人手裡！

鐵萍姑雖然瞧不見她的臉色，但她從來也沒有見過一個人的目光竟會變得如此可怕，只見她竟似再也站不住了，斜斜地倚在樹幹上，過了半晌，目中竟似泛起了淚光，鐵萍姑連做夢也沒有想到過。她爲的是什麼？

又過了半晌，只聽邀月宮主緩緩道：「小魚兒真的死了麼？」鐵萍姑點了點頭。

她遙望著遠處的目光忽然向鐵萍姑瞧了過來，鐵萍姑竟忍不住機伶伶打了個寒噤，道：「但……但殺死他的人，並不是我。」

邀月宮主道：「不錯，你並沒有殺他，但若不是你將他帶走，他又怎會死在別人手裡？」

鐵萍姑嗄聲道：「我知道我錯了，你殺了我吧。」

邀月宮主一字字道：「我要你也忍受二十年的痛苦，從今以後，每天我都會很小心地將你身上的肉割下一片來，現在我就要先挖出你的眼睛，讓你什麼也瞧不見，先割下你半截舌頭，叫你什麼也說不出。」

鐵萍姑自然知道這不是嚇人的，移花宮主若要人受二十年的罪，那就絕不會少一天。

就在這時，突聽山谷間響起了一片大笑聲！

九九　水落石出

「想不到小魚兒竟有這麼大的本事，他死了後，竟連移花宮主都會爲他傷心。」

笑聲自四面八方一起響起，就連邀月宮主都辨不出他的人在哪裡。

但她的神情反而立刻鎮定下來，沉聲道：「是什麼人敢在此胡言亂語？」

那人卻大笑道：「你連我的聲音都聽不出了麼？你莫非已忘記了，我在大便時，你還在門口聞過我的臭氣哩！」

邀月宮主身子一震，道：「你就是小魚兒？你沒有死？你在哪裡？」

小魚兒笑道：「我就在你面前，你都瞧不見我麼？」

邀月宮主目光一轉，道：「你可是在這山腹中？」

小魚兒道：「我就是出不來，所以才只好在這裡等你來救我，我算準了你一定會救我的，是麼？」

邀月宮主又深深呼吸了兩次，道：「不錯，我一定會將你救出來的。」

小魚兒道：「但你若不立刻放了鐵萍姑，我就情願死在這裡。」

邀月宮主怔了怔，怒道：「你敢？」

小魚兒道：「我爲什麼不敢？我現在想活就活，想死就死，移花宮主就算有通天的本事，可也拿我沒法子，是麼？」

邀月宮主又被氣得發起抖來。

小魚兒道：「現在，我和花無缺的約會已經到時候了，你總不願意我就這樣死了吧？」

邀月宮主跺了跺腳，道：「好，我放了她，絕不傷她毫髮就是！」

小魚兒道：「我死了之後，你再殺她我也沒法子，但我活著的時候，總要瞧著她也舒舒服服地活著才能放心。」

邀月宮主怒道：「你究竟要怎樣？」

小魚兒道：「這山洞雖深，但下面都是水，無論誰跳下來，都絕不會摔死。」

他話還未說完，邀月宮主已提起鐵萍姑拋了出去。

她隨手一拋，竟已將鐵萍姑的身子拋出十餘丈，不偏不倚，拋入那洞窟，看來竟比童子拋球還容易。

過了半晌，只聽「噗通」一聲。

又聽得小魚兒大笑道：「妙極妙極，想不到不可一世的移花宮主，竟是個呆子，你現在已將她交給了我，我更用不著聽你的話了，是麼？」

邀月宮主又驚又怒，竟氣得說不出話來。

小魚兒道：「現在花無缺又不在這裡，我就算出來了，又有什麼用？你見到我就生氣，我瞧見你也不舒服，倒不如在這裡還落得個眼不見為淨。」

邀月宮主道：「但三月之期已經到了。」

小魚兒道：「不錯，約會的時候到了，所以你快去將花無缺找來吧，我在這裡等你。」

邀月宮主道：「你在這裡等？」

小魚兒道：「這山洞就像是個大酒罐子，就是你掉下來，也休想逃得出去的，你還有什麼不放心麼？」

他大笑著接道：「何況，就算你不放心也沒法子，現在只有我才是當家的，我若不想出去，就算十個移花宮主，也沒法子請我出去的。」

移花宮主竟真的無法可施，過了半晌，道：「花無缺是不是也已到了這裡？」

小魚兒笑道：「不錯，他已到了這裡，只不過這山上的老鼠洞很多，你一時片刻也未必找得著他，若是找的時候太久，我只怕就要被餓死了，所以，你最好還是先弄些東西給我吃，我的口味，你是知道的，是麼？」

邀月宮主道：「不錯，我是知道的。」

她聲音都氣得變了，忽然一掌拍出，只聽「喀嚓」一聲，那株合圍巨樹，已被她一掌拍斷。

山腹裡的水，漲得更高了，露出水面的石頭，已比一張圓桌大不了多少，小魚兒、胡藥師、蘇櫻和鐵萍姑，四個人只好都擠在這塊石頭上。

外面的樹被邀月宮主拍斷，小魚兒笑得更開心，但除了他之外，每個人都是心事重重，誰也笑不出來。

鐵萍姑瞟了小魚兒一眼，吶吶對蘇櫻道：「我……我說我對他……對他很好，那只不過是故意氣移花宮主的，其實我……」

蘇櫻大笑道：「你用不著再解釋了，我又不是醋罐子，何況對小魚兒好的人又不止你一個，你就算對他好也沒關係。」

她嘴裡雖然說「沒關係」，但話裡酸味，誰都可以嗅得出來，小魚兒眨了眨眼睛也大笑道：「你對我好，我對你也不錯呀，若不是爲了你，我現在多多少少也可以聽出一些有關移花宮主的秘密了。」

鐵萍姑臉紅得連頭也不敢抬起。

蘇櫻又覺得有些不忍了，打著岔道：「移花宮主又有什麼秘密？」

小魚兒道：「我想知道她和我們家究竟有什麼仇恨，她既然將姓江的恨之入骨，爲什麼又偏偏不肯自己動手，而且還要扮成什麼見鬼的『銅先生』，逼著要花無缺來殺我，她不但騙了我，而且對她自己的徒弟也鬼鬼祟祟的，到現在爲止，花無缺只怕還不知道銅先生就是他的師父。」

蘇櫻想了想，苦笑道：「這些事的確奇怪，而且簡直毫無道理。」

小魚兒嘆了口氣，道：「這其中的道理，也許只有她們姐妹兩人自己知道，但看來我只要活著，她們是絕不會說出來。」

蘇櫻微笑道：「也許你就是要移花宮主認爲你已經死了，所以才故意讓江玉郎將你推下來，也許你自己知道這洞裡都是水，是跌不死的。」

小魚兒道：「我怎會知道洞裡有水？」

蘇櫻笑道：「那時太陽還未下山，也許正好有一線日光照進來，反映出下面的水光。」

小魚兒笑道：「就算是這樣，但我總也該知道，這麼深的洞，一掉下來就出不去了的。」

「你自然有法子的，而且法子還不止一個。」蘇櫻抿嘴一笑，又道：「外面說話的聲音，洞裡既然聽得很清楚，外面有什麼人走過，你一定也知道的，那麼，你又不是啞巴，爲什麼不能叫人救你？」

胡藥師怔了怔，道：「但……但那時候他並不知道這山洞是可以傳聲的。」

蘇櫻道：「你也許不知道，但他從小在山谷中長大的，對這件事自然知道得很清楚。」

胡藥師嘆道：「如此說來，在下實在是孤陋寡聞得很了。」

蘇櫻道：「但這法子卻有個漏洞。這裡山勢荒僻，萬一沒有人走過，他豈非就要被困死在這裡？萬一走過的不是他的朋友，而且是他的仇人，他又怎敢呼救？」

胡藥師摸著頭道：「是呀，萬一沒有人走過，萬一走過的都是他仇人，那又怎麼辦呢？」

蘇櫻道：「所以他還有第二個法子。」

蘇櫻又道：「你莫忘了，這座山就在長江口，這山腹裡的水，就是江水，江水有潮汐漲落，潮漲的時候，這裡的水也跟著漲，潮落的時候，這裡的水也跟著退了。」

胡藥師瞪著眼呆了半晌，苦笑道：「不錯，這道理在下本來也該想得出的。」

蘇櫻道：「江水既然能流到這裡來，那麼這地方必定就有個出口直通長江，只要等到潮水退下去的時候，就可以找到這出口……」

她微微一笑，這才轉過頭向小魚兒一笑，道：「我說的法子對不對呀？」

小魚兒冷冷道：「你以為你很聰明麼？真正聰明的女人都知道，她無論和哪個男人說話時，懂得的事都該比那男人少一些，你的毛病就是懂的實在太多了，這麼樣的女人，大多數男人都不敢領教。」

蘇櫻嫣然道：「但你卻並不是大多數男人，像你這樣的人，天下只有一個……何況，這些道理你也知道的，我懂得還是比你少一些。」

小魚兒忍不住大笑起來，笑了半晌，又嘆了口氣，喃喃道：「如此看來，我遲早總有一天要被這丫頭迷上的。」

就在這時，忽然間又有樣東西從上面直落了下來，胡藥師和鐵萍姑都吃了一驚，小魚兒卻微笑道：「移花宮主，果然聽話，已將咱們的晚飯送來了。」

邀月宮主送來的東西可真不少，滿滿地塞了一大包，小魚兒一面吃著，一面已發覺山腹中的水在開始往下退了。

水還沒有退完，胡藥師已跳了下去，四面尋找著出口。小魚兒卻往石頭上一躺，竟真的呼呼大睡起來。

蘇櫻輕輕摸著他漆黑的頭髮，幽幽道：「他實在累了，這幾天來，他吃的苦實在不少。」她回頭向鐵萍姑一笑，道：「若是換了別人，吃了他這麼多苦，受了他這麼多打擊，縱然不意志消沉，也一定會怨天尤人的，但是你看他，他竟像是一點也不放在心上。這樣的男人，你又怎麼能怪我喜歡他。」

鐵萍姑笑了笑，眼淚卻已快流了出來，蘇櫻可以爲自己愛上的男人而驕傲，但是她呢？她的男人帶給她的，卻只有羞侮和不幸。

過了半晌，蘇櫻忽又問道：「你認不認得鐵心蘭？」

鐵萍姑道：「我知道她對小魚兒很好，可是……」

蘇櫻搶著道：「可是她除了小魚兒外，還能喜歡別人，但我除了小魚兒外，卻再也不會愛上任何人了，所以我絕不能讓她將小魚兒搶走，無論用什麼法子，我也要……」

就在這時，突聽胡藥師大呼道：「在這裡，就在這裡，我找到了！」

這山中果然有條直通長江的出口，看來雖是條很曲折崎嶇的地道，但一個不太胖的人還是可以爬過去的。

蘇櫻搖醒了小魚兒，笑道：「你要睡，出去後再好生睡，現在咱們已經可以走了。」

小魚兒道：「我爲什麼要走？你難道沒有聽見我要在這裡等花無缺麼？」

蘇櫻失聲道：「你……你真的要等他？」

小魚兒瞪眼道：「當然是真的，這約會三個月以前就約好了。」

蘇櫻道：「但……但他來了之後，移花宮主一定會逼著他跟你打架的。」

小魚兒笑道：「『打架』這兩個字用得不妥，像咱們這樣高手相爭，應該說是比武才對。」

蘇櫻著急道：「但你們並不是比武，你們是要拚命呀！」

蘇櫻又將他身子扳了過來，跺腳道：「但你……你現在還不是他的對手，因爲我知道那『移花接玉』功力神奇，實在是天下第一……」

小魚兒忽然一笑，悠悠道：「但你可知道，普天之下，只有我一個人知道破解『移花宮』武功的招式。」

蘇櫻怔一怔，失聲道：「你真的知道……你怎麼會知道？」

小魚兒笑嘻嘻道：「自然是有人教給我的，『移花宮』武功的秘密，天下再也沒有別人知道得比他更清楚了。」

「移花宮主又怎麼將破解她自己武功的招式教給你？她難道瘋了麼？」蘇櫻怔了半晌又道：「但就算你能破解『移花宮』的武功，你也絕不會殺了花無缺的，是麼？」

小魚兒道：「我殺不殺他，和你又有什麼關係？」

蘇櫻道：「當然有關係，你不殺他，他就要殺你，你留在這裡，就是……」

小魚兒忽然跳起來，大吼道：「你們誰高興走，誰就走，反正我是在這裡等定了！」

胡藥師本來興高采烈地站在那邊出口旁，只等著出了這山洞，解藥就可到手，聽了小魚兒這句話，只覺兩腿發軟，連站都站不住了，手扶著山壁，呆望著小魚兒，不停喘著氣，忽然嘶聲道：「在……在下有些不……不對了。毒……毒性只怕已發作。」

蘇櫻道：「是他下的毒麼？」胡藥師拚命點頭。

蘇櫻眼珠子一轉，道：「那毒藥是什麼味道？」

胡藥師苦著臉道：「鹹鹹的，濕濕的，還有些……有些臭氣。」

蘇櫻忽然笑了道：「他只不過是故意嚇嚇你的，那一定不是毒藥，你方才覺得毒已發作，只怕你自己心裡在作怪。」

胡藥師怔了怔，道：「不是毒藥是什麼？」

蘇櫻笑道：「我也不知道是什麼，說不定就是他腳上搓下來的泥丸子。」

胡藥師臉上陣紅陣白，突然轉過身，像隻被人踢了一腳的野狗似的，一頭鑽了出去，飛也似的逃了。

他只望這輩子再也莫要見著小魚兒，他寧可遇著一百個大頭鬼，也不想再遇到小魚兒了。

蘇櫻的眼睛移到鐵萍姑身上，道：「你也不想走麼？」

鐵萍姑垂下頭，不知該說什麼。

但她若走，又實在不知道該走到哪裡去，天地雖大，卻好像沒有她這麼樣一個人的容身之地。

蘇櫻道：「你難道不想再見江玉郎？」

鐵萍姑道：「我……」

她本來以爲自己一定可以斷然說出：「我絕不再見他！」但也不知怎地，話到嘴邊，她竟說不出了。

蘇櫻像是已看透她的心，微笑道：「我知道你一定想再見到他，因爲你就算不再會喜歡他，難道你還會不想報復麼？」

鐵萍姑嘆了口氣，道：「可是我卻不知道該如何報復。」這句話她本來不想說的，但不知怎地，竟說了出來。

蘇櫻道：「你可知道你現在爲什麼會難受？那只因爲你覺得他對不起你，他拋棄了你，你覺得他根本未將你放在心上，所以你的心才會碎，是麼？」

鐵萍姑黯然無語，因爲蘇櫻的話，實已說到她心裡去了。

蘇櫻道：「你若想報復，就要讓他難受，讓他覺得是你拋棄了他，讓他覺得你根本就未將他放在心上，到了那時，他就會像條狗似的來求你了。」

鐵萍姑垂著頭想了許久，眼睛漸漸發了光。

蘇櫻道：「現在你懂得我的意思了麼？」

一〇〇 雙驕再聚

鐵萍姑道：「我懂了。」

蘇櫻一笑道：「很好，只要你照著我的話來做，不怕他不來找你，等他來找你的時候，就是你出氣的時候到了。」

鐵萍姑也不禁笑了笑，忽又嘆道：「但是我……我現在……」

蘇櫻道：「你覺得自己現在孤零零的一個人，身無長物，又沒有倚靠，是以心裡有些害怕，是麼？」

鐵萍姑黯然點頭。

蘇櫻笑道：「你莫忘了，你是個很美麗、很動人的女孩子，年紀又輕，這已經是女人最大的財產了，就憑這樣，你就可以將世上大多數男人攏在你的手心裡，就憑這些，你無論走到哪都可以抬起頭來的。」

鐵萍姑果然抬起頭來，微笑道：「謝謝你。」

她瞧了小魚兒一眼，似乎想說什麼，但卻什麼也沒有說出來，就走了，頭也不回地走了。

小魚兒怔了怔，大吼道：「你把別人都弄走了，自己爲什麼不走？」

蘇櫻嫣然道：「走？我爲什麼要走？這地方不是很舒服麼？」

小魚兒道：「求求你，你快走吧！我現在一個頭已經有別人三個那麼大了，你若再不走，我說不定馬上就要發瘋。」

蘇櫻淡淡道：「你若是看到我就生氣，不會自己走麼？」

小魚兒呆了半晌，反而笑了，大笑道：「好，小丫頭，我服了你了。我從生下來到現在，還沒有一個人讓我這樣生氣過，我總算遇見了對手。」

蘇櫻也不理他，卻將方才吃剩下來的東西，又仔仔細細包了起來，嘴裡自言自語道：「這地方潮濕得很，東西再放幾天，只怕就要發霉了。」

小魚兒道：「就算發霉了又有什麼關係，你難道還想帶出去麼？」

蘇櫻這才回頭一笑，道：「你以爲移花宮主立刻就能將花無缺找來麼？」

小魚兒瞪直眼瞧了半晌，忽然跳到她面前，道：「你知道江玉郎是在騙我，那麼你一定見過了花無缺，對不對？」

蘇櫻在石頭上坐了下來，盤起了腿，也瞧了小魚兒半晌，才悠悠道：「不錯，我的確見過了他，也知道他到什麼地方去了，但是，現在我卻不能告訴你。」

小魚兒叫了起來，道：「你爲什麼不能告訴我？」

蘇櫻道：「因爲我怕你生氣。」

小魚兒大聲道：「若生氣我就是王八蛋。」

蘇櫻搖頭笑道：「因爲你絕不會變成王八蛋的，任何人都不會忽然變成王八蛋，是麼？」

小魚兒道：「好，我若生氣，你叫我幹什麼，我就幹什麼！」

蘇櫻嫣然一笑，道：「好，我告訴你。花無缺現在去找鐵心蘭去了。」

小魚兒失聲道：「他去找鐵心蘭去了？他怎會知道鐵心蘭在哪裡？」

蘇櫻道：「我告訴他的。」

小魚兒這才真的吃驚了，道：「你告訴他的？你怎會知道鐵心蘭在哪裡？怎會認得她的？」

蘇櫻笑道：「我已經和她結拜爲異姓姐妹，你難道不知道麼？」

小魚兒張大了嘴，再也說不出話來。

蘇櫻道：「你是不是已有很久沒見過鐵心蘭了？」

小魚兒道：「嗯。」

蘇櫻道：「你可知道，這兩個月來，鐵心蘭一直和花無缺在一起？」

小魚兒微笑道：「他們能在一起倒不錯，我本來一直在擔心著她，現在可放心了，我知道花無缺一直對她很好的。」

蘇櫻的眼睛裡發了光，卻垂下頭去，道：「你爲何不問我鐵心蘭現在在哪裡？」

小魚兒笑道：「你總不會將她送到那老鼠洞裡去吧？」

蘇櫻道：「她正是在那裡。」

小魚兒臉上的笑容像石頭般僵住了，然後，他整個人跳起來有三丈高，跳到蘇櫻面前的石頭上，大吼道：「你這死丫頭，你怎麼能將她送到那裡去？」

蘇櫻道：「她是我的姐妹，在那地方正安全得很，誰也不會欺負她。」

小魚兒大怒道：「但花無缺此番去找她，那大老鼠怎會放過花無缺？你……你這不是在害人麼，我……我……我……」

他氣得連話都說不出來了，一把擰起蘇櫻的手，吼道：「今天我若不狠狠揍你一頓，實在對不起他們。」

蘇櫻微笑道：「你說過不生氣的，男子漢大丈夫，怎麼能在我這種小丫頭面前食言背信。」

小魚兒怔了怔，又跳起三丈高。

蘇櫻柔聲道：「其實你也不用著急，花無缺死不了的，何況，他一心要殺死你，本來就不能算是你的朋友，他若不能來，你豈非也用不著為難了麼？」

小魚兒用力打著自己的頭，高聲道：「你以為你這是在幫我的忙？以為他死了我一定很開心？老實告訴你，他若真被魏無牙害死了，我就……」

突聽外面一人大呼道：「小魚兒，你在哪裡，你聽得到我說話麼？」

這赫然竟是花無缺的聲音。

小魚兒和蘇櫻全都怔住了。花無缺竟好生生來了，而且來得這麼快。

小魚兒大聲道：「花無缺，我就在這裡。你放條繩子下來，我就可以上去了。」

過了半晌，只見花無缺的頭已在上面的洞口伸了出來，面上的神情既是歡喜，又是關切。

小魚兒更已笑得合不攏嘴來，大笑道：「好小子，兩個月沒見，我們都沒有變。」

花無缺已垂下條長索，笑道：「你在下面我看不見你，你快上來吧。」

蘇櫻看著這兩個人，心裡真是奇怪極了。這兩人隨便怎麼看，也不像是立刻就要拚命的冤家對頭。

只見小魚兒剛竄上繩子，又跳下來，板著臉道：「姓蘇的小丫頭，你現在還不想走麼？」

蘇櫻垂頭道：「你一個人走吧，我不想看見你被人殺死的樣子。」

小魚兒大吼道：「你不想看，我就偏要你看，不想走，我就偏要你走，看你有什麼法子反抗我。」

蘇櫻身子往後退，道：「你……你敢？」

她臉上雖然裝出很生氣的樣子，其實心裡也不知有多麼高興，因爲她知道她的手已漸漸開始能摸到小魚兒的心了。

花無缺垂手站在邀月宮主身旁，臉上已變得木無表情。

對花無缺說來，邀月宮主不但是他的嚴師，也是他的養母，他從小就未見到她面上露出過一絲笑容。

他也從不敢在她面前有絲毫放肆之處，因爲他心裡不但對她很尊敬、很感激，而且也有些畏懼。

現在，小魚兒終於見到邀月宮主的臉了。

她已除下了那可怕的青銅面具，可是她的臉卻比那面具更冷漠，任何人都無法在她臉上看出任何喜、怒、哀、樂的表情。

小魚兒再也想不到這威震天下垂三十年的人，看來竟是如此年輕，更想不到一個如此美麗的人，竟會讓人看過一眼便不敢再看。

就連小魚兒瞧她一眼後，也覺得有一股寒意自腳底直升了上來，彷彿在寒夜中忽然瞧見了一個美麗的幽靈。

他甚至沒有注意到鐵心蘭也在她身旁。

鐵心蘭卻已興奮得在發抖了，她瞧見小魚兒自山石上一躍而下，立刻就忍不住向小魚兒奔了過去。

但只奔出兩步，她身子忽然僵硬了。她忽然想起了花無缺，她怎能一見到小魚兒，就拋下花無缺？

她站在小魚兒和花無缺中間，也不知是該進，還是該退，她只希望自己根本就沒有生到這世上來。

這時小魚兒也瞧見她了，正笑著招呼道：「好久不見，你好麼？」

鐵心蘭竟完全沒有聽見他的話，忽然扭轉頭，垂首奔到那邊一株大樹下，這棵樹也恰巧正在小魚兒和花無缺中間。

蘇櫻的眼睛卻始終在留意著小魚兒。她發現小魚兒雖然還在笑著，但笑容也僵硬得很。再看花無缺，竟也低著頭始終未曾抬起。

蘇櫻不禁在暗中長長嘆了口氣——瞧這三人間複雜而微妙的關係，她除了嘆氣外，還能怎樣？

邀月宮主比刀更利，比冰更冷的眼睛，也始終瞪著小魚兒。小魚兒長長吸了口氣，也抬起頭瞪著她，微笑道：「你送來的東西都不錯，只可惜沒有辣椒，下次你若再請我吃飯，可千萬不能忘記我喜歡吃辣的。」

邀月宮主臉上並沒有什麼表情，花無缺卻吃驚地抬起頭來，他實在想不到世上居然有人敢對邀月宮主這樣說話。

邀月宮主道：「現在我再給你三個時辰，你在三個時辰內，不妨調息運氣，養精蓄銳，但卻不准離開這裡！」

小魚兒拍手笑道：「移花宮主果然不愧為移花宮主，絲毫不肯佔人便宜，知道我累了，就讓我先休息休息。」

邀月宮主卻已轉過身，道：「無缺，你隨我來。」

小魚兒道：「我想和花無缺說兩句話，行不行？」

邀月宮主頭也不回，冷冷道：「不行！」

小魚兒大聲道：「為什麼不行，你難道怕我告訴他你就是銅先生？」

這時花無缺也轉過身子，也沒有回頭，但小魚兒卻可以見到他聽到了這句話，全身都震了一震。小魚兒笑了，因為他的目的已達到。

只見邀月宮主走到最遠的一棵樹下，才轉回身來，像在和花無缺說話，但花無缺卻始終是背對這邊的。

蘇櫻柔聲道：「三個時辰並不長，你還是好生歇歇吧。」

這時正是清晨，太陽已剛剛昇起。

蘇櫻將四下的落葉都收集起來，鋪在樹下，拉著小魚兒坐上去，就好像一個妻子在為丈夫鋪床似的。

鐵心蘭還站在那邊樹下，淚珠已在眼眶裡打轉。她忽然覺得自己活在這世界上，竟好像已變成多餘的。

她方才既沒有走到小魚兒這邊來，現在更不能走過來了，她方才既沒有回到花無缺那邊去，現在也更不能回去。

她也知道在這種情況下，小魚兒和花無缺兩個人，都絕不會走到她這邊來，移花宮主已用冰涼的手，將這兩個人的友情撕成兩半，這兩人之間若不再有友情，那麼她的處境豈非更悲慘、更難堪？

她知道自己現在最好就是遠遠的走開，走得愈遠愈好，那麼無論任何事都不能傷害到她了。

但現在她生命中最親近的兩個人，立刻就要在這裡作生死之決鬥，她又怎麼能走？怎麼忍心走呢？

小魚兒在落葉上躺了下來，閉起了眼睛。

別人有的緊張，有的痛苦，但他卻悠悠閒閒地蹺起了腿，嘴裡還含含糊糊哼著山歌，這些事竟好像和他沒有關係。

蘇櫻站在他身旁，俯首瞧著他，瞧了半晌，輕輕嘆了口氣，道：「你瞧見鐵心蘭了麼？」

小魚兒道：「你沒有看見我方才已經和她打過招呼？」

蘇櫻咬著嘴唇，道：「但是她……她實在可憐得很，你實在應該去安慰安慰她。」

小魚兒霍然張開眼睛，瞪著道：「我爲什麼要過去安慰她？她爲什麼不能過來？」

蘇櫻嘆道：「她現在的確很爲難……」

小魚兒道：「她爲難，我就不爲難麼？何況，她爲難也是她自己找的，誰叫她站在那邊不肯過來？又沒有釘子釘住了她的腳。」

蘇櫻又嘆了口氣，道：「你既然不肯過去，我就過去吧。」

小魚兒道：「你會不會讀唇語？」

蘇櫻道：「不會。」

小魚兒嘆道：「我現在若能聽出移花宮主在對花無缺說什麼，那就好了。」

蘇櫻道：「你就算聽不見，也應該想像得到的，她現在還不是在告訴花無缺，要用什麼法子才能殺你。」

小魚兒沉默了半晌，緩緩道：「方才我在洞裡時，花無缺還和我有說有笑的，但等我出來，他竟不理我了，簡直連看都沒有看我一眼。」

蘇櫻道：「你若在移花宮長大，你見了移花宮主，也會變得沒主意的。」

小魚兒苦笑道：「這樣看來，『惡人谷』反而比『移花宮』好得多了，惡人谷裡的至少還是人，移花宮卻只是一群活鬼，一群行屍走肉。」

蘇櫻笑了笑，柔聲道：「你歇歇吧，我過去說兩句話就回來。」

小魚兒瞪眼道：「你爲什麼一定要過去？我現在也不好受，你爲什麼不在這裡陪著我？」

蘇櫻眼波流動，嫣然道：「你難道不想知道，她和花無缺兩人是如何從那老鼠洞裡出來的麼？」

落葉上的淚珠已乾了，但鐵心蘭的眼淚卻還是沒有乾，她聽見蘇櫻的一雙腳在向她走過來，就咬緊牙關，絕不讓眼淚再流下來。

蘇櫻悄悄走到她身旁，她卻連頭也沒有抬起。風，吹著她的頭髮，一片落葉正在她紊亂的髮絲裡掙扎著，要想飛起。

蘇櫻輕輕拈起了這片枯葉，悄然道：「你在生我的氣？是麼？」

過了很久，鐵心蘭緩緩站起來道：「你用不著難過，我若知道你就是我的情敵，我也不會對你說真話的！」

蘇櫻長長嘆了口氣，拉起了她的手，嫣然笑道：「我真沒想到你是這樣的女孩子，我現在只希望你是個又兇又狠又狡猾的女人，那樣我心裡就會好受得多了。」

鐵心蘭瞪著她瞧了半晌，忽然道：「可是無論怎樣，你也不會為我放棄小魚兒的，是麼？」

這句話問得更不聰明，連她自己也不知道怎會問出這句話來。

蘇櫻也直視著她的眼睛，道：「不錯，我不會為了你放棄他的，只因我若放棄了他，也許反而會令你更為難，是麼？」

鐵心蘭的頭又垂了下來，這句話就像是一根針，直刺入她心裡，使得她再也不知道該說什麼。

直到她手裡的落葉已被她揉得粉碎，她才黯然道：「我實在不該對你說那句話的，小魚兒也許根本就沒有將我放在心上，也許只有你才配得上他。」

蘇櫻道：「小魚兒並沒有忘記你，他若真的未將你放在心上，現在早已走過來了。」

鐵心蘭怔了怔道：「你……你為什麼要告訴我？你為什麼不讓我死了這條心？」

蘇櫻淒然一笑，道：「這也許是因為我太想得到小魚兒了，所以才不願讓他以後恨我，我要讓他自己選擇，他喜歡的若是你，我就算殺了你，也沒有用的。」

鐵心蘭頭垂得更低，她仔細咀嚼著這幾句話的滋味，但覺心裡充滿了酸苦，只因她的心情已愈來愈矛盾，愈來愈複雜，她在暗中問著自己：「小魚兒選擇的若是我，我是否真的會很快樂呢？」

蘇櫻忽又一笑，道：「你可瞧見了我義父麼？他是不是長得很可怕？」

鐵心蘭道：「我沒有瞧見他。」

一〇一 意外之變

蘇櫻訝然道：「你到了那邊樹林，難道沒有人來接你麼？你是不是找錯了地方？」

鐵心蘭嘆了口氣道：「我沒有找錯地方，我到了那裡，只見到處都有老鼠在竄來竄去，我就嚇得立刻躲到樹上去，誰知樹上竟吊著個死屍，遠遠瞧過去，還可以瞧見有幾具死屍吊在樹上，我正不知該如何是好時，花……花公子就來了。」

蘇櫻整個人都怔在那裡，手心已出了汗。

鐵心蘭嘆道：「以我看來，那邊一定發生了很大的變化，你……你最好還是瞧瞧去。」

蘇櫻不等她話說完，已轉身奔出，但奔出幾步，又停了下來，無論如何，魏無牙總是她的恩人，魏無牙若是有什麼不幸，她是萬萬無法置之不理的，但現在……現在小魚兒正在瞧著她，她又怎麼能走呢？

她怔在那裡，也不知該如何是好了。

蘇櫻終於又回到小魚兒身旁，無論什麼事發生，都不能讓她此刻拋下小魚兒一個人在這裡。

小魚兒笑了笑，道：「看你這樣子，移花宮主莫非已殺死了魏無牙麼？」

蘇櫻還沒有回答這句話，風中忽然飄來了一條人影。

她也和邀月宮主同樣冷漠，同樣美麗，只不過她那雙明如秋水的眼睛，還多少有些柔和之意。

她的身子似乎比落葉更輕，飄落在花無缺身旁。花無缺立刻拜倒在地。

小魚兒瞪大了眼睛，道：「這只怕就是那憐星宮主了，簡直和她姐姐是一個模子鑄出來的，只不過比死人多了口氣而已。」

蘇櫻苦笑道：「但這姐妹兩人能令江湖中人連她們的名字都不敢提起，她們若只比死人多口氣，江湖中就一定都是死人了。」

小魚兒大笑道：「你錯了，一個人活著，就要會哭、會笑、會高興、會悲傷，也會害怕，像她們這樣的人，活著才沒意思。」

他故意直著喉嚨大笑，就是想要移花宮主聽見。但移花宮主姐妹兩人，連瞧也沒有往這邊瞧一眼。

小魚兒哈哈笑道：「我將她們當死人，說不定她們也已將我當成死人，所以我無論說什麼，她們都不會生氣。」

這句話他雖笑嘻嘻的說了出來，但聽在蘇櫻耳裡，卻也不知有多麼辛酸，她幾乎流下淚來。

她實在看不出小魚兒有希望能活下去，他就算能戰勝花無缺，就算能殺了花無缺，也得死在移花宮主手裡！

小魚兒道：「你笑一笑麼？只要你一笑，我死了也開心。」

蘇櫻果然笑了，可是她若不笑也許還能忍得住不流淚，現在一笑起來，眼淚也隨著流下。

一陣風捲起落葉，憐星宮主忽然到了小魚兒面前，冷冷道：「時候已快到了，你知道嗎？」

小魚兒道：「我倒希望時候快些到，否則我只怕要被眼淚淹死了。」

小魚兒眼珠子一轉，又笑道：「我倒有一句話想問問你。」

憐星宮主道：「什麼話？」

小魚兒道：「像你這樣漂亮的女人，爲什麼直到現在還沒有嫁人呢？難道這麼多年來，竟沒有一個男人愛上你麼？」

憐星宮主霍然轉過身，小魚兒可以瞧見她脖子後面的兩根筋都已顫抖起來，滿頭青絲，也忽然在西風中飛舞而起。

過了半晌，只聽她一字字道：「站起來！」

小魚兒這次倒聽話得很，立刻跳了起來道：「現在就要動手了麼？」

只見那邊樹下的花無缺，也緩緩轉過身來。

蘇櫻忽然抓住小魚兒的手，道：「你……你難道沒有什麼話要對我說？」

小魚兒道：「沒有。」蘇櫻手指一根根鬆開，倒退兩步，淚珠已奪眶而出。

憐星宮主道：「花無缺，江小魚，你們兩人都聽著，從現在開始，你們兩人都向前走十五步，走到第十五步時，便可出手。這一戰無論你兩人誰勝誰負，都絕不許有第三人從旁相助，無論誰敢來多事，立取其命，絕不寬恕。」

蘇櫻忍不住大聲道：「你也不出手相助麼？」

憐星宮主還未說話，邀月宮主已冷冷道：「她若敢多事，我也要她的命！」

蘇櫻道：「那麼你自己若出手了呢？」

邀月宮主道：「我就自己要自己的命！」

蘇櫻擦了擦眼淚，大聲道：「小魚兒，你聽見了麼？移花宮主話出如風，想必不會食言，求求你無論如何也莫要敗給他好麼？」

她卻不知道今日一戰，戰敗者固然只有死，戰勝者的命運卻比死還要悲慘，小魚兒若能死在花無缺手下，那就比花無缺幸運得多了。

天色陰暝，烏雲已愈來愈重，枝頭雖還有幾片枝葉在與西風相抗，但那也只不過是垂死的掙扎而已。

小魚兒已開始往前走。花無缺也開始緩緩移動了腳步。

邀月、憐星、蘇櫻、鐵心蘭，四雙眼睛，都在瞬也不瞬地瞪著小魚兒和花無缺的腳步。這四人的心事雖然不同，但卻都同樣的緊張。

鐵心蘭知道這片刻之間，這兩人就有一個要倒下去，她也不知道自己究竟希望倒下去的是誰。

在她心底深處，她也知道這兩人若有一個倒下去，那麼她就不會再有矛盾，不必再作抉擇，事情也就會變得簡單得多。

她甚至拒絕承認自己有這種想法，只因這想法實在太自私、太卑鄙、太無情、太狠毒……

蘇櫻的心裡倒只有痛苦，並沒有矛盾。因爲她已決定小魚兒若死了，她絕不單獨活下去。

她雖然知道小魚兒獲勝的機會並不大，但她還是希望有奇蹟出現，希望小魚兒能將花無缺打倒。

而憐星和邀月兩人呢？現在她們的計畫已將實現，她們的忍耐也總算有了收穫，她們心裡的仇恨，也眼見就能得到報復。

她們只有幻想著這兩人倒下一個時，才能將這痛苦減輕，只因唯有等到那時候，她們才能將這驚人的秘密說出來，這秘密已像條沉重的鐵鍊般將她們的心靈禁錮了二十年，她們唯有等到將這秘密說出來之後，才能自由自在，否則她們就永遠要做這秘密的奴隸。

而現在，她們還是只有等待。

誰知小魚兒剛走了三步，忽然回頭向蘇櫻一笑，道：「對了，我剛想起有句話要告訴你。」

蘇櫻心頭一陣激動，熱淚又將奪眶而出——無論如何，小魚兒對她總算和對別人有些不同。

她忍住淚道：「你……你說吧，我在聽著。」

小魚兒道：「我勸你還是趁著年輕時快嫁人吧，否則愈老愈嫁不出去，到了五、六十歲時，就也會變成和她們一樣的老妖怪了。」

這竟是小魚兒臨死前所要說的最後一句話。到了此時此刻，他竟然還能說得出這種話來。

蘇櫻只覺一顆心已像是手帕般絞住了，過了半晌，咬緊牙顫聲道：「你放心，我絕不會等那麼久。」

他輕描淡寫一句話，就將蘇櫻的心絞碎了，更令憐星和邀月兩人氣得全身發抖，面無血色。但他自己卻像是根本沒有說這句話似的。

最奇妙的是，到了這時，每個人心裡竟還是希望他能打倒花無缺，蘇櫻固然一心想他得勝，鐵心蘭也不忍見到他被擊倒時的樣子。

也不知爲了什麼，她總是認爲花無缺比較堅強些，所以也就不妨多忍受些痛苦，所以她寧可傷害花無缺，也不忍傷害小魚兒。

更奇妙的是，就連邀月和憐星兩人竟也希望小魚兒得勝！她們自己也許不會承認，但卻是事實。

只因花無缺若打倒了小魚兒，那麼她們就要在花無缺面前說出這秘密，她們養育花無缺雖是爲了復仇，但這許多年以來，她們還是難免對這自己見著長大的孩子，多多少少生出些感情。

她們還是在暗中數著小魚兒的腳步！「十一、十二、十三……」

邀月宮主嘴角不禁泛起了殘酷的微笑。

現在，小魚兒和花無缺已邁出第十四步了。

小魚兒的眼睛一直在瞪著花無缺，花無缺面上雖全無任何表情，但目光卻一直在迴避著他。

無論他們走得多麼慢，這第十五步終於還是要邁出去的，憐星和邀月宮主情不自禁，都緊握起手掌。

但鐵心蘭和蘇櫻卻連手都握不住，她們的手抖得是這麼厲害，抖得就像是西風的枯葉。

就在這時，小魚兒忽然倒了下去！

在如此緊張，緊張得令人窒息的一剎那中，小魚兒竟莫名其妙，無緣無故的忽然倒了下去。

花無缺整個人都怔住了，鐵心蘭也怔住了，蘇櫻更怔住了。他們全身上下本已都緊張得充滿了血，現在，全身的血又像是一下子忽然被抽乾，腦子也忽然變得茫茫然一片真空，竟沒有人知道該如何處理這突然發生的變化。

就連邀月和憐星宮主都怔住了，臉上神色也爲之大變。

只見小魚兒身子倒在地上後，就忽然發起抖來，愈抖愈厲害，到後來身子竟漸漸縮成一團。

憐星宮主跺了跺腳，道：「你這究竟是怎麼回事？」

邀月宮主怒道：「他這是在裝死！殺了他，快殺了他。」

花無缺垂首道：「他已無還手之力，弟子怎能出手？」

邀月宮主道：「他既不敢跟你動手，就是認輸了，你爲何不能殺他？」

花無缺垂著頭，既不出手，也不說話。

只聽邀月宮主厲聲又道：「你爲何還不出手？難道他每次一裝死，你就要放過他？你難道忘了本門的規矩，你難道連我的話都敢不聽？」

花無缺滿頭汗珠滾滾而落，垂首瞧著小魚兒，顫聲道：「你爲何不肯站起來和我一拚？你難道定要逼我在如此情況下殺你？」

小魚兒忽然咧嘴一笑，道：「你趕緊殺了我吧，我絕不怪你的，因爲這並不能算是你殺死了我，殺死我的人是江玉郎。」

邀月宮主變色道：「你這話是什麼意思？」

小魚兒嘆了口氣，道：「因爲我若沒有中毒，現在就不會無力出手，也就未必會死，所以就算死了，你也不必覺得抱歉，因爲我根本就不是死在你手上的。」

他眼睛忽然瞪著邀月宮主，一字字道：「江玉郎才是真正殺死我的人。」

邀月宮主和憐星宮主兩人對望了一眼，又不禁怔住了。

過了半晌，憐星宮主才厲聲問道：「你中了他什麼毒？」

小魚兒道：「女兒紅。」

憐星宮主長長吸了口氣，瞧著邀月宮主沉聲道：「看他這樣子，倒的確是女兒紅毒發時的徵象。」

邀月宮主臉上已不見一絲血色，過了半晌，忽然冷笑道：「此人詭計多端，你怎可聽信他的話？」

小魚兒道：「信不信由你，好在我中毒時，有很多人都在旁邊瞧見的。」

邀月宮主立刻問道：「是些什麼人？」

小魚兒道：「有鐵萍姑，和一個叫胡藥師的人，自然還有下毒的江玉郎。」

憐星和邀月又對望了一眼，兩人忽然同時掠出，一陣風吹過，兩人都已遠在十餘丈外的樹下。

邀月宮主和憐星宮主同時掠到樹下。

憐星宮主道：「你的意思怎樣？」邀月宮主嘴唇都發了白，閉著嘴不說話。

憐星宮主道：「這江小魚若真的已中了江玉郎的毒，那麼就的確不該算是死在無缺手上，這麼一來，我們的計畫豈非就變得毫無意義？」

邀月宮主顫聲道：「我……我已忍受了二十年的痛苦……」

憐星宮主的目光也隨著她的手緩緩垂落，道：「你忍受了二十年的痛苦，這二十年來，我難道很快活？」

過了半晌她又接著道：「但我們這二十年的罪絕不是白受的，因爲普天之下，只有我們兩人知道這秘密，只有我們兩人才知道他們本是兄弟，我們自己若不將這秘密說出去，他們兩個到死也不會知道。」

邀月宮主臉色也漸漸和緩，道：「不錯，他們永遠也不會知道。」

憐星宮主道：「所以他們遲早必有一天，會互相殘殺而死的，他們的命運已注定了如此，除了我們兩人之外，誰也不能將之改變。」

她一字字接著道：「而我們兩人卻是絕不會令它改變的，是麼？」

邀月宮主道：「不錯。」

憐星宮主道：「所以我們現在根本不必著急，我們等著雖然難受，但他們這樣又何嘗不痛苦？我們正好瞧著他們爲自己的命運掙扎，就好像一隻貓瞧著在牠爪下掙扎的老鼠一樣，何況，我們既已等了二十年，再多等三、兩個月又有何妨？」

邀月宮主冷冷道：「我知道你的意思，你要先解了江小魚所中的毒，再令花無缺殺他，你要他完完全全死在花無缺手上，是麼？」

憐星宮主目中閃動著欣慰的笑意，柔聲道：「不錯，因爲只有這樣，才能令無缺痛苦悔恨，覺得生不如死，你若令他現在就殺了小魚兒，他就會自己寬恕自己，甚至會去殺了江玉郎爲小魚兒報仇，那麼我們的計畫也就變得毫無意義。」

邀月宮主默然半晌，道：「但你可知道江小魚是否真的中了毒呢？」

憐星宮主道：「這一點我們立刻就能查出來的。」

小魚兒仍倒在地上抖著，鐵心蘭、蘇櫻和花無缺卻並沒有在看望他，他們的眼睛，都瞬也不瞬的瞪著移花宮主。

只可惜他們非但什麼都看不出，而且連一個字也聽不到，他們只能瞧見邀月宮主冷冰冰的一張臉上，充滿了怨毒，充滿了殺氣，他們愈瞧愈是心驚，三個人掌心不覺都爲小魚兒捏著一把冷汗。

也不知過了多久，才看見移花宮主姐妹兩人緩緩走了回來，花無缺想迎上去，但腳步方動，又停了下來。

只見邀月宮主走到小魚兒面前，沉聲道：「你中毒時，鐵萍姑也看到的，是麼？」

小魚兒道：「嗯！」

邀月宮主道：「好，你叫她出來，我問問她。」

小魚兒咧嘴一笑，道：「你以爲那山腹中只有這一條山路麼？」

邀月宮主冷笑道：「若有別的出路，你爲何不走？」

小魚兒也冷笑著道：「我不走，只因我不願對花無缺失約，但鐵萍姑卻早已走了，你若是不信，爲何不自己下去瞧瞧。」

他話還沒有說完，邀月宮主的身形已飛雲般掠上山崖，方才花無缺垂下去的那條繩子還未解下。

邀月宮主游魚般滑下那洞穴，過了片刻，又輕風般掠了出來，面上的神色，似乎覺得有些意外。

小魚兒笑道：「你現在可相信了麼？」

邀月宮主道：「哼。」

小魚兒道：「那麼你就也該知道，我若不願和花無缺動手，方才就也早已和鐵萍姑一起走了，用不著等到現在才來裝死。」

邀月宮主沉默了半晌，道：「那麼你可知道江玉郎現在在哪裡？」

小魚兒道：「我當然知道，只怕我說出那地方，你也不敢去找他。」

小魚兒偏偏還要再激她一句，冷冷又道：「也許只有這地方是你不敢去的，因爲我還沒見過不怕老鼠的女人。」

邀月宮主目光一閃，道：「你說的莫非是魏無牙？他也在這山上？」

小魚兒冷笑道：「他當然在這山上，你是真不知道？還是假不知道？」

只見邀月宮主神情仍然毫無變化，小魚兒雖然故意想激惱於她，但她卻根本無動於衷。

由此可見，魏無牙這個人在她心目中根本無足輕重，反而是小魚兒在她心裡的份量重得多。

到了這時，蘇櫻也覺得愈來愈奇怪了，暗道：「無論如何，魏無牙總是江湖中有數的厲害人物，而且他也不惜隱姓埋名，二十年來練就一種對付移花宮的武功，可見他和移花宮之間必有極深的仇恨，但移花宮主卻根本未將這人放在心上，而小魚兒連移花宮主的面都未見過，移花宮主卻連他的一點小事也不肯放過，甚至不惜忍氣吞聲，只爲要花無缺親手殺他，這究竟是爲了什麼？」

她漸漸也覺得這件事實在很神秘、很複雜。

只聽小魚兒道：「好，我帶你去，但我現在實在走不動，誰來扶我一把？」

花無缺和鐵心蘭似乎都想伸過手來，但花無缺發現移花宮主正在冷冷瞧著他，立刻就回頭去瞧瞧鐵心蘭，像是想要鐵心蘭來扶小魚兒，但鐵心蘭發現花無缺在瞧她，卻立刻垂下了手。

蘇櫻嫣然一笑，柔聲道：「你若不嫌我走得慢，就讓我來扶你吧。」

蘇櫻扶著小魚兒已走出很遠了，花無缺還站在那裡發怔，鐵心蘭頭垂得更低，眼淚已又流了下來。

憐星宮主瞧了瞧花無缺，又瞧了瞧鐵心蘭，忽然拉起鐵心蘭的手，柔和道：「你跟我走吧！」

鐵心蘭做夢也未想到移花宮主竟會來照顧她，也不知是驚是喜，只覺一股柔和的力量自掌心傳來，已身不由己地隨著憐星宮主掠了出去。

花無缺見到憐星宮主竟拉起鐵心蘭的手，也是又驚又喜，但忽又不知想起了什麼，眉宇間又泛起一種凄涼之意。

只聽邀月宮主緩緩道：「你現在總可以走了吧？」

這雖然只不過是很普通的一句話，但聽在花無缺耳裡，卻又別有一番滋味，只因他發覺移花宮主已看破了他的心事。

他的心事卻又偏偏是不足爲外人道的。

一〇二 奇峰再起

小魚兒道：「無論如何，魏無牙總算對你不錯，你也承認他是你的乾爹，現在移花宮主要去找他，你非但不著急，反而來帶路，這是什麼道理？」

蘇櫻不說話了，過了半晌，才輕輕嘆了口氣。

小魚兒道：「我知道你心裡一定藏著件事沒有說出來，莫非鐵心蘭方才……」

他忽然頓住了語聲，只因這時憐星宮主已拉著鐵心蘭從後面趕上來了，小魚兒眼珠子一轉，忽然向鐵心蘭笑道：「咱們已有多久沒見面了？只怕已經有兩個多月了吧？」

鐵心蘭似乎未想到小魚兒會忽然對她說話，驟然之間，竟像有些手足失措，紅著臉說不出話來。

小魚兒又轉過頭，向蘇櫻笑道：「你看，才兩個多月不見，她和我就好像變得很生疏了，我問她一句話，她居然連臉都紅了起來。」

蘇櫻嘆了口氣，悄聲道：「她已經夠難受的了，你何必再來折磨她？」

小魚兒又轉過去，向鐵心蘭笑道：「你聽見沒有，她說我這是在折磨你，我只不過是在向你問問好而已，這也能算我折磨你麼？」

鐵心蘭只有搖了搖頭，眼圈不覺又紅了起來。

小魚兒嘆了口氣，道：「我想，這兩個月來，一定發生了許多事，因爲我發現才只不過兩個月不見，你竟已變了許多。」

鐵心蘭只覺心頭一陣刺痛，眼淚不覺又流下面頰，只因她也發覺自己實在是變了。

以前，她只要見到小魚兒，無論在什麼情況下，無論有什麼人在旁邊，她都會不顧一切，奔向小魚兒的。以前，她只要見到小魚兒，就會忘記一切。

但現在，花無缺在她心裡的份量的確是一天比一天加重了，只因這兩個月來，的確是發生了許多事。

她就算能忘記花無缺曾經再三救了她生命，但她又怎能忘記她受傷時，花無缺對她的照顧與體貼？

何況，她就算能忘記這些，又怎能忘記在那一段漫長的旅途中，所發生的許許多多令人忘不了的事。

她只要一閉起眼睛，似乎就能看到花無缺在痛苦地狂笑著，狂笑著叫她莫要再理他，爲的卻只是不願見到她爲他痛苦。

一個人在自知必死時，還在掛念著別人的歡樂與悲傷，反而將自己的生死置之於度外。這樣的情感，又是何等深摯？這樣的情感，又有誰能忘記呢？

憐星宮主始終在一旁凝注著她，忽然冷冷道：「你是不是也覺得自己有些變了？」

鐵心蘭道：「我……我……」

她還未說出第二個字，已是泣不成聲。

憐星宮主轉向小魚兒，冷冷道：「你用不著再問她，應該已知道她的回答。」

她不等小魚兒說話，忽又一笑，道：「但你也許還是寧願不知道的，是麼？」

小魚兒卻向她咧嘴一笑，道：「你若是以爲我很難受，那才是活見鬼哩。」

小魚兒真的不難受麼？這恐怕也只有他自己才知道。

蘇櫻實在走不快，走了半個多時辰，遠遠望去，才能見到那一片濃密的樹林，小魚兒道：「前面那一片樹林後，就是魏無牙的老鼠洞了……」

他話未說完，就瞧見一隻又肥又大的老鼠，自樹林中竄了出來，一溜煙鑽入旁邊的亂草中。

過了半晌，又聽得草叢一陣響動，如波浪般起伏不定，竟像是有許多隻老鼠在跑來跑去。

小魚兒皺眉道：「魏無牙一向將這些老鼠當寶貝，現在爲什麼竟讓牠們到處亂跑？」

蘇櫻嘴裡雖未說話，心裡卻更擔心，此刻她已斷定魏無牙洞中必已有了極大的變故，否則，這些老鼠的確不會跑出來的。

山風吹得更急，她腳步也不覺加快了，陰暝的天色中，只見一個人凌空吊在樹上，隨著風不住晃來晃去。

小魚兒皺眉道：「奇怪，魏無牙大門口怎麼有人上吊？」

這人果然是吊死的！

他身上並沒有什麼傷痕，但左邊臉上，卻又紅又腫，看來竟是在臨死前被人重重摑了個耳光。

憐星宮主皺眉道：「這人是魏無牙的門下？」

小魚兒也不答話，卻解開了這人的衣襟。

只見他胸膛上果然有兩行碧磷磷的字。

「無牙門下士，

可殺不可辱。」

小魚兒道：「現在你總該知道了吧！這想必是因爲有人想闖入魏無牙的老鼠洞，他攔不住，反被人重重打了個耳光，他生怕魏無牙收拾他，所以就嚇得先上了吊，看來上吊還不止他一個哩。」

上吊的果然不止一個，這一片樹林中，竟懸著十多條死屍，每個人左邊臉都已被打腫，有的連顎骨都已被打碎了。

小魚兒喃喃道：「這人好大的手勁，隨手一耳光，就將人的臉都打碎了，卻不知是什麼人呢？居然敢上門來找魏無牙的麻煩，膽子倒真不小。」

他低下頭，才發覺地上到處都是一顆顆帶著血的牙齒，顯見這人隨手一掌，非但打腫了別人的臉，打碎了別人的骨頭，竟將別人滿嘴牙齒都打了下來，這十餘人看來竟連還手之力都沒有。

小魚兒不禁暗暗吃驚，他知道魏無牙門下弟子武功俱都不弱。默然半晌，喃喃道：「看來出手打他們的人，武功至少要比我高出好幾倍。」

蘇櫻心裡愈來愈憂慮，只因她知道魏無牙的武功並不比小魚兒高出很多，這人的武功若比小魚兒高出數倍，魏無牙就難免要遭他的毒手了。

小魚兒道：「但這人卻顯然未用出真功夫，只是隨手拍出，他們非但抵擋不住，甚至連躲都躲不開，由此可見這人出手之快，實在要比我快得多，他隨手一個耳光打出來，已可將人的骨頭都打碎，可見他內力比我強得多。」

蘇櫻回首望去，只見移花宮主面色凝重，顯然也認爲小魚兒的評論正確，過了半晌，邀月宮主忽然道：「你看他們死了多久了？」

這句話竟是向小魚兒問出來的，可見這目空一世的移花宮主，現在也開始對小魚兒的見解重視起來。

小魚兒道：「一個人死了一個半時辰後，屍體才會完全冷卻。」

憐星宮主道：「那麼你認爲是在什麼時候發生的？」

小魚兒道：「昨天黃昏以前。」

憐星宮主道：「你怎知道？」

小魚兒道：「因爲我知道兩個半時辰以前，那位鐵姑娘曾經到過這裡，這些人若沒死，就一定會將她接入那老鼠洞裡，那麼花無缺來找她時，就少不了要和魏無牙打起來，你們來找花無缺時，也少不了要和魏無牙衝突。」

憐星宮主瞧了花無缺一眼，道：「不錯。」

小魚兒道：「但你們顯然並不是在這裡找到花無缺的，由此可見，那時花無缺和鐵姑娘是自己離開這裡，是麼？」

憐星宮主道：「那麼，他們爲什麼不可能是在兩個半時辰之前死的？爲什麼一定是在昨天黃昏之前？」

小魚兒道：「現在正是午時，兩個半時辰之前，天還未亮。」

他忽然向憐星宮主一笑，接著道：「你若要來找魏無牙的麻煩，會不會在天黑時來呢？」

憐星宮主默然半晌，緩緩道：「不會。」

小魚兒道：「不錯，你一定不會的，因爲你若在天黑時來找人，豈非失了自己的身份？何況天愈黑，就對魏無牙這種人愈有利，你在魏無牙住的地方找他動手，已失了地利，若在晚上來，又失了天時。」

憐星宮主望了邀月宮主一眼，雖然沒有說什麼，但瞧她目中的神色，竟似已露出讚賞之意。

小魚兒道：「瞧這人和出手的氣派，就知道他行事一定很光明正大，何況，能練到他這種武功的人，也絕不會是呆子，可以斷定，他絕不會是晚上來的，既然不是晚上來的，就必定是在昨天黃昏之前。」

他拍了拍手，笑嘻嘻道：「各位覺得我的意見還不錯吧？」

邀月宮主冷冷道：「這道理本來就很明顯簡單，誰都可以看出來的。」

小魚兒大笑道：「你既然也瞧得出來，爲什麼還要來問我呢？」

邀月宮主沉下了臉，再也不理他，身子飄動，已向林木深處掠了過去。小魚兒在她後面扮了個鬼臉，笑道：「你也用不著生氣，其實我知道你嘴裡雖不說，心裡卻是很佩服我的。」

穿過樹林，前面一片山壁，如屏風般隔絕了天地。山壁上生滿了盤旋糾纏的藤蘿，盡掩去了山石的顏色。

邀月宮主看不見有什麼山穴石洞，只有回頭道：「魏無牙的住處在哪裡？」

她說話時的眼睛雖望著憐星宮主，其實她也知道憐星宮主同樣是不知道的，這句話自然是在問小魚兒。

小魚兒卻故意裝作不懂，卻仰首望了天，喃喃道：「我本來以爲要下雨，誰知天氣又好起來了。」

邀月宮主瞪了他一眼，厲聲道：「魏無牙的洞穴在哪裡？」

小魚兒好像怔了怔，道：「如此簡單明瞭的事，你怎麼又要問我呢？」

邀月宮主臉又氣得蒼白，卻無話可說。

只見小魚兒扶著蘇櫻走過去，將前面一片山藤撥開。

這片山藤長得最密，但卻有大半已枯死，撥開山藤，就露出一個黑黝黝的洞穴，裡面連光都瞧不見。

小魚兒道：「這就是了，各位請進。」

魏無牙聲勢赫赫，僕從弟子如雲，誰也想不到他竟會住在這麼樣一個連狗都不如的小山洞。

大家都不禁覺得很驚奇，尤其是花無缺，他見到蘇櫻的洞府已是那麼幽雅精緻，以爲魏無牙的住處必定更可觀，忍不住道：「這就是魏無牙住的地方？」

小魚兒笑道：「不錯，你奇怪麼？」

花無缺還想說什麼，但望了邀月宮主一眼，就垂下頭去。

小魚兒嘴裡說著話，已當先鑽了進去，只見他身子搖搖晃晃，腳步也踉蹌不穩，顯見得還是沒有絲毫氣力。

邀月宮主皺眉叱道：「站住！」

小魚兒道：「爲什麼我要站住？這老鼠洞中也不知發生了些什麼稀奇古怪的事，說不定一進去就得送死，我先爲你們探探路不好麼？」

憐星宮主道：「正因爲先行者必有兇險，所以才要你站住。」

小魚兒大笑道：「想不到你們竟如此關心我，多謝多謝，可是我既然中了那見不得人的毒，活著反正已無趣得很，死了倒正中下懷。」

邀月宮主冷冷道：「你死不得的。」

小魚兒只覺風聲颼然，邀月宮主已自他身旁不及一尺寬的空隙掠過他前面，連他的衣袂都沒有碰到。

見到這樣的輕功，小魚兒也不禁嘆了口氣，喃喃道：「魏無牙現在若已死了，倒是他的運氣，否則若是落在這兩位大宮主手上，就難免也要像我一樣，連死都死不了啦。」

大家隨著邀月宮主走了數十步後，向左一轉，這黑暗狹窄的洞穴，竟豁然開朗，變爲一條寬闊的甬道。

甬道兩旁，都砌著白玉般晶瑩光滑的石塊，頂上隱隱有燈光透出，卻瞧不見燈是嵌在哪裡的。

鐵心蘭、花無缺和移花宮主等人，實未想到這洞中竟別有天地，面上多多少少都不禁露出些驚奇之色。

小魚兒笑嘻嘻道：「你們現在就奇怪了麼？等你們到裡面去一瞧，那更不知道要有多麼奇怪了，我雖未去過皇宮，但想來皇宮也未必會比魏無牙這老鼠洞漂亮。」

他又說又笑，還像是生怕別人聽不見，甬道裡面迴聲不絕，到處都是他嘻嘻哈哈的笑聲。

憐星宮主冷冷道：「你不說話，也沒有人會將你當啞巴的。」

小魚兒道：「你怕魏無牙聽到麼？」

他不等憐星宮主說話，接著又笑道：「我若要來找人麻煩，就一定要光明正大的走進來，若是偷偷摸摸的怕人聽見，就算不得英雄好漢。」

憐星宮主也不答話，卻緩緩道：「魏無牙，你聽著，移花宮有人來訪，你出來吧。」她說話的聲音並不高昂，但卻蓋過了小魚兒的笑聲，一字字傳送到遠處，可是除了她自己的迴聲外，就再也聽不到一絲聲音。

蘇櫻面上的神情不禁更是憂慮。

魏無牙此刻實已凶多吉少，他若還沒有死，用不著等小魚兒大聲說笑，更用不著憐星宮主喊話叫陣，這甬道中的機關必定早已發動了。

突見邀月宮主停了腳步，道：「你看這是什麼？」

大家隨著她望去，才發覺這甬道的地上，竟留著一行腳印，每隔三尺，就有一個，就算是用尺量著畫上去的，也沒有如此規律整齊。

這甬道中地上鋪的石頭，也和兩壁一樣，平滑堅實，就算是用刀來刻，也十分不容易。但這人的腳印竟比刀刻的還清楚。

憐星宮主道：「此人為的是來找魏無牙，又何苦將功力浪費在這裡，拿地上的石頭來出氣？」

小魚兒搖了搖頭，笑道：「以我看來，說這話的才真有點笨哩！」

憐星宮主怒道：「你說什麼？」

小魚兒道：「據我所知，單只這一條甬道裡，就至少有十幾種機關埋伏，每一種都很可能要你送命。」

憐星宮主道：「你怎知道？」

小魚兒笑了笑，道：「就因為我至少已經嘗過了十三種。」

他接著又道：「此人既然要來找魏無牙的麻煩，必然對魏無牙知道得很清楚，走在這甬道裡必定步步為營，全身功力，也都蓄滿待發，你瞧他腳步間隔，如此整齊，就可想見他那時的情況。」

憐星宮主道：「不錯，一個人武功若練到極峰，那麼等他功力集中時，一舉一動，都必定自有規律。」

小魚兒道：「但他並不知道機關要在何時發動，是以他集中的功力隨時都在躍躍欲動，便不知不覺在地上留下了腳印。」

他瞧了憐星宮主一眼，笑著接道：「由此可見，此人並不是呆子，只不過功力太強了些而已。」

憐星宮主沉著臉，竟不說話了。

邀月宮主道：「但這甬道中的機關卻一直並未發動，是麼？」

小魚兒道：「不錯，機關發動後，無論是否傷了人，都會有痕跡留下來的，要等人收拾過後才能復原，而這人走進來後，這洞裡的人就好像已死光了，否則我們走到這裡，至少要遇見十來種埋伏。」

邀月宮主道：「但此人來時，洞中必定還有人在，機關又爲何始終未曾發動呢？」

小魚兒眼珠轉了轉，道：「我雖未見到這人走進來時的情況，但可以想見他必定也和我們一樣，一面走，一面亮著字號，『魏無牙你聽著，我某某人來找你了！』這裡的機關未曾發動，想必是因爲魏無牙一聽他的名頭，就大吃一驚，知道就算將機關發動也沒有用的，又生怕激惱了此人，所以就索性做大方些。」

她們姐妹兩人對望了一眼，心裡似乎突然想起一個人來！只有小魚兒才知道她們是想錯了。

蘇櫻忽然道：「看這人的腳印，比平常人至少要大出一半，可見他的身材必定很魁偉，他隨隨便便一跨出，就有三尺遠，可見他的兩條腿必定很長。」

她發現每個人的眼睛都已望在她臉上，似乎都在等她說下去。

她就接著道：「據我所知，普天之下，只有一個人的功力如此強猛，而傳說中他的身材也和此人一樣。」

移花宮主姐妹又對望了一眼，憐星宮主沉著聲道：「誰？」

蘇櫻道：「大俠燕南天！」

移花宮主自然也早已想到此人就是燕南天了，但驟然聽到「燕南天」三個字，這冷靜得有如冰湖雪水般的兩姐妹，面上也不禁為之動容，姐妹兩人都不禁向小魚兒望了一眼，目光卻又立刻收了回來。

小魚兒的眼睛也在留意著她們神情的變化。

這其中只有小魚兒知道此人絕不會是燕南天，因為燕南天縱然還活著，功力也不會恢復得這麼快。

但眼珠子一轉，卻拍手道：「不錯，這人必定就是燕南天大俠，除了燕大俠外，還有誰有這麼高的武功，這麼大的力氣？」

邀月宮主忽然道：「此人絕不會是燕南天！」

邀月宮主冷冷道：「他縱然未死，必定也已和死差不多了。」

憐星宮主道：「不錯，此人最是好名，以前他每隔一、兩個月，總要做一件讓人人都知道的事，他若還沒有死，這二十年來，為什麼全沒有他的消息？」

蘇櫻眼波流轉，緩緩道：「你們為什麼不進去瞧瞧，說不定他還在這裡沒有走哩。」

這句話還未說完，移花宮主姐妹兩人飛也似的掠過甬道。

連花無缺和鐵心蘭也被她們拋下了。

一〇三　莫測高深

鐵心蘭恰巧又站在花無缺和小魚兒中間，她連頭也不敢抬起，神情看來是那麼悲慘，那麼可憐。

花無缺目中也充滿了矛盾和痛苦之色，他抬起頭，似乎想說什麼，但一個字也沒有說出來，垂下頭急步前行。

誰知小魚兒忽然撲在他面前，笑道：「謝謝你。」

花無缺默然半晌，勉強一笑，道：「你並沒有什麼該謝我的。」

小魚兒嘆了口氣，道：「現在三個月已經過去，我知道你已不再將我當做你的朋友，但你卻還是爲我保守了一些秘密，我自然應該謝謝你。」

花無缺又沉默了許久，他每說一句話，都變得好像非常困難，過了半晌，才聽他緩緩道：「你用不著謝我，這只不過是因爲我生來就不是個喜歡多嘴的人。」

小魚兒道：「但這件事你本該告訴你師父的，而你卻連一個字都沒有說，這自然是爲了我，只有朋友才會互相保守秘密，仇人……」

花無缺面上的肌肉一陣抽搐，厲聲道：「但我卻不是這樣的小人！」他說完了這句話，身子已閃過小魚兒，衝了進去。

小魚兒又嘆了口氣，喃喃道：「就因爲你太君子了，所以才沒有反抗的勇氣，你爲什麼不能學學我，也做個叛徒呢？……」

鐵心蘭忽然掩面狂奔而出。

蘇櫻立刻大聲呼喚她，她不理也不睬，她心裡只有一個念頭，那就是遠遠離開這裡，遠遠離開這些人。

小魚兒笑了笑道：「一個人若是決心要走，誰也拉不住他的。」

他雖然在笑，但誰也想不到小魚兒的笑容竟也會如此淒慘。

蘇櫻道：「但你一定可以拉住她的。」

小魚兒忽然跳了起來，大聲道：「你想要我怎樣？你難道要我用鐵鍊子鎖住她？難道要我跪在地上，痛哭流涕地抱住她的腿！」

蘇櫻呆呆地瞧著他，目光漸漸朦朧，眼角緩緩沁出了兩滴晶瑩的淚珠，沿著她蒼白的臉，滴在她衣服上。

小魚兒扭過頭不去瞧她，冷冷道：「她走了你本該開心才是，哭什麼呢？」

蘇櫻流著淚道：「現在我只希望也能像她一樣，遠遠的走開，再也看不到你爲她生氣，爲她難受傷心。」

小魚兒大笑道：「我傷心？我難受？我爲什麼要難受？」

蘇櫻道：「只因這次是她要離開你，而不是你要離開她。」這簡簡單單的兩句話，其中卻含蘊最深刻、最複雜的道理，正如一根針，直刺入小魚兒的心底。

小魚兒又跳了起來，道：「既然如此，你爲什麼不走呢？」

蘇櫻只有用眼淚來代替回答。

小魚兒忽然一把摟住了她，嘴唇重重壓在她的嘴唇上，他抱得那麼緊，似乎要將蘇櫻整個人都揉碎。

蘇櫻似已完全崩潰了，但忽然間，她又用力去搥小魚兒的身子，用力推著他的胸膛，嘶聲道：「放開我，放開我。」

小魚兒道：「你……你難道不喜歡……」

他忽然放開手，用手掩著嘴，嘴唇上似已沁出鮮血，臉色也變了，也不知是憤怒還是驚奇。蘇櫻已踉蹌退到牆角，不住喘息。

小魚兒終於長長嘆了口氣，苦笑道：「我現在才知道我弄錯了。」

蘇櫻目中又流下了淚來，顫聲道：「你沒有錯，我也並不是不願你……你抱我，但現在我卻不願你抱著我，心裡還在想著別人。」

小魚兒呆了半晌，剛抬起頭，話還沒有說出口來，卻發現憐星宮主不知何時已站在甬道盡頭，冷冷的瞧著他們。

在這地方的中央，有一張很大很大的石椅，是用一整塊石頭雕塑成的，雖然是石頭，但卻比玉質更晶瑩，連一絲雜色都看不到，這洞中陰寒之氣砭人肌膚，但只要坐在這石椅上，立刻便覺得溫暖如春。

像這樣的石椅，普天之下，只怕再也找不出第二張了，但現在這石椅卻已被一劍劈成兩半！

邀月宮主和花無缺就在這石椅前，凝注著這石椅被劈開的切口，面色看來都十分凝重。

邀月宮主沉著臉沒有說話，過了半晌，忽然自寬大的白袍中，抽出一柄墨綠色的短劍。

劍長一尺七寸，驟看似乎沒有什麼光澤，但若多看兩眼，便會覺得劍氣森森，逼人眉睫，連眼睛都難睜開。

邀月宮主對這短劍也似十分珍惜，以指尖輕撫著劍脊，又沉吟了許久，才將劍交給花無缺，道：「你且用九成力在這石椅上砍一劍。」

花無缺道：「是。」

他用雙手接過劍，才發覺這短短一柄劍份量沉重，竟遠出他意料之外，而且指尖一觸劍身，便覺一股寒氣直透心腑。

花無缺不敢再問，右手持劍，左足前踏，「有鳳來儀」，劍光如匹練般向那石椅劈了下去。

他幾乎已將全身真力都凝注在手腕上，莫說這柄劍還是切金斷玉的利器，就算他手裡拿著的只是柄竹劍，這一劍擊下，也足以碎石成粉！

只聽「噹」的一聲，火星四激，這一劍竟只不過將石椅劈開了一尺多而已，劍身就嵌在石縫裡。

花無缺手握劍柄，呆了半晌，額上已沁出冷汗。

劈開這石椅的人，就算用的是一柄和他同樣鋒利的寶劍，功力也至少要比他高出數倍！

世上竟有這樣的高手，這實在令人難以想像。

邀月宮主似乎嘆了口氣，緩緩道：「久聞『青玉石』石質之堅，天下無雙，如今看來果然不錯，此人能將青玉石一劈為二，劍法倒也不差。」

花無缺忍不住道：「此人劍法雖高，但他的功力只怕更……」

邀月宮主截斷了他的話，冷冷道：「這椅背高達五尺，他一劍竟能劈開，而你一劍只能劈開尺餘，你就認為他的功力至少要比你強三倍，是麼？」

花無缺道：「弟子慚愧。」

他接著又道：「弟子一劍將石椅劈開時，自覺餘力仍甚強，至少可再劈下三尺，誰知劍下一尺後餘力即盡，由此可知，愈往下劈愈是艱難。」

邀月宮主道：「不錯。」

花無缺道：「弟子將這石椅劈開一尺時，只用了三分氣力，但再往下劈了三寸，卻用了七分氣力，此人一劍將石椅劈開五尺，功力又何止比弟子高出三倍！」

邀月宮主淡淡一笑，道：「你錯了，你用不著妄自菲薄，普天之下，絕無一人功力能比你高出三倍的，只是你不明白這其中道理何在而已。」

花無缺垂首道：「是，弟子愚昧。」

邀月宮主道：「人能一劍劈開石椅，而你不能，並不是因爲他功力比你高出數倍，只不過是因爲他使劍的手比你巧而已。」

此話道理看來雖淺顯，其實卻正是武功中至深至奧之理，花無缺仔細咀嚼著其中滋味，只覺受用無窮，又驚又喜。

邀月宮主道：「此人不但手法比你巧，出手也比你快，只因『快』，就是『力』，所以他才能你之所不能。你若和他動手，五十招內，他就可封住你的劍勢，一百招內，他只怕就已可取下你的首級來！」

花無缺額上又沁出冷汗。

邀月宮主道：「除此之外，他這一劍劈下時，必是滿懷憤怒，只想取人性命，並未考慮到這一劍是否能將石椅劈成兩半，出手的氣勢就自不同，而你出手時，卻只是斤斤計較著能將石椅劈開多少，氣勢已比人弱了七分，你和人動手時若也如此，那就危險得很了。」

這一席話只說得花無缺不敢抬頭，汗透重衣。

突聽一人拍手笑道：「移花宮主妙論武功，果然精闢入微，令人聞之茅塞頓開，就連我都忍不住有點佩服你了。」

小魚兒已笑嘻嘻走了進來，若是換了別人，嘴上被咬破一塊，必定少不得要遮遮掩掩。

但小魚兒卻一點也不在乎，眼珠子一轉，悠然盯在那柄墨綠色的短劍上，聳然動容道：「這難道就是傳說中那柄上古神兵『碧血照丹青』麼？」

邀月宮主冷冷道：「你眼力倒不錯。」

小魚兒道：「據說自古以來，所有神兵利器在冶造時，都要以活人的血來祭劍之後，才能鑄成，還有些人竟不惜以身殉劍，是以干將莫邪始，每一柄寶劍的歷史，必定都是淒惻動人的故事！」

邀月宮主道：「現在並不是說故事的時候。」

小魚兒也不理她，接著道：「只有這柄『碧血照丹青』，用一個人的熱血來祭劍，劍還是不成，鑄劍師的妻子兒女都相繼以身殉劍，也沒有用，鑄劍師悲憤之下，自己也躍入冶爐，誰知他自己跳下去後，爐火竟立刻純青，又燃燒了兩日後，才有個過路的道人將劍鑄成。據說此劍出爐後，天地俱爲之變色，一聲霹靂大震，那道人吃了一驚，被霹靂震倒，竟恰巧跌倒在這柄劍上，就做了這柄劍出世後的第一個犧牲品。」

說到這裡，小魚兒才笑了笑，道：「這些話當然只不過是後人故神其說，並不足信，試想那些人既已死盡，這故事又是誰說出來的呢？」

邀月宮主道：「不錯，這些事並不足信，但有一件事你卻不能不信。」

小魚兒道：「什麼事？」

邀月宮主道：「那鑄劍人自己躍入冶爐時，悲憤之下，曾賭了個惡咒，說此劍若能出爐，以後只要見到此劍的人，必將死於此劍之下！」

她目光冷冷的凝注著小魚兒，一字字接著道：「唯有這件事，你不能不信！」

蘇櫻聽得忍不住機伶伶打了個寒噤，情不自禁，轉過了頭去，不敢再向那不祥的凶器看一眼。

花無缺忽然「嗆」的自石上抽出了劍，雙手送到邀月宮主面前。邀月宮主目光閃動，淡淡道：「你留著它吧。」

花無缺臉色變了變，垂下頭去，道：「弟子……」

他話還沒有說出來，小魚兒又大笑道：「你將劍送給他，可是想要他用這柄劍來殺我麼？但你莫忘記，那鑄劍師的惡咒若是真的很靈，你也免不了要死在這柄劍下的！」

邀月宮主的面色也忽然爲之慘變，目光忽然刀一般轉到花無缺身上，但這時憐星宮主已搶著道：「無缺，你去將鐵心蘭找回來。」

花無缺似乎又吃了一驚，失聲道：「她……」他瞧了小魚兒一眼，立刻又閉上了嘴。

憐星宮主道：「她已走了，但以她的腳力，必定不會走得太遠，你一定能追得上的。」

花無缺垂首道：「但弟子……弟子……」

憐星宮主厲聲道：「你怎樣？你難道連我的話都不聽？」

花無缺又瞧了小魚兒一眼，雖然滿面俱是痛苦爲難之色，卻還是不敢再說什麼，筆直衝了出去。

小魚兒卻似完全沒有留意到他，道：「你們進來時，這老鼠洞裡已沒有人了麼？」

邀月宮主方才聽了那句話後，到現在彷彿還是心事重重。

憐星宮主沉聲道：「一個人都沒有。」

小魚兒皺眉道：「那麼魏無牙呢？他難道已經逃走了麼？」蘇櫻雖未說話，卻忍不住露出驚喜之色。

小魚兒眼珠子一轉，道：「你能不能扶著我到四下去瞧瞧？」

魏無牙就算是世上最殘酷惡毒的小人，但做起事來卻當真不愧爲大手筆，竟幾乎將這座山的山腹都挖空了。

除了這一片宮殿般的主洞外，四面還建造了無數間較小的洞室，一間間排列得就像蜂房似的。

蘇櫻扶著小魚兒一間間走過去，只見每間洞室都很整潔，甚至可以說都很華麗，而且還都有張很柔軟、很舒服的床。

小魚兒嘆了口氣，道：「我大概已經有兩、三年沒有在這麼舒服的床上睡過覺，想不到這些小老鼠的日子倒比我過得舒服。」

蘇櫻道：「魏……魏無牙對門下的弟子雖然刻薄寡恩，但只要他們不犯錯，日常生活上的享受倒的確還不錯。」

小魚兒道：「但老鼠爲什麼要搬家呢？他們難道早已算準了有貓要來麼？魏無牙的本事就算不小，總也不能未卜先知吧。」

蘇櫻默然半晌，道：「不錯，這人既是突然而來的，魏無牙就絕不可能知道，他若在倉促間逃走，就絕不會走得如此乾淨。」

小魚兒道：「何況，他在這裡苦練了二十年的武功，又建造了這許多機關消息，爲的就是要準備對付燕大俠和移花宮主。」

蘇櫻點了點頭，道：「不錯，他的確有這意思。」

小魚兒道：「但他自己現在卻偏偏走了，這是爲了什麼呢？這道理你能想得通麼？」

蘇櫻苦笑道：「我想不通。」

小魚兒道：「除此之外，我還有件想不通的事。」

蘇櫻道：「哦？」

小魚兒道：「那天我受了重傷時，魏無牙忽然匆匆而出，去迎接一位貴客，現在我才知道，這位貴客就是江別鶴。」

蘇櫻道：「不錯。」

小魚兒道：「江別鶴雖然是江南大俠，但『江南大俠』這四個字，在魏無牙眼中，只怕連一文都不值。」

蘇櫻道：「看來只怕是早就認得的，否則江別鶴既不會找上門來，也根本就找不著他。」

小魚兒道：「所以我就又想不通了，江別鶴崛起江湖，只不過是近年來的事，魏無牙卻已在這裡隱居了十七、八年，他們是怎麼會認得的呢？」

他嘆了口氣，接著又道：「這兩人既已勾結在一起，魏無牙如虎添翼，本該更不會走的，但卻偏偏走了，所以我想，這件事其中必定有些陰謀，說不定根本就是他們故意佈置出來的圈套，我一走進來，就覺得這地方有些不對了。」

突聽一人道：「有什麼不對？」

這語聲忽然自他們身後發出來，但蘇櫻和小魚兒非但都沒有吃驚，甚至根本沒有回頭去瞧一眼。

因爲他們知道移花宮主必定會跟在他們身後的，也知道以移花宮主的輕功，他們必定覺察不到。

小魚兒道：「這地方雖然連個人影都沒有，但我卻覺得到處都充滿了殺機，好像已走進了座墳墓，再也出不去。」

憐星宮主冷冷道：「這只不過是你疑心生暗鬼而已。」

小魚兒道：「這也許只不過是我的疑心病，但無論如何，我卻不想再留在這地方了，你們若不想走，我可要先走一步……」

他的話還未說完，突聽一人咯咯笑道：「你現在要走，只怕已來不及了。」

小魚兒這一輩子雖然活得還不算長，但各式各樣的笑聲倒也聽過不少，但無論多麼難聽的笑聲，若和這笑聲一比，簡直就變得如同仙樂了，他也知道，普天之下，只有一個人的聲音會如此難聽。

移花宮主和蘇櫻都已悚然失色。

小魚兒也忍不住叫了起來，道：「魏無牙還在這裡！」這洞中的人既已走光了，魏無牙怎還在這裡？

只聽那人咯咯笑道：「不錯，我還在這裡！我在這裡等候各位的大駕已有多時了。」

這笑聲就是從隔壁的一間石室中傳出來的。

但在這刺耳的笑聲中，這洞室的石壁忽然奇蹟般打開，一輛很小巧的兩輪車已自石壁中滑了出來。

這輛車子是用一種發亮的金屬造成的，看來非常靈便，非常輕巧，上面坐著個童子般的侏儒。

他盤膝坐在這輛輪車上，根本就瞧不見他的兩條腿。

他的眼睛又狡猾，又惡毒，帶著山雨欲來時那種絕望的死灰色，但有時卻又偏偏會露出一絲天真頑皮的光芒，就像是個惡作劇的孩子。

他的臉歪曲而獰惡，看來就像是一隻等著擇人而噬的餓狼，但嘴角有時卻又偏偏會露出一絲甜蜜的微笑。

小魚兒說的不錯，這人實在是用毒藥和蜜糖混合成的，你明明知道他要殺你時，還會忍不住要可憐他。

移花宮主一眼瞧見他，竟也不禁驟然頓住身形，不願再向他接近半寸，正如一個人驟然見到一條毒蛇似的。

魏無牙悠然道：「你方才說的並不錯，這裡實在已是一座墳墓，你們再也休想走出去了！」

邀月宮主變色道：「你說什麼？」

魏無牙道：「這裡就是整個洞府的機關樞紐所在地，現在我已將所有的出路全都封死，莫說是人，就算一隻蒼蠅也休想飛得出去了。」

小魚兒大駭之下，就想趕出去瞧瞧，但忽又停住，因爲他知道魏無牙既然說出這話來，就絕不會騙人的。

他眼珠子一轉，卻笑道：「你將所有的出路全都封死了？」

魏無牙道：「不錯。」

小魚兒笑道：「那麼，難道你自己也不想出去了麼？」

魏無牙道：「我正是已不想再出去。」

一〇四　見利忘義

小魚兒大笑道：「你說的話，有誰會相信？就算你要將她們活活葬在這裡，你也可以找別人來發動這機關，爲什麼自己要來陪葬呢？」

魏無牙淡淡道：「這只因我要親眼瞧見她們死，親眼瞧見她們臨死前的痛苦之態，我還要親眼瞧瞧她們被飢餓和恐懼折磨時，是不是還能保持這樣聖女的模樣！」

小魚兒望了移花宮主一眼，只見這姐妹兩人就像是忽然變成了兩個石像，連動都不動。小魚兒眼珠子一轉，忽又大笑道：「但你這樣做，一定是因爲自知還不是她們的對手，否則你就可以真刀真槍的殺了她們，用不著自己也來陪葬了，是麼？」

魏無牙嘆道：「不錯，我本以爲這二十年來，武功已精進許多，已足可將她們置之於死地，但見到江別鶴時，才知道自己錯了。」

小魚兒又不覺怔了怔，道：「你爲何要等見到他時，才知道自己錯了？」

魏無牙道：「二十年前，江別鶴的武功根本還不入流，但現在卻已可算得上是江湖中的一流高手，這二十年來，連他的武功都進步了這麼多，何況移花宮主？我和移花宮主的武功若是同樣在進步，那麼我再練二十年，還是一樣勝不過她們，何況，她們有姐妹兩人，我卻只有孤零零一個。」

他笑了笑，接著道：「所以我想來想去，只有用這一手了。」

小魚兒道：「既然如此，她們現在要殺你，還是簡單得很，你……」

魏無牙冷冷道：「這些門戶俱是萬斤巨石，現在已被封死，連我自己也是開不開的。」

小魚兒也石頭般怔住，再也說不出話來。

魏無牙道：「何況，你們就算明知這裡的門戶都已被封死，還是難免要抱萬一的希望，而我就是你們唯一的希望，所以我算準你們絕不敢殺了我的！」

他忽又笑了笑，道：「櫻兒，你爲什麼躲在外面不敢進來？」

蘇櫻垂首走了進來，臉色也蒼白得可怕。

魏無牙瞪著她瞧了半晌，又瞧了瞧移花宮主，道：「我一向對你不錯，你可知道是爲了什麼？」

蘇櫻垂首道：「我……我不知道。」

魏無牙笑道：「你若瞧瞧這兩位宮主，再自己照照鏡子，就會知道了。」

小魚兒心裡一動，這才發現蘇櫻和移花宮主的容貌竟有七分相似之處，她們都是絕世的美人，面色又都是那麼蒼白，神情又都是那麼冷漠，看來簡直就像親生母女、同胞姐妹差不多。

蘇櫻也不知是驚是喜，動容道：「你老人家對我好，難道就是爲了我長得很像她們？」

魏無牙道：「不錯，否則天下的孤女那麼多，我爲何要將你一個人救回來？我一向對你百依百順，就因爲我要將你養成冷漠高傲之態，我要你一個人住在那裡，就因爲我要養成你孤僻的性格……」

蘇櫻道：「你老人家想盡法子，難道只爲了要使我變得和她們一模一樣麼？」

只聽小魚兒拍手大笑道：「我現在才明白了，原來你的心上人竟是移花宮主，就因爲你得不到她們，所以因愛生恨，才會對她們恨之入骨。」

他是世上最聰明的醜侏儒，竟會愛上世上最最高貴，最最美麗的女人，這種事實在不可思議，妙不可言。

小魚兒愈想愈好笑，笑得連氣都喘不過來。

魏無牙一本正經，緩緩道：「二十多年前，我專程趕到移花宮去，向她們兩位求親……」

小魚兒喘著氣笑道：「你……你向她們求親？」

魏無牙正色道：「這正是智慧和美麗的結合，正是世上最嚴肅、最相配的事，你爲什麼要笑！」

小魚兒道：「是是是，這件事實在再相配也沒有，只可惜她們非但不答應，還要殺了你，你們的仇恨，就是這樣結下來的，是麼？」

魏無牙嘆了口氣，雖然沒有說話，卻已無異默認。

再看移花宮主姐妹兩人，已氣得發抖。

小魚兒眼珠子一轉，笑嘻嘻道：「有這樣的大英雄、大豪傑來向你們求親，正是你們的光榮，你們爲何竟不肯答應呢？我實在覺得很可惜。」

魏無牙大笑道：「你用不著激怒她們，要她們向我出手。她們就算殺了我，你也沒什麼好處，你若是個聰明人，就該勸她們莫要殺我才是，等我自己餓得受不了時，說不定會想出個法子，將封死的門戶再打開的。」

小魚兒瞪著他瞧了半晌，道：「不錯，你現在的確不能死，我還有很多事要問你。」

魏無牙道：「你第一樣要問我的，就是方才究竟有誰來了？能一劍將青玉石椅劈開的人，究竟是誰？對不對？」

小魚兒道：「不對，這件事我已用不著問你，只因我現在已經明白了。誰也沒有來。」

魏無牙大笑道：「誰也沒有來？在甬道上留下腳印的難道是我麼？」

小魚兒道：「甬道上那些腳印只是你自己刻出來的，所以才會那麼整齊。」

魏無牙目光閃動，道：「外面樹林中那些人又是誰殺死的呢？」

小魚兒道：「自然就是你自己殺死的，你打他們的耳光，他們自然不敢還手，也不敢躲避，你要他們上吊，他們就不敢跳河。」

魏無牙道：「如此說來，那青玉石椅難道也是被我自己劈開的麼？」

小魚兒道：「你既然能將青玉石削成椅子，你手裡就一定有柄削鐵如泥的寶劍。這寶劍既能將青玉石削成椅子，就一定能將椅子劈開兩半……這道理豈非明顯得很麼？」

魏無牙嘆了口氣，道：「不錯，這道理實在很明顯了。」

小魚兒道：「你將樹林中的那些徒弟殺死，又在甬道上刻下那些腳印，就是爲了要引誘我們走進來。」

魏無牙道：「這也很有理。」

小魚兒道：「但你又生怕我們一走進來，發現這裡已沒有人，就立刻又走出去了，所以你就將那石椅劈成兩半，叫我們心中猜疑，而且……」

他歇了口氣，才接著道：「這裡的門房既然全都是千斤巨石做成的，要將它們完全封死，也絕對不是一時半刻間做得到的。」

魏無牙接著道：「所以我就要將你們的注意力全都吸引到那張石椅上，我才有時間從從容容將門戶封死，是麼？」

小魚兒撫掌道：「正是如此。」

魏無牙忽然大笑起來，笑得幾乎從輪椅上跑到地上。

小魚兒瞪眼道：「你笑什麼？我猜的難道不對麼？」

魏無牙大笑道：「對對對，實在太對了，你實在是天下第一聰明人。」

小魚兒笑道：「對於這一點，我倒是從來不敢自謙。」

魏無牙道：「只不過我也有幾句話要問你。」

小魚兒道：「哦？」

魏無牙道：「你到我這地方來過，總該知道，這裡到處都是奇珍異寶，現在爲什麼連一件都沒有了呢？」

小魚兒怔了怔，道：「這……這自然是你要你的徒弟帶出去了。」

魏無牙道：「我爲什麼要他們帶走？我既已決心死在這裡，爲什麼不將這些珍寶拿出陪葬，卻將它們送給別人，我既然從來也未將我的徒弟當做人，爲什麼要讓他們落個大便宜？……這其中道理你想得通麼？」

小魚兒眼睛忽然一亮，道：「這只因你想看我們死了後，再走出去。」

魏無牙道：「我若有這樣的打算，更不該將珍寶送走了，只因我此刻若想走出去，一定要等你們全都死光，我難道還怕你們這些已死了的人來搶我的珠寶麼？」

小魚兒這次真的怔住了：「如此說來，這地方難道真有位武林高手來過麼？來的這人是誰？」

魏無牙道：「這人是你認得的。」

小魚兒道：「你怎知我認得他？」

魏無牙悠然道：「只因他曾經問起過你。」

小魚兒面上變了變顏色，忽然大笑道：「你難道要告訴我，來的這人是燕南天麼？」

魏無牙眼睛盯著他，一字字道：「不錯，來的這人正是燕南天！」

小魚兒怔了許久，忽又大笑起來，道：「燕南天若來過，你怎麼還能活在世上害人？」

魏無牙冷笑道：「你以爲他武功比我高？」

小魚兒面色又變了變，但瞬即展顏笑道：「他若真的來過，甬道上的腳印就是他留下來的，石椅自然也就是被他神劍所劈開，這一劍之威，足以驚動天地，就憑你這身本事，只怕還難傷得了他一根毫髮……你的本事我是知道的。」

魏無牙默然半晌，長長嘆了口氣，道：「不錯，單只他那一劍之威，已足可睥睨天下，我實在還不是他的敵手。」

小魚兒道：「他若真的來過，爲何沒有殺了你呢？」

魏無牙緩緩道：「這自然有交換條件。」

小魚兒道：「什麼條件？」

魏無牙道：「我答應交給他一個人，他就答應不傷我性命。」

小魚兒追問道：「你答應將誰交給他？」

魏無牙道：「江別鶴！」

小魚兒又吃了一驚，失聲道：「江別鶴？燕大俠竟肯爲了江別鶴，饒了你的性命？」

魏無牙道：「不錯。」

小魚兒道：「他爲什麼要救江別鶴？」

魏無牙笑道：「他不是爲了要救江別鶴，而是要殺他。」

小魚兒不禁又是一怔，道：「他和江別鶴又有什麼仇恨？」

魏無牙默然半晌，緩緩道：「你可知道江別鶴的本來面目是誰麼？」

小魚兒道：「是誰？」

魏無牙道：「他本來就是你父親的書童江琴，從小就在你們家長大，你父親和他名雖主僕，其實卻無異兄弟。」

小魚兒吃驚得張大了嘴，合不攏來，忍不住問道：「江琴既然和先父也情同手足，燕大俠又爲何要殺他？」

魏無牙道：「江楓非但是天下少見的美男子，也是數一數二的大富翁，江湖好漢們早已想打他的主意了，只是礙著燕南天，所以遲遲不敢下手。誰知道江楓忽然鬼迷心竅，竟和移花宮門下一個女徒弟私奔了，這女人也就是你的母親。」

小魚兒怒道：「你說話用字最好放文雅些。」

魏無牙齜牙一笑，悠然接著道：「這兩人雖然已愛得發暈，不顧一切，但也知道移花宮主是絕不會放過他們的，所以兩人一逃回來，江楓就將家財送的送，賣的賣，自己只帶著些隨身細軟準備亡命天涯，隱居避禍。」

小魚兒怒道：「所以你們這些臭強盜就紅了眼睛。」

魏無牙道：「不錯，江楓的計畫，是要江琴先輕騎去找燕南天，他自己再帶著你母親穿過一條久已廢置的古道，趕去和燕南天會合。這計畫本來不錯，他走的路本來也很秘密，只可惜江琴還沒有去找燕南天時，就先找到咱們『十二星相』了。」

小魚兒狠狠道：「難怪你認得江別鶴，原來你們早已狼狽爲奸，幹過買賣。」

魏無牙一笑道：「這件事我雖然知道，但卻沒有出手，因爲我就算不出手，也不怕他們得手後不分給我，而且我那時也正有別的事不能分身。」

小魚兒道：「出手的是被燕大俠宰了？他們早該明白燕大俠的手段，爲什麼還要出手？」

魏無牙道：「他們本來打算將這筆帳算在移花宮主身上的，讓燕南天認爲這是移花宮主動的手，再加上江琴又將你父親帶出來的東西開了張清單，這麼大的買賣，『十二星相』又怎肯放過？」

小魚兒咬牙道：「但江琴也該知道『十二星相』是什麼角色，這買賣既然已歸了十二星相，他還有什麼便宜好佔的？」

魏無牙笑道：「他的貪心並不大，只要佔其中兩成，他也知道我們『十二星相』做買賣最公道，只要答應分給他的，就絕不會賴帳。而且，你父親雖然將他當自己兄弟，但在別人眼中，他還只不過是個江楓家裡的一個奴才，你父親若不死，他就一輩子也休想出頭。」

他微微一笑，接著道：「這人的貪心雖不大，野心卻不小，一心只想在江湖中成名立萬，所以他就非先害死你父親不可。」

小魚兒只覺手腳冰涼，默然半晌，道：「但我父親後來並不是死在『十二星相』手上的，是麼？」

魏無牙道：「後來的事，我知道得並不太詳細，我只知道等燕南天趕去的時候，你父母都死了，只有你還活著。」

小魚兒強忍住心裡的悲痛道：「無論我父母是誰動手殺死的，這原因總是江琴而起。他若不出賣我父親，這些人就一定找不到他老人家的，是麼？」

魏無牙道：「正是如此。」

小魚兒道：「既是如此，燕大俠那時為何不殺了他呢？」

魏無牙道：「燕南天那時只怕還不知道江琴是罪魁禍首，等他知道的時候，江琴早已溜了，從此之後，江湖中就再也沒有聽見過江琴的消息，也沒有再聽到燕南天的消息，後來我才聽說燕南天已死在惡人谷。」

他又嘆了口氣，苦笑道：「誰知這消息竟是放屁，燕南天非但沒有死，而且武功又精進了不少，那江琴搖身一變，竟變成江南大俠了。」

小魚兒默然半晌。他實在也想不通燕南天怎會又現身的？他的病勢怎會忽然痊癒？難道是忽然出現了什麼奇蹟？還是另外又有個像「南天大俠」路仲遠那樣的人，又借用了「燕南天」這名字？這人會是誰呢？

一〇五 勾心鬥角

蘇櫻忽然問道：「這位燕大俠是不是已經將江別鶴殺死了呢？」

魏無牙道：「還沒有。」

蘇櫻道：「燕大俠爲什麼還不殺他？」

魏無牙道：「因爲他要把江別鶴留給小魚兒，要小魚兒親手復仇。他一天找不著小魚兒，江別鶴就一天不會送命，他十年找不著小魚兒，江別鶴就十年不會送命。」

蘇櫻失聲道：「如此說來，江別鶴豈非……豈非……」她的話雖沒有說完，意思卻已很明顯。

魏無牙大笑道：「不錯，江別鶴永遠也送不了命的，因爲燕南天永遠也找不著小魚兒了，他武功雖比江別鶴高明十倍，但卻遠不及江別鶴詭計多端，他將江別鶴這種人帶在身側，就好像拉著隻老虎滿街跑似的，遲早總有一天，他的命也要送在江別鶴手上。」

小魚兒大怒道：「他饒了你性命，你卻這麼樣對付他，你還算是個人麼？」

魏無牙抑住了笑聲，恨恨道：「他雖然沒有殺我，卻將我的徒弟全都趕走，而且要他們將我的珠寶全都帶走，這豈非和殺了我一樣！」

小魚兒這才完全明白了，忍不住笑道：「只怕他非但趕走了你的徒弟，連你那些寶貝老鼠也被趕走了，是麼？」

魏無牙咬著牙，道：「哼。」

小魚兒道：「原來你是自覺活著沒意思了，才想出這最後一著來的，但你平時若對你那些徒弟稍微好些，他們又怎會在你有困難時離你而去？」

魏無牙忽又陰惻惻一笑，道：「但現在既已有你們陪著我死，我已經很心滿意足了。」

言罷，軋軋聲響中，輪車忽而消失不見。

突聽移花宮主喚道：「江小魚，你過來。」

小魚兒本來似乎不願過去了，但想了想，還是過去了，走了兩步，又回過頭來望了望蘇櫻。蘇櫻本來似乎要先看看魏無牙的反應，便忽又改變了主意，只是向小魚兒嫣然一笑，就跟了過去。

移花宮主姐妹兩人站在「大廳」的中央，神情雖然還是那麼驕傲而冷漠，但看來已似忽然變得很渺小、很孤獨、很可憐。

但她們還是筆直的站著，沒有坐下來。她們幾乎從來也沒有坐下來過。

邀月宮主霍然轉過身子，像是生怕自己再瞧見小魚兒一眼之後，會忍不住出手將他殺了。

憐星宮主道：「我們方才已將這小洞四面都探查了一遍。這四面的門戶的確已全都被閉死了。」

小魚兒道：「我根本用不著去看，也知道這絕不會是假的。」

憐星宮主默然半晌，道：「這裡門戶俱是萬斤巨石，絕非人力所能開啓，但我想，魏無牙絕不會甘心將自己困死在這裡。」

小魚兒道：「你難道想要我將這條逃路找出來麼？」

憐星宮主又沉默了半晌，緩緩道：「我想，你也許有法子能自魏無牙口中探聽出來。」

小魚兒道：「你以爲我真有那麼大的本事？」

憐星宮主道：「他若不肯說，你就殺了他！」她瞟了蘇櫻一眼，又道：「我看得出他對你已恨之入骨，若有機會親手殺你，他絕不會錯過。」

小魚兒道：「這話倒是不錯，只可惜我若和他動手，送命的不是他，而是我。」

憐星宮主道：「我也知道你此刻武功還不及他，但只要我教你三個時辰的武功，他就萬萬不會是你的對手了。」

小魚兒道：「哦，你真有這麼大的把握？我有點不信。」

憐星宮主淡淡道：「本門武功的神奇奧妙，又豈是你們所能想像！」

小魚兒忽然不說話了。他歪著頭想了半天，竟又大笑起來。

憐星宮主怒道：「你以爲這是在說笑麼？」

小魚兒道：「我爲什麼要平白費這麼大力氣，去和魏無牙動手呢？」

憐星宮主又不禁怔了怔，道：「但你若能將他擊倒，再以死相脅，他只怕就會將最後一條逃路說出來的。」

小魚兒道：「我爲什麼要逃出去？這裡不是很舒服麼？」

憐星宮主氣得臉色發白，話也說不出來。

小魚兒悠然道：「我反正也中了毒，遲早總是要死的，就算你們能解了我的毒，我還是難免要死在花無缺手上，既然我算來算去，都是非死不可，倒不如索性死在這裡，我看這墳墓倒也堂皇富麗。」

憐星宮主一直瞪著他，等他說完了，又瞪著他許久，忽然道：「我若保證你絕不會死在花無缺手上呢？」

邀月宮主忽然厲聲道：「你和花無缺這一戰勢在必行，絕無更改……」

小魚兒嘆道：「既然如此，那就沒法子了，我們大家只好一起在這裡等死吧。」

憐星宮主道：「但你莫忘了，我若能令你的武功勝過魏無牙，就也能勝過花無缺，你若能殺了魏無牙，就也能殺了花無缺！」

小魚兒眨了眨眼睛，道：「花無缺是你們從小養大的，非但是你們的徒弟，簡直已和你們的兒子差不多了，我卻是你們的仇人之子，若非我明知武功比你們差得太遠，說不定我早就要了你們的命了，現在你們竟要傳授我武功，要我去殺死你們的徒弟，這種話天下只怕再也沒有一個人會相信。」

憐星宮主望了她姐姐一眼，邀月宮主道：「這其中自然有……」

小魚兒目光閃動，等著她說下去，誰知她剛說了幾個字，忽又頓住語聲。小魚兒追問道：「你們若要我相信，也容易得很，只要你們將這其中的原因說出來，你們無論要我做什麼，我都可以答應。」小魚兒眼睛盯著她，悠悠道：「你們難道情願讓魏無牙看見你們臨死前的醜態，也不肯說出這秘密麼？我可以告訴你們，一個人臨死的時候，那樣子非但很難看，而且還很可笑。」

邀月宮主咬了咬牙，忽又轉過身。憐星宮主也隨著她緩緩轉過身去，兩人既不願再瞧小魚兒一眼，也不願再聽他說一個字了。

小魚兒木頭人般愣了半晌，忽然轉向蘇櫻道：「這件事前前後後你已知道了不少，是麼？」

蘇櫻嘆道：「我現在已知道江伯母以前本是移花宮的門下，後來……後來……」

小魚兒咬著牙道：「我父母無疑都是死在她們手上的，她們當時沒有斬草除根，現在卻想殺了我，以免留下後患。可是她們爲什麼一定要花無缺動手殺死我呢？她們若肯自己動手，我現在早已不知死過多少次了。」

蘇櫻道：「她們本來以為你會很恨花無缺的，你不能找她們復仇，就一定會找花無缺，誰知你的思想卻開明得很，竟認為上一代的仇恨，和下一代無關，所以她們只好逼著花無缺來殺你了。據我看來，你和花無缺之間，必定還有一種極複雜的關係。」

小魚兒眼睛一亮，又皺眉道：「但我和花無缺之間卻又不可能有什麼關係的，我一生下就被帶到惡人谷去了，在這世上，我根本沒有什麼親人。」

洞窟中靜寂得實在和墳墓沒什麼兩樣，從石壁間透出來的燈光很柔和，月光般照著小魚兒的臉。這本是張明朗驕傲、倔強，充滿了魅力的臉，但現在看來，卻顯得說不出的黯淡，說不出的疲倦。蘇櫻癡癡的瞧著，目中似乎隱隱泛起了淚光。

也不知過了多久，只聽小魚兒喃喃道：「蘇櫻，你要知道，我並不是怕死，但要我就這樣糊裡糊塗地死了，我實在不甘心……實在不甘心！」

蘇櫻道：「這地方門戶若真的全都封死了，整個洞窟就該和墳墓般變得密不通風，可是……直到現在我們還沒有氣悶之感，而且不通氣的地方，連火都燃燒不起來。」

小魚兒用拳頭打了打手掌，道：「好，只要他真的還留下一條路，我就有法子要他說出來。」

蘇櫻忽然一笑，道：「你不是已經不想出去了麼？」

小魚兒向她扮了個鬼臉，道：「那只是我故意要脅她們的，這秘密還沒有水落石出之前，我非但自己捨不得死，還捨不得讓她們死哩。」絕望之中，忽然又有了一線生機，兩人的精神都不禁變得振奮起來。兩人正想往前走，忽然身後傳來一聲嘆息。「你們不用找了，我就在這裡！」

那本來放著玉椅的石台，現在忽然移開了——魏無牙推著輪車，從下面緩緩滑了上來。「我知道你現在心裡一定又在打主意，要想法子令我說出那些通風之處在哪裡，那麼我勸你，這心思你也不必白費了。因為那時我造那些氣孔時，就怕老鼠會從氣孔中逃出去。」

小魚兒沉思了半晌，忽又問道：「你是怕我們死得太快了麼？」

魏無牙笑道：「這就對了，我費了許多力氣，才將你們弄到這地方來，怎麼捨得一下子就將你們悶死？我當然希望你們死得愈慢愈好，這樣我才能慢慢欣賞你們臨死時忍不住要做出來的種種醜態，我敢擔保世上絕沒有一件事比這更有趣的了。」他似乎愈想愈有趣，笑得整個人都扭曲起來。

小魚兒居然也笑了，道：「我們想問問你，你認為我們會做出什麼醜態來？」

魏無牙眼睛裡閃著光，笑道：「你總該知道，移花宮主姐妹是從不肯隨便坐下來的，無論什麼地方她們都嫌髒，但我敢擔保，不出三天，她們就會躺在那些臭男人睡過的床上了，她們平時什麼東西也不肯吃，但再過幾天，就算有隻死老鼠，她們說不定也會吞下去，也說不定會將你們兩人煮來吃了，你信不信？」

小魚兒大笑道：「她們若真會將我吃下肚裡，倒也妙極，我情願葬在她們兩人的肚子裡。」他雖在哈哈大笑，暗中卻已不禁毛骨悚然，因爲他知道魏無牙所說的話，並不是完全不可能。

只聽魏無牙笑著又道：「還有，我知道你們這四個人還都是童男童女，還沒有一個真正嚐過人生的樂趣，到了快死的時候，說不定會忽然覺得這麼一死未免太划不來了，說不定就會想嚐嚐那件事是何滋味。」他眼睛裡充滿了猥褻之意，腦子裡似乎已在幻想著那時的情況，蜷曲著身子狂笑著接道：「到了那時，你這小伙子只怕就要變成寶貝了。」

「你爲什麼不想嚐嚐這滋味呢？難道你已經不行了麼？」小魚兒盯著他的兩條蜷曲的腿，冷笑道：「原來你早就不行了，所以才會變成這麼樣一個瘋子，我本來覺得你很可恨，現在才發覺你原來很可憐。」

魏無牙忽然狂吼一聲，向小魚兒撲了上來。小魚兒身形急轉，雙掌反切。誰知魏無牙的身子忽又多出十根短劍，劃向他的手腕。原來他每根手指上都留著三、四寸長的指甲，平時是蜷曲著的，與人動手時，真氣貫注指尖，指甲便劍一般彈出。燈光下，只見這十根指甲隱隱閃著烏光，顯然淬著劇毒，小魚兒只要被他劃破一點油皮，就無救了。

他這一撲之勢，竟藏著三種變化後著，每一種變化都出人意外，招式之怪異狠毒，實是天下無雙。蘇櫻已忍不住驚呼出聲來。只見小魚兒身子就地一滾，已滾出兩丈外，這一著破法更非正統武功，只是小魚兒隨機應變臨時創出的。

誰知魏無牙身子一轉，竟又落回那輪車上。小魚兒正想撲過去時，輪車忽然圍著他兜起圈子。刹那間，小魚兒只覺自己前後左右，都是魏無牙的人影，竟比那威震天下的「八卦遊身掌」還要厲害三分。

但一個人步法無論多麼巧妙，也沒有輪子轉得快的。小魚兒只覺頭暈眼花，幾乎不用魏無牙出手，他就要倒下去了。小魚兒忽然長嘯一聲，沖天而起。這一招竟是崑崙派的鎮山絕技「飛龍大八式」。普天之下，唯有「飛龍大八式」能破解魏無牙這種功夫，除此之外，縱是武當少林的掌門大師，也難免要被魏無牙困死。

誰知他身形方自凌空飛起，魏無牙竟又迎面撲了過來，十根閃閃發著烏光的指甲，又劃到他咽喉。這人竟生像是已變成小魚兒的影子，小魚兒竟連變招都已不及，猝然間竟使出了少林的「千斤墜」。

要知他身形上沖時突然落下，也並不是件容易事。但小魚兒偏偏就在這間不容髮時落了下來。誰知他身子剛落下，只聽「嗖，嗖，嗖」急風破空，三道烏光，分由三個不同的方向射了過來。

原來魏無牙身子雖已飛起，但那輪車卻還在不停的轉動，這三道烏光，竟是自輪椅中射出來的。這一著才真的出小魚兒意料之外，若是換了中原武林任何一門一派的高手，此番都難免要喪在這三根烏骨箭下！

只見他身子忽然一折一扭，全身的骨頭竟像是都忽然分開了，三道烏光就在這一刹那間擦著他的衣裳飛過。

魏無牙固然是怪招百出，令人難鬥，這輪車中也不時射出一、兩件暗器來，更令人防不勝防。但見魏無牙忽而和這輪椅融爲一體，忽而又分開來各自進攻，不到三十招，小魚兒已覺得吃不消了。

小魚兒腳步一錯，忽然輕飄拍出兩掌。這兩掌看來也沒有什麼奇妙之處，但也不知怎地，魏無牙竟險些閃避不開，他再也想不到小魚兒這一招是從哪裡學來的。

更令他想不通的是，小魚兒的招式竟忽然變了，每一招都變得輕飄飄的，像是一點氣力也沒有。但每一招發出來，卻都是攻向魏無牙自己也想不到的破綻，而且招式看來全無變化，其實卻變化無窮。

一〇六　難以捉摸

蘇櫻本來已經快急瘋了，此刻面上卻露出了微笑。原來就在小魚兒最危險的時候，他忽然發現了移花宮主，這姐妹兩人竟也在遠處過起招來。她們所用的招式一正一反，一攻一守，每一招擊出時都很慢，像是生怕別人瞧不清楚。

小魚兒就算再笨，也知道她們是在傳授自己武功了，此時此刻，他就算想拒絕也無法拒絕。他隨意將邀月宮主方才使出的一招拍了出來，果然令魏無牙大吃一驚，等到魏無牙再攻來時，他就以憐星宮主所使的招式來解救。但也不知怎地，十來招過後，小魚兒竟輕輕鬆鬆的就佔了上風。

等到魏無牙也發覺她們時，已被小魚兒逼得連氣都透不過來，他再也想不通自己如此奇詭的招式，怎會被如此平淡的招式剋制住。他卻不知移花宮主這種招式，並非平淡，而是簡練，她們實已將最繁複的變化加以精淬，將無數個變化化爲一個。三十招過後，魏無牙聲勢已弱，變化已窮。

誰知就在這時，突聽「叮」的一聲。這聲音似乎是山洞外傳來的，但迴音卻震動了整個山窟。小魚兒一驚，又一喜，魏無牙的輪車已滑開三丈。

這時山外「叮咚」之聲不停的傳了進來，憐星宮主目中早已忍不住露出喜色。

魏無牙道：「這裡既無食物，也無飲水，你們就算有天大的本事，最多也只能維持十天不死，等到外面的人進來時，你們恐怕已剩下一把骨頭。」

小魚兒忽然大聲道：「既是如此，我們就非殺你不可了！」

魏無牙道：「不錯，殺了我，你們也可免得在我眼前出醜，只不過……你們現在殺了我，卻未免太可惜了。你們不妨先隨我去看幾樣東西。」

小魚兒望了移花宮主一眼，道：「好，我就跟你去瞧瞧，反正也不怕你在我面前玩花樣。」

魏無牙道：「在移花宮主和天下第一聰明人面前，我還有什麼花樣好玩的？」他推動輪車向地道中滑了下去。移花宮主姐妹就像影子般跟著他。

只見魏無牙這時已滑入了一扇很窄的石門——這道石門莫非就是他留下來的秘密出口麼？小魚兒趕緊奔了過去，一走進去，就不禁大失所望，石門後竟是一間六角形的石室，再也沒有別的門戶。這間石室中光線特別黯，小魚兒隱隱約約只能看出裡面有一口很大的石棺，還有許多石像。小魚兒忍不住問道：「這些石像是什麼玩意兒？」

魏無牙吃吃笑道：「這些全都是我的精心傑作，我去點起燈，讓你們看清楚些。」他笑聲中竟帶著種說不出的奇怪味道，小魚兒一聽這笑聲，就知道這些石像必然有些古怪。

這時魏無牙已滑到牆角，取出了個火摺子，將嵌在石牆中的十來盞銅燈，一盞盞燃了起來。他燃起第四盞燈時，小魚兒已看呆了。

這些石像竟全都雕成移花宮主姐妹和魏無牙自己的模樣，而且都和真人差不多大小，每三個自成一組，每一個的姿態都不同。

第一組石像是移花宮主姐妹兩人跪在地上，拉著魏無牙的衣角，在向他苦苦哀求。

第二組石像是魏無牙在用鞭子抽著她們，不但移花宮主姐妹面上的痛苦之色栩栩如生，那鞭子也好像活的一樣。

第三組石像是移花宮主姐妹趴在地上，魏無牙就踏著她們的背脊，手裡還舉個杯子在喝酒。

愈到後來，石像的模樣就愈不堪入目，而每一個石像卻又都雕得活靈活現，纖毫畢露。

小魚兒忍不住嘆了口氣，喃喃道：「想不到這瘋子竟是個如此偉大的天才。」

移花宮主姐妹早已氣得全身發抖了，此刻忽然撲上去，提起個石像，摔得片片粉碎。只見這些堅硬的石像，到了移花宮主手裡，竟有如紙紮的一般，無數件心血的結晶，瞬眼間便化為一片碎石。

魏無牙卻只是在那裡靜靜的瞧著，動也不動。憐星宮主終於撲到他面前，怒喝道：「你這畜牲，這次你還想要我放過你麼？」

喝聲中，她已拎起了魏無牙的衣襟，將他從輪車上提了起來，向石壁用力擲了出去。

只聽「砰」的一聲，魏無牙居然摔得粉碎！可是一個人的血肉之軀，又怎會被摔成「粉碎」呢？

憐星宮主怔了怔，才發現這個「魏無牙」原來竟也是用石頭雕成的，只不過穿著衣服而已。真的魏無牙竟不知在什麼時候溜走了。

這石室僅有的一道門已被封閉，四面石壁，也就是山壁，移花宮主用那麼重的石像去摔，石壁也紋風不動，其堅固可想而知。

蘇櫻默然半晌，道：「他既然已將我們困死，爲何還要將我們騙到這裡來呢？」

小魚兒苦笑道：「這理由太多了，第一，他將我們困在這裡，他自己就可以自由活動，甚至可以大吃大喝，等我們餓死後，就可以走了。他用的這法子，就叫『置之死地而後生』，一計中還有一計，主要的目的，只怕還是想將我們騙到這裡來，在外面說的那些話，做的那些事，全都是在做戲。」

蘇櫻垂下頭，黯然嘆息。小魚兒苦笑著又道：「現在我們就好像是一群關在籠裡的猴子，只好做把戲給他看了。」

蘇櫻再也說不出什麼了，過了半晌，小魚兒又笑了起來，喃喃道：「我臨死前會變成什麼樣子，實在連我自己都想像不出，這倒有趣得很。我說不定會將你吃下去，你怕不怕？」

蘇櫻柔聲道：「那麼我們兩個就永遠變成一個，我怕什麼？」

小魚兒注視著她的臉，良久良久，才嘆息著道：「只可惜你太聰明了些，否則說不定我真的會喜歡你了。」

蘇櫻紅著臉，咬著嘴唇道：「我聽說女人生了孩子後，就會變得笨些的。」

若是換了平時，小魚兒聽到這話一定會放聲大笑起來，但此刻他只是覺得心裡泛起一陣甜蜜的溫柔之意，又帶著種說不出的酸楚，他也不知道這究竟是什麼滋味，只知道這種滋味他平生也沒有領略過。

也不知過了多久，小魚兒忽然站了起來，走到那青石棺材前，將棺材蓋抬了起來，擋在棺材前面，又將四面的碎石在棺材兩旁一塊塊堆起。

移花宮主也不知他這是在幹什麼，兩人愈瞧愈奇怪，雖然忍住不想問，卻希望蘇櫻問他。但蘇櫻眼睛充滿了柔情蜜意，含笑瞧著小魚兒，也不開口，竟似乎很瞭解小魚兒的用意。

只聽小魚兒嘻嘻一笑，道：「吃、喝、拉、撒、睡，乃是一個人五樣非做不可的事，現在我們雖沒有吃喝，但以前吃喝的東西還是要出來，我們既沒法子讓它留在肚子裡，也不能讓它拉到褲子上，所以只有用這法子了。」

移花宮主臉都氣紅了，偏偏又說不出話來。只見小魚兒已將碎石在棺材兩邊堆成兩道牆，再加上那棺材蓋子，就活脫脫是個現成的茅房了。

他拍了拍手，笑道：「在下一向敬老尊賢，兩位若要用，就先請吧。」移花宮主紅著臉跺了跺腳，擰轉身去。

小魚兒又瞧著蘇櫻，笑道：「你呢？」

蘇櫻臉也紅了，道：「我……我現在不……不想。」

小魚兒笑道：「既然如此，我就不客氣了。」他嘴裡說著話，人已鑽了進去，過了半晌，才慢吞吞走了出來，一面嘆著氣，一面喃喃道：「舒服舒服，這麼舒服的事世上只怕還沒有幾樣。」

他走回去坐下，閉起眼睛，似乎要睡著了。蘇櫻終於也忍不住悄悄爬起來，向那邊走。誰知她身子剛動，小魚兒左邊一隻眼睛忽然張開了，笑嘻嘻道：「你想了麼？」

蘇櫻紅著臉啐道：「你真是個小壞蛋。」

又不知過了多久，憐星宮主的臉漸漸脹紅了，再過片刻，她兩條腿似乎已在輕輕發抖。只聽小魚兒鼻息沉沉，似已睡著。憐星宮主忽然一陣風似的飄了進去，她就算在和最厲害的對頭交手時，也沒有用過這麼快的身法。

誰知小魚兒卻忽然噗哧一笑，道：「你現在只怕不會再說我無禮，反要感激我了吧！」

小魚兒笑不出的時候，移花宮主姐妹終於也在地上坐了下來。這只不過是三、兩天之間的事，但在他們感覺中，卻如同十年。就在這時，屋頂上忽然露出飯碗般大小的洞，還有樣東西自洞裡落了下來，掉在地上，竟是個柚子。

蘇櫻瞧著這柚子，眼睛已發直了，她從未想到一個柚子竟能令她如此動心，只見移花宮主姐妹的眼色，竟也為這一個柚子而改變。憐星宮主眼睛盯著這柚子，已緩緩站了起來。

突聽小魚兒大笑道：「想不到不可一世的移花宮主，如今竟連別人丟在地下的東西也要撿起來吃了，有趣呀有趣。」憐星宮主身子忽然僵住，指尖卻已在發抖。但她的眼睛還是盯著那柚子動也不動。

小魚兒笑道：「但我若撿別人丟在地上的東西吃，卻沒有人會笑我的，因為我臉皮本來就和城牆差不多厚。」他嘴裡說著話，已跳起來將那柚子攫在手裡。

只見小魚兒將柚子擘開兩半，帶著清香的水汁，濺得他滿臉都是，他伸出舌頭來舐了舐，喃喃道：「好甜，好香，看來一個人的臉皮厚些，倒不是件壞事。」他忽然轉頭向蘇櫻一笑，又道：「但你的臉皮一向也薄，這柚子也該分一半給你的，是麼？」

蘇櫻忍不住嫣然一笑，柔聲道：「我有時真奇怪，一個人有了張強盜的嘴，卻偏偏還有顆善良的心。」

小魚兒將剩下的半邊柚子又聞了聞，忽然站起來，走到移花宮主姐妹面前，笑嘻嘻地將半邊柚子遞出去，道：「這一半已是你們的。我知道你們絕不肯吃別人丟掉的東西，但這半個柚子卻是我恭恭敬敬送來的，你們已可放心吃了。」移花宮主面面相覷，竟都怔住。

過了半晌，憐星宮主忍不住道：「你……你為什麼要這樣做？」

小魚兒默然半晌，緩緩道：「一個人在快要死的時候，還能保持自己的身份，不肯丟人，這種人連我也很佩服的。」只見小魚兒笑嘻嘻走了過來，臉上既沒有得意之色，也沒什麼難受，就好像他剛吃過一百個柚子，才將吃不下的半個送給別人似的。

蘇櫻將這半個柚子也分成兩半，柔聲道：「你既然已將這半個柚子送給我，這就是我的，我自然也要送一半給你！」

小魚兒道：「我不要。因為你那一半比我大，我要你那一半。」

蘇櫻噗哧一笑，道：「我若生個孩子像你，我不被他氣死才怪。」

一〇七 人性弱點

永遠高高在上，令人不可仰視的移花宮主，終於也漸漸變得和別人同樣平凡。小魚兒到這時候，才覺得她們原來也是個人，也有人的各種需要，也有人的各種情感，甚至也有眼淚。現在，她們會不會將那秘密說出來？

蘇櫻揉了揉眼睛，悄悄道：「我們現在難道連一點希望都沒有了麼？」

小魚兒默然半晌，也壓低語聲道：「我們若能沉得住氣，靜靜的等死，也許還有一絲希望。」

蘇櫻道：「既然靜靜的等死，還有什麼希望？」

小魚兒道：「魏無牙要我們慢慢的死，就是要我們痛苦、瘋狂，甚至自相殘殺，因爲只有這樣他才能得到發洩，但我們現在卻都很鎭靜，我們若是就這樣靜靜的死了，他一定不甘心，一定還會有別的舉動，那就是我們的機會到了。」

蘇櫻眨了眨眼睛，道：「所以我們現在一定要想個法子來逼他。」

移花宮主也聽不到他們在說什麼，過了半晌，只見小魚兒忽然站了起來，向她們姐妹兩人恭恭敬敬行了個禮，然後又長嘆一聲，道：「我江小魚能和移花宮主死在一起，葬在一起，總算有緣。現在大家反正都快死了，我們昔日的恩怨，也從此一筆勾消，你們為何定要花無缺殺我，究竟有什麼秘密，我都不想問了。」移花宮主也不知道他為何忽然說出這種話來，只有張大了眼睛瞧著他，等他再接著說下去。

小魚兒道：「現在花無缺既然不在這裡，我們看來也不會有逃出去的希望，我只求你們讓我痛痛快快的死了吧！死，我並不怕；但等死卻實在令我受不了。」移花宮主姐妹神情驟然沉重下來。

他一面說話，一面偷偷向移花宮主擠了擠眼睛。邀月宮主怔了怔，憐星宮主已悄悄拉了拉她衣襟，道：「好，你死吧。」

蘇櫻道：「我這裡有兩粒毒藥，是魏無牙為他徒弟準備的。」

小魚兒道：「這種毒藥的厲害我知道，只要一粒已足夠了。」

蘇櫻淒然一笑，道：「你死了，我是連一時一刻也活不下去的，你難道還不知道？」

小魚兒默然半晌，道：「好，要死就一起死吧，也免得黃泉路上寂寞。」

突聽一人大聲道：「死不得，死不得，你們少年恩愛，多活一天，就有一天的樂趣，若是現在死了，豈非太冤枉了麼？」小魚兒和蘇櫻對望一眼，心裡暗道：「他果然沉不住氣了。」

只聽魏無牙又道：「你們若是覺得心裡煩悶，喝幾杯酒就會好的，哈哈……這就算我送給你們的合巹酒吧。」話聲中，上面那小洞中已抛下了一隻酒瓶，小魚兒剛伸手接著，就又有一隻酒瓶落了下來。片刻間，小魚兒懷裡已抱著十二瓶酒，瓶子還都不小。

小魚兒將六瓶酒放在移花宮主面前，道：「還是老規矩，一人一半。你們若真是素來酒不沾唇，現在更該喝兩杯了，一個人若到了臨死時還不知道酒的滋味，那實在是白活了一輩子。」片刻之間，他自己已經半瓶酒下了肚。

這酒若是十分辛辣，移花宮主姐妹也許還能忍得住不去喝它，但這酒卻偏偏是上好的竹葉青，清香芳冽，教人嗅著都舒服，碧沉沉的酒色，更教人看著順眼，若有人真能忍得住不喝，那才真是怪事。

憐星宮主瞧了邀月宮主一眼，終於忍不住開了酒瓶，淺淺啜了一口。這一口不喝也還罷了，一口喝了下去，但覺一股暖意直下丹田，卻又忍不住打了個寒噤。接著，她全身的血液又熱了起來，眼睛也亮了——這一口不喝也還罷了，一口喝下去，哪裡還能忍得住不喝第二口？

只見小魚兒用力敲著酒瓶，引吭高歌道：「君不見，黃河之水天上來，奔流到海不復回，君不見……」這正是李白的千年絕唱「將進酒」，移花宮主雖然也曾唸過，卻總覺得這不過只是個酒鬼瘋言瘋語。

但此刻憐星宮主幾口酒下了肚，只聽了兩句，已覺得這首長歌的確是氣勢磅礡，古來少有。

再等到一曲終了時，憐星宮主已不覺熱血奔騰，熱淚盈眶，不知不覺間，已將一瓶酒都喝了下去，嘴裡猶自喃喃道：「五花馬，千金裘，呼兒將出換美酒，與爾同消萬古愁……來，江小魚我敬你一杯，與你共消這萬古愁吧。」

蘇櫻已不覺看呆了，她想不到憐星宮主竟將一瓶酒喝下去，再想不到她會變成這樣子。這實在已不像憐星宮主，就像是另外換了個人似的。

邀月宮主雖也喝了兩口，但見她第二瓶酒又喝下去一半，不禁皺眉去奪她酒瓶，道：「你已經醉了，放下酒瓶來。」

憐星宮主忽然叫了起來，道：「我不要你管，我偏要喝！你已經管了我一輩子，現在我已經快死了，你還要管我？」

邀月宮主又驚又怒，但聽到她最後一句話，又不禁長長嘆息了一聲，也喝了口酒，黯然道：「不錯，我自己反正也已離死不遠，何必再來管你！」

憐星宮主這才轉過頭，向小魚兒一笑，道：「來，我再敬你一杯，你實在是個很可愛的孩子。」

小魚兒好像並不在意，隨口問道：「既是如此，你爲什麼還要殺我呢？」

邀月宮主面色忽然變了，憐星宮主卻只是嘻嘻笑道：「這秘密等你死了之後，我一定會告訴你的。」到了這種時候，她還能忍住不說出這秘密來。

小魚兒道：「一言爲定，可是……你若比我先死呢？」

憐星宮主道：「那麼你就陪我死吧，我在黃泉路上，一定會告訴你。」

小魚兒嘆道：「能和你一起死，倒也算不虛此生了。你以為只有魏無牙一個人為你瘋狂麼？像你這麼可愛的人，我……我實在……」他沒有再說下去，卻用眼睛盯著她的臉。

憐星宮主眼波流動，忽然指著蘇櫻道：「我難道比她還可愛麼？」

小魚兒道：「她怎麼能和你比，你若肯嫁給我，我現在就娶你。」

兩人愈說愈不像話，簡直拿別人都當做死的，像是全未看到蘇櫻的臉色已發白，邀月宮主更已氣得全身發抖。

只見憐星宮主笑著笑著，人已到了小魚兒的懷裡，嬌笑道：「我一生都沒有這麼樣的開心過，我……」邀月宮主不等她說完，已飛身掠了過來。

突聽小魚兒壓低聲音，悄悄道：「你想不想活著出去，想不想殺了魏無牙出氣？」邀月宮主怔了怔，小魚兒聲音更低，道：「你若想，就照我的話做，先打滅這裡所有的燈火。」

魏無牙果然一直在外面偷看，他看到憐星宮主撲入小魚兒懷裡時，眼珠子都快凸了出來，全身都緊張得在發抖，掌心也在淌著汗。誰知就在這時，燈火竟忽然滅了。

石室中驟然黑暗得伸手不見五指，什麼也看不見。魏無牙幾乎急得跳了起來。

只聽黑暗中發出各種聲音，先是憐星宮主的嬌笑，邀月宮主的怒喝，接著又是一陣掌風激盪。黑暗中此刻偏偏連一點聲音也沒有了，這沒有聲音實在比什麼聲音都誘惑，都要急人。魏無牙簡直要急瘋了。他苦心安排了一切，就爲的是等著瞧這一幕，爲了這件事，他也不知花了多少心血，甚至已犧牲了一切。

但現在他卻偏偏什麼也看不到。他瘋子似的推動著輪車，去取了盞燈，想將燈光從那小洞中照進去，誰知燈光一移到洞口，就又被打滅了。

只聽小魚兒喘息著笑道：「不准你偷看。」

魏無牙心裡就像是有一把火在燒，又像是無數條小蟲在爬來爬去，終於咬了咬牙，獰笑道：「你不讓我看，我也要看！我死也非看不可。」

他算定邀月宮主此刻必已被打倒，憐星宮主和小魚兒此刻也絕不會有功夫來對付別人了。只剩下個蘇櫻，他自然不放在心上。

他等了幾十年，好容易才等到今天，這機會他怎肯錯過？於是他又拿了盞燈，扳開了門上的樞紐。沉重的石門，無聲無息地滑了開來。

魏無牙簡直緊張得連氣都透不出了，手在發抖，燈也在抖，他用力推動輪車，無聲無息地滑了進去。誰知就在這時，黑暗中忽然爆發起一陣狂笑聲。

只聽小魚兒狂笑著道：「魏無牙，你終於也上了我一次當了！」

魏無牙大驚之下，心膽皆喪。燈光映照處，他赫然發現小魚兒什麼也沒有做，正筆直站在他面前，他想後退，邀月宮主卻已擋住了那道門戶。

小魚兒笑嘻嘻道：「你栽在天下第一聰明人手裡，難道還覺得冤枉麼？這裡若有人爲我作傳立碑，少不得也會將你帶上一筆，你豈非也可名垂千古了。」

魏無牙嚥下一口苦水，嗄聲道：「你……你現在想要怎麼樣？」

小魚兒沉下了臉，冷笑道：「你現在難道還想要我們相信這裡的出路已全都被封死？」他嘴裡說著話，已一步步向魏無牙走了過來，再看邀月宮主，目中已射出刀一般的殺氣。

「你只不過是想要我帶你們出去麼？那容易得很。」魏無牙喋喋笑道：「我現在已經在往外面走了，你難道看不見？」

小魚兒訝然道：「你現在……」他語聲忽然頓住，就像是忽然見到鬼似的，滿臉俱是驚懼之色，喉嚨裡格格的響，卻說不出話來。小魚兒指著魏無牙，手指不停的發抖。

邀月宮主站在魏無牙身後，也看不到魏無牙的臉。

只聽小魚兒嗄聲道：「你……你過來……過來看看他。」邀月宮主趕緊掠到魏無牙面前，也駭得呆住了。燈，還在魏無牙手裡，火焰不停的閃動。閃動的火光下，只見魏無牙一張臉已變成死黑色，眼睛和嘴都緊緊閉著，嘴角和眼角一絲絲的往外面冒著鮮血。

邀月宮主也情不自禁，後退了半步，駭然道：「他難道竟自殺死了！」只見魏無牙扭曲的嘴角，彷彿帶著一絲惡毒的微笑。邀月宮主站在那裡，也呆住了。

只見蘇櫻蒼白著臉，走到魏無牙屍身前，恭恭敬敬拜了幾拜，目中已流下了幾滴眼淚。

她這是在爲魏無牙悲哀？還是在爲自己悲哀？

突聽小魚兒驚呼一聲，道：「不好。」喝聲中，他已自那石門中奔了上去。

邀月宮主和蘇櫻對望了一眼，也不知他又發現了什麼事，但此刻大家已唯小魚兒馬首是瞻，小魚兒驚呼出聲，她們面上也不禁變了顏色。

這時憐星宮主鼻息沉沉，似已熟睡。原來方才在那一片令人迷亂的黑暗中，邀月宮主已點了她的睡穴。此刻邀月宮主抱起了憐星，隨著小魚兒掠出。

掠出地道，那巨大的洞窟中仍是靜悄悄的，並沒有發生什麼變化，甚至連四面的燈光都沒有熄滅。但小魚兒站在那裡，臉上卻已看不到一絲血色。

小魚兒沉著臉道：「你可聽到了什麼聲音？」

蘇櫻道：「沒有聽到呀？」四下靜寂得如同墳墓！

小魚兒長長嘆了口氣，道：「就因爲你什麼聲音都聽不到，這才可怕。」他話未說完，蘇櫻也已聳然變色。

花無缺若在外面挖掘地道，就一定會有「叮叮咚咚」的敲石聲傳進來，但此刻四下靜無聲音，他顯然已住手。他們連最後一線希望都斷絕了。

只見蘇櫻已在一旁坐了下來，用手抱著頭，似在苦苦思索。小魚兒就站在她對面，靜靜的瞧著她。

小魚兒癡癡的瞧了半晌，走過去拍了拍她肩頭，道：「你在想什麼？」蘇櫻仰起頭嫣然一笑，眼波如霧夜的星光，看來是那麼遙遠，那麼矇矓，美麗得令人不可捉摸。

她輕輕抱著小魚兒的腿，道：「我在想，魏無牙必定爲他自己留下了一條最後的出路，這已是絕無疑問的事，但我們爲何找不著呢？」她咬著嘴唇，緩緩接道：「我已在四面都很留意的探查過，這裡每一條出路的確都被封死了，山壁上假如還有暗門，我也一定能看得出來的。」

小魚兒忽然笑了笑，道：「這最後一條出路在哪裡，我已經知道了。」

這句話說出來，蘇櫻和邀月宮主幾乎都忍不住跳了起來，邀月宮主已風一陣掠到小魚兒面前，動容道：「在哪裡？」

小魚兒用手指點著道：「那邊角落裡有塊突起的山石，石頭下有個比較大的氣孔。你們總該看到了吧？」

邀月宮主道：「那氣孔雖比別的大些，方圓仍不及一尺，人怎麼能鑽得出去？」

小魚兒長長嘆息了一聲，道：「我們只知道魏無牙必定會爲自己留下最後一條出路，卻都忘記了一件事。」

蘇櫻臉色立刻變了，道：「不錯，我們的確都忘了最重要的一件事。」

小魚兒一字字道：「我們都忘了魏無牙是個畸形的侏儒！那氣孔我們雖無法出入，他卻可以鑽得出去，他雖然留下了一條出路，我們也只有瞧著乾瞪眼。」

邀月宮主身子一震，幾乎再也站立不穩。現在他們所有的希望都已斷絕，除了死之外，已無路可走。

一〇八　計脫危困

她現在也終於知道魏無牙的計畫，果然周密，果然絕無漏洞，這計畫中最妙的地方，就是他雖然留下了出路，別人卻無法走得出去，他雖然留下了食物，別人卻再也休想吃得到嘴。那是一籠看到都噁心的活老鼠。

邀月宮主只覺兩條腿輕飄飄的，已無法支持下去，終於也倒了瓶酒，坐下去一口口地喝了起來。

小魚兒也抱起個酒罐子，拉著蘇櫻走了出去。蘇櫻心中雖也充滿了悲忿與絕望，卻又充滿了柔情蜜意。

誰知小魚兒剛走了兩步，忽然失聲道：「糟了！方才，我們還有希望，所以大家也只有一條心，都想逃出去，正如風雨共舟，自然齊心協力，但現在，所有的希望都已斷絕，她就不會放過我了。」話剛說完，眼前人影閃動，邀月宮主已到了他們面前，小魚兒苦笑著瞧了瞧蘇櫻，喃喃道：「我猜得不錯吧！……有時我真希望自己能猜錯幾件事才好。」

只聽邀月宮主冷冷道：「你們的話完了麼？我再給你們片刻時間，你們快說吧。」

只聽小魚兒忽然大笑道：「好，我們遲早總要拚個死活的，但你既說了要讓我們再說幾句話，你就不能像魏無牙一樣在旁邊偷聽。」

他拉著蘇櫻走到角落裡，嘀嘀咕咕說了幾句話，一面說，蘇櫻一面點頭，到最後才聽得小魚兒道：「你明白了麼？」

蘇櫻黯然道：「我明白了，但你……你也得千萬小心呀！」

邀月宮主冷笑道：「再小心也沒有用的，過來吧。」

小魚兒笑嘻嘻道：「你要殺我，你爲什麼自己不過來？」邀月宮主臉上又氣得變了顏色，誰知小魚兒這句話剛說完，身子已凌空撲起，閃電般攻出三掌。

這三掌真是凌厲無匹，強勁絕倫，武林中只怕已極少有人能逃得過他這「殺手三招」。

但在邀月宮主眼裡，卻看得有如兒戲一般，她身子似乎全未動彈，小魚兒這三掌竟連她的衣角都沾不到。

蘇櫻只瞧了一眼，已知道小魚兒絕非邀月宮主的敵手了，她似乎不忍再看，竟垂著頭走了出去。

他果然愈打愈起勁，果然絲毫沒有畏怯之意，每一招使出，都帶著虎虎的風聲，可見是已用出了十成勁力。但無論他用出多麼厲害的招式，邀月宮主只要輕輕一揮手，就將他的攻勢化解於無形。

奇招連變，直到此刻爲止，她既沒有使出「移花接玉」的功夫來，也沒有使出一著殺手。

小魚兒眨了眨眼睛，忽又笑道：「你究竟是想殺我？還是在跟我鬧著玩的？」他不等邀月宮主說話，又笑著道：「你是不是想等到摸清我使力的方向之後，才要我死？」

邀月宮主微微動容，皺眉道：「我爲什麼要摸清你使力的方向？」

小魚兒道：「因爲你若摸不清我力量發出的方向，就使不出『移花接玉』的功夫來，是不是？」他的嘴在不停的說著話，手也在不停的揮動攻擊，但一雙眼睛，卻始終瞬也不瞬的瞪著邀月宮主。

邀月宮主面上的神情果然又有了變化，卻冷冷道：「我要用『移花接玉』的功夫時，自然會用的，用不著你著急。」

小魚兒大笑道：「你也用不著再騙我了，我早已看破了你那『移花接玉』的秘密，你要不要我說給你聽聽？」

邀月宮主冷笑道：「就憑你，只怕還不配說起『移花接玉』這四個字。」

小魚兒道：「我爲什麼不配？『移花接玉』又有什麼了不起？那只不過也是種藉力使力的功夫罷了，和武當的『四兩撥千斤』、少林的『沾衣十八跌』也差不了多少，只不過因爲你的出手特別快，而且能在對方力量還未充分使出來之前，就搶了先機，先將他的力量撥回去，所以在別人眼中看來，就變得分外神奇，再加上你們自己故作神秘，故弄玄虛，將本來很簡單的一件事，故意渲染得十分複雜，十分神秘，所以別人就更認爲這種功夫了不起了。」

他滔滔不絕，說到這裡，才歇了口氣。邀月宮主面上已露出驚訝之色，厲聲道：「你還知道什麼？」

小魚兒道：「我雖然還不知道你是用什麼手法將別人經脈中的真氣撥回去的，但這也無關緊要，因爲我已知道了你這種功夫最大的關鍵，就是要先摸清對方的真氣是從什麼地方、什麼方向發出來的！」

邀月宮主道：「哼。」

小魚兒道：「因爲普通一般人的力量，大多是發自丹田附近幾處穴道，所以你不費什麼事，就可以將他的力道摸清，但是我……」

他大笑著接道：「我學的武功卻和任何人都不同，我的師父至少也有七、八十個，甚至連你自己也是其中之一，就因爲我學的武功太雜，所以內功也不佳，說來是我最大的缺點，但和你動手時，這反而幫了我的大忙了。」

邀月宮主道：「你以爲……」她只說了三個字，就又頓住了語聲。

小魚兒道：「就因爲我的內功不佳，出手又沒有規矩，所以你一時間竟摸不清我內力發出的方向，就根本使不出『移花接玉』的功夫來。」

邀月宮主一聲冷笑中，她纖纖十指，已向小魚兒「曲澤」、「天泉」兩穴之間點了過去，手勢如採花拂柳。

這兩處穴道屬「手厥陰經」，小魚兒此刻攻出兩招，力道正是由此而發，顯然她已摸清了小魚兒真氣流動的方位。

誰知小魚兒身形一轉，轉開三尺，連一點事也沒有。這百發百中萬無一失的「移花接玉」功使到小魚兒身上，竟變得一點用也沒有了。

邀月宮主這才真的吃了一驚，她既已看準了小魚兒出手的力道發自「手厥陰經」，那就萬萬不會錯的。

只聽小魚兒大笑道：「你想不到吧！告訴你，你以爲我那兩著用了很大力氣，其實我卻是一點力氣也沒有用，你想藉我的力氣打我自己，但根本連一點力氣也沒有，這就是我對付『移花接玉』功的法子，你說這法子好不好？」

邀月宮主變了變顏色，冷笑道：「很好，也虧你想得出這麼笨的法子來。你出手若不用力氣，就根本無法傷人，自己實在已立於不勝之地，兩人交手，若根本無法求勝，難道還不算笨麼？」

小魚兒點了點頭，笑嘻嘻道：「不錯，我自己也覺得這法子的確很笨，但對付你這樣的人，有時愈笨的法子，往往會愈有用。何況，是你想殺我，我根本就不想殺你，我只要能令你傷不了我，就已經很滿意了。」

邀月宮主厲聲道：「我不用『移花接玉』的功夫，難道就殺不了你麼？」

小魚兒道：「我正是想瞧瞧你到底還有什麼本事能殺得了我！」

他話還未說完，已覺得有一股勁氣撲面而來，接著，邀月宮主的一雙手就彷彿已化爲七、八雙手了。

小魚兒只覺得眼前到處都是邀月宮主的掌影，也分不清哪隻是實，哪隻是虛，更不知道如何招架閃避。

他實在想不到一個人的手動作怎會這麼快。他雖然勉強躲過了幾招，但連他自己也不知道邀月宮主下一招攻出時，他是否還能躲得開了。

她只差還未使出最終致命的一擊！突聽小魚兒大喝：「等一等，我還有最後一句話要說。」

邀月宮主根本不理他，閃電的出手，但一招使出後，卻又忽然頓住，只不過手掌仍不離小魚兒方寸之間，目光始終不離小魚兒面目，冷冷道：「此時此刻，你還想玩什麼花樣？」

小魚兒嘆道：「現在你總也該知道，無論如何，我都再也逃不了的，也絕不會再有人來救我，我已沒法子不死在你手裡。那麼，到了這種時候，你總該將那秘密告訴我了吧！」

他滿臉都是渴望乞求之色，看來真是說不出的可憐，誰也想不到小魚兒竟也會露出這樣的可憐相。邀月宮主瞧著他，許久沒有說話。

邀月宮主忽然道：「你死了之後，我一定將這秘密告訴蘇櫻。」

小魚兒嗄聲道：「你……難道就不能告訴我嗎？」

邀月宮主道：「不能！」這回答又變得和以前同樣堅決，全無商量的餘地。

小魚兒長嘆一口氣，道：「你這人真比強盜還兇，連我臨死前最後一個要求都不肯答應。我若要求別的事，你肯不肯答應呢？」

邀月宮主猶疑了半晌，終於緩緩道：「那也要看你要求的什麼事。」

小魚兒道：「我要小便，行不行？」

在這種時候，他居然提出這種要求來，實在令人哭笑不得，邀月宮主蒼白的臉都似乎被氣得發紅。

小魚兒道：「我方才酒喝得太多，現在已憋不住了，你若還不肯答應我，我只有在這裡就地解決了。」

邀月宮主怒道：「我現在就殺了你！」邀月宮主咬著牙瞪了他半晌，忽也冷笑道：「好，你去吧，我就不信你現在還可玩得出什麼花樣。」

小魚兒道：「這地方就是死路一條，我難道還會七十二變，能變個蒼蠅飛出去麼！」

他又回到方才那地室，只見魏無牙的屍身已漸漸開始乾癟縮小，那模樣看來更是令人作嘔。

小魚兒眨了眨眼睛，道：「你不進來？難道不怕我跑了麼？」

邀月宮主也不理他，這地室只有這一個出口，她自然知道小魚兒就算有多大的本事，也無路可逃的。

過了半晌，只聽裡面「嘩啦嘩啦」的響了起來，邀月宮主這一輩子幾曾聽過這種「可怕」的聲音？她的臉不禁又紅了，只恨不得緊緊堵住耳朵，幸好任何人小便都不會太長的，她忍耐最多也只不過是片刻間的事。

誰知過了半天，那聲音還在「嘩啦嘩啦」的響著。又過了兩、三盞茶功夫，那聲音還在響個不停。

邀月宮主愈等愈不耐煩，愈等愈奇怪。邀月宮主忍不住道：「江小魚，你爲何還不出來？」裡面卻只有「流水」的聲音，竟沒有人答話。

邀月宮主雖然明知小魚兒無路可逃，還是不免有些驚疑，又呼喚了兩聲，聽不到回答，就不禁暗暗忖道：「這鬼靈精難道真的找到了另一條出口麼？他已知道出口在此，所以才使出這詭計自己逃出去，卻將我們困死在這裡！」想到這裡，她手足都已冰冷，再也顧不得別的事，衝了進去。

不，這裡並沒有什麼變化，那聲音還是在「嘩啦嘩啦」的響，只不過有「牆」擋住視線，也看不出小魚兒是否還在裡面。邀月宮主一衝進去，就揮手發出一股真氣。

只聽「轟」的一聲，那以碎石和棺材蓋隔成的三面牆，就都已被震倒，裡面果然沒有小魚兒的影子。

只有幾隻酒瓶，被人用布帶綑在一起，從上面那氣穴裡吊下來，吊在半空中，瓶底都被開了個小洞。瓶裡的酒，就都流入那棺材裡，響個不停。

邀月宮主一驚之下，眼角忽然瞥見有條人影竄了出去。原來小魚兒一直躲在那道門的後面，邀月宮主的注意力全被那邊吸引住時，他就一溜煙竄了出去。邀月宮主發現他時，他已溜到門外。

等到邀月宮主想追出去時，那石門已無聲無息的闔了起來，連小魚兒的大笑聲都被隔斷。邀月宮主這才真的嚇呆了。

她平生無論遇著什麼事，從來也沒有驚呼出聲，更沒有哀求過別人，但此刻她卻忍不住大呼道：「江小魚，開門，讓我出去。」

過了半晌，小魚兒的聲音就自上面那氣穴中傳了下來。只聽他笑嘻嘻道：「讓你出來？我難道會讓你出來殺我麼？」

邀月宮主咬著嘴唇道：「我……答應絕不殺你就是！」

小魚兒已大聲道：「你就算不殺我，我也不會放你出來的，只因你不殺我，我卻要殺你，你莫忘了，我和你之間的仇恨並不小。」邀月宮主心裡一震，再也無話可說。

一〇九 明玉神功

邀月宮主幾乎連頭都已垂了下去。

忽聽小魚兒道：「我並不是真的想讓你死得這麼慘的，只要你肯答應我一件事，我立刻就讓你出來。」

邀月宮主脫口道：「什麼事？」這句話她說出口，已知道小魚兒要她答應的是什麼事了。

小魚兒果然道：「只要你說出那秘密，我就立刻放了你。」

邀月宮主嘆息道：「你……你休想……」

小魚兒道：「你難道情願同魏無牙死在一起麼？以後若是有人到這裡來，發現你們同穴而死又會有什麼想法？」他笑著接道：「那時別人一定要說，邀月宮主看來雖然冷若冰霜、高不可攀，其實卻也有個秘密的情郎，兩人竟到這種地方來幽會，而且……」

他一笑頓住語聲，故意不再說下去。邀月宮主身子早已在發抖。

小魚兒道：「你不妨再考慮考慮吧，你什麼時候說出來，我就什麼時候放你，反正我聽了這秘密後，也活不長的。」

邀月宮主沒有說話——她至少已不再拒絕了。一直伴在小魚兒身旁的蘇櫻卻嘆息了一聲，道：「到了這種時候，你爲什麼一定要逼她說出那秘密來呢？她說出來之後，於你又有什麼好處，那只不過使你更添些煩惱而已。」

小魚兒且不回答，卻反問道：「你總該也知道，我和花無缺之間，總有一個人要死在對方手上，不是他殺死我，就是我殺死他。但我卻不相信世上真有命中注定的事，我一定要想法子將它改變，所以我只有逼她說出這秘密來。我若知道她爲何一定要我們拚命，我就有法子解決。」

蘇櫻黯然道：「可是……可是現在你們的命運豈非已經改變了麼！現在，你既無法殺他，他更無法殺你，只因你……你已將死在這裡。」

小魚兒道：「誰說我一定要死在這裡？我這人天生福氣不錯，無論遇著什麼危險，到時候總能逢凶化吉，我可以跟你打賭，一定會有人來救我的。」

蘇櫻默然半晌，道：「本來花無缺是一定會想法子來救你的，但現在，他自己也不知道遇到什麼意外了，否則他絕不會停手的。」

小魚兒拊掌笑道：「不錯，他最可能遇見的人，就是李大嘴他們了，因爲他們在這裡有個約會，這兩天一定會來的。」

蘇櫻道：「那麼，你以爲他們會想法子進來救你麼？」

小魚兒苦笑道：「當然不會，我現在也知道他們以爲我會和別人勾結，來對付他們，所以就巴不得我早些死了才好。但他們總以爲有一批珠寶被魏無牙藏了起來，若不進來絕不死心，我算準他們不出一天就會進來。」

蘇櫻道：「他們有法子能進得來麼？」

小魚兒道：「憑他們那幾個人的本事，這裡就算是銅牆鐵壁，他們也有法子能進來的。」

蘇櫻終於展顏一笑，道：「我只望你這次莫要猜錯才好。」話未說完，外面響起了「叮叮咚咚」的開山聲。

小魚兒拊掌大笑道：「你現在總該相信我的本事了吧！」

邀月宮主激動的情緒似已漸漸靜了下來，正在靜靜的閉目調息，且已漸漸進入了物我兩忘的狀態。

小魚兒道：「看來現在我只有告訴她，花無缺快進來了。」

蘇櫻眼睛一亮，道：「不錯，我們先告訴她花無缺已經快進來，再告訴她，她若不肯說出那秘密，我們就將這地方封死。我想，她就算將這秘密看得十分重要，也絕不會將它看得比自己生命更重要的。」她的話聲還未消失，身後忽然響起了另一個人的聲音。

只聽憐星宮主一字字道：「你錯了，她實在將這秘密看得比性命還重要得多。」這聲音雖然十分緩慢，十分平和，但聽在小魚兒和蘇櫻耳裡，卻簡直好像半空中忽然打下個霹靂。

燈光下，憐星宮主的臉色蒼白如紙。憐星宮主繼續道：「也許我永遠莫要醒過來反倒好些。」她神色仍是一片迷惘，似乎連自己在說什麼都不知道。

小魚兒眼珠子一轉，忽然笑道：「看樣子你好像很難受，其實，喝醉酒也不是什麼丟人的事，這世上每天至少有幾十萬人喝醉的，你何必難受呢？你以爲自己做出了什麼事？你喝醉後立刻就睡著了，只不過說了幾句夢話，像是做了個夢而已。」

憐星宮主頓時吐出口氣，眼睛裡漸漸有了光輝，蒼白的臉上也漸漸有了神采，喃喃道：「不錯，我的確做了個夢，而且是個很奇怪的夢。」

蘇櫻瞧著他，目光充滿了讚賞之意，像是深深以他爲驕傲——每個少女都希望自己的情人慷慨、熱情而仁慈。小魚兒爲了求生，雖然也做出過一些不擇手段的事，但卻有一顆對人類充滿了熱愛的仁慈的心。

過了半晌，憐星宮主才緩緩道：「現在她已不能殺你了，你放了她吧。」她說這句話時的口氣很奇怪，非但絲毫沒有勉強之意，而且竟像是個局外人在勸解似的。

小魚兒瞧了她兩眼，什麼話也沒有說，就拉著蘇櫻，走到那機關樞紐的所在之地，憐星宮主竟沒有跟來。

他們忍不住要下去瞧瞧，但他卻再也未想到邀月宮主竟真的留在那石室中沒有出來，而且反而已靠著石壁坐下。憐星宮主正遠遠站在一旁，出神的瞧著她，面上的神情看來既有些驚奇，又有些欣羨，甚至還有些妒忌。

小魚兒愈看愈覺得奇怪，憐星宮主的表情雖奇怪，邀月宮主的臉色卻更奇怪，她一張臉非紅非白，竟已變成透明的。燈光映照下，她肌肉裡的每一根筋絡、每一根骨頭，都彷彿能看得清清楚楚，這一張絕頂美麗的臉，竟變得說不出的詭秘可怕。

蘇櫻駭然道：「這是怎麼回事，難道她已經……已經走火入魔了？」小魚兒搖搖頭，還沒說話，憐星宮主已悄悄退了出來，站在那裡癡癡的出神，也不知在想些什麼。蘇櫻和小魚兒就在她對面，她也像是沒有瞧見。

小魚兒不住搭訕著道：「一個人的臉會變成透明的，這倒也少見得很，這難道也是你們練的功夫麼？」

他見到憐星宮主如此模樣，以爲她絕不會回答這句話的，誰知憐星宮主雖然還是沒有望他一眼，卻緩緩道：「不錯，『明玉功』練到最後一層，就會有這種現象。」

小魚兒試探著問道：「那麼，這種功夫一定很厲害了？」

憐星宮主道：「這種功夫共分九層，只要能使到第六層，已可與當代第一流高手一爭長短，若能使到第八層，就可無敵於天下。二十年前，我們已練到第八層了，本來要將這功夫練到第八層，至少也得要花三十二年苦功，但我們卻只練了二十四年，這進境實已超邁古人，我們以爲最多再過四、五年，就可練至巔峰。」

小魚兒知道她談鋒已被引起，就不再開口，只是靜靜等著她說下去。過了半晌，憐星宮主果然又嘆息著接道：「誰知這二十年來，我們的功夫竟一直沒有進境，竟似已只能到此爲止，再也無法更上一層樓。」

小魚兒又忍不住的道：「但你們……你們爲什麼練不成呢？」

憐星宮主凝注著小魚兒，許久沒有說話，像是在考慮是否應該回答他這句話，小魚兒也只有沉住氣等著。又過了很久，憐星宮主終於長嘆了一聲，緩緩道：「這乃因前二十四年，我們練功的時候心無旁騖，但到了後二十年，我們卻也像凡俗中人一樣，也有了煩惱和痛苦，再也無法像以前那麼專心一意了。」

小魚兒默然半晌，喃喃道：「二十年前？……二十年前……」他忽然停住了話聲，憐星宮主的臉色漸漸又變得蒼白，只因她發現小魚兒已猜出二十年前令她們煩惱和痛苦的是什麼事了——二十年前，豈非就是她們第一眼瞧見江楓的時候？

蘇櫻忽然道：「現在……現在邀月宮主莫非已練到第九層了麼？」

憐星宮主道：「不錯。」她目中又露出一絲羨慕和妒忌之色，幽幽道：「我實在想不到她苦練二十年不成，居然能在這種時候、這種地方練成了，我……我實在爲她高興。」

小魚兒咬了咬嘴唇，笑道：「這只怕是因爲我幫了她的忙。」

憐星宮主嘆道：「只怕正是如此，因爲她被你困在那地方之後，才真的斷絕了生機，到了這種時候，人的思想往往會有意想不到的變化，也許在一刹那間，她便已豁然貫通了，她自己只怕也想不到會有這種意外的收穫。」

外面的開山聲還在不停的響著。小魚兒耳裡聽得這「叮叮咚咚」的聲音，心裡也不知是什麼滋味。邀月宮主若已真的天下無敵，此番出去後，他的日子只怕更難過了。

誰知就在這時，開山聲竟然又停頓下來。蘇櫻和憐星宮主不禁為之聳然失色，忍耐著等了很久，只望這聲音會再度響起。但她們卻失望了。

過了一天，外面還是連絲毫動靜也沒有，這一天簡直比一萬年還長。這次連小魚兒也無法猜得出，能令十大惡人住手的實在不多。現在他們根本已毫無希望。

一一〇 惡人惡計

花無缺並沒有找到鐵心蘭。鐵心蘭竟忽然神秘地消失了。

以花無缺的輕功，無論鐵心蘭往哪裡走，他都必然能追得到，但他尋遍了整個龜山，都找不到鐵心蘭的影子。等他失望地回去時，魏無牙的洞穴已被封閉。

這變化實在令花無缺吃驚得不知所措，他狂呼大喊，也沒有人回答，移花宮主和小魚兒顯然已被封鎖在這洞穴中，否則絕不會不告而去，花無缺只覺手足發麻，竟不知該如何是好。

等他自半山的樵子手中借來一柄鐵鍬和一柄斧頭的時候，日色已漸漸西沉，夕陽晚照，晚霞如血。他用盡全身力氣，動手開山，開始時，山石在他鐵鍬下似乎十分脆弱，但後來卻愈變愈堅硬，堅硬如鐵。

他知道氣力也已漸漸不支了，但他卻不能停下來，他也不知道洞穴中究竟發生了什麼事，他簡直要發瘋。這時暮靄蒼茫，夜色已臨。

蒼茫的暮色，忽然冉冉出現了一條人影，她也不說話，只是靜靜的站在那裡，癡癡的望著花無缺。花無缺雖然沒有聽到她聲音，但本能上卻似已覺察出什麼，緩緩停住了手，很快的轉過身。

然後，他也就像這人影一樣怔在那裡，不會動了。他再也想不到此刻站在他面前的人，竟是他苦尋不著的鐵心蘭。在他滿山遍路的去追尋鐵心蘭時，他的思潮正也就像他的腳步一樣，始終都沒有停下來過。

他想起許多許多話，要對鐵心蘭說，但此刻，他已面對鐵心蘭，他反而連一句話都說不出了。鐵心蘭也沒有說什麼，甚至連目光都不敢接觸他，卻悄悄垂下了頭，垂頭弄著被風吹起的衣角。

「你……你方才到哪裡去了？」

鐵心蘭頭垂得更低，道：「我什麼地方都沒有去，我一直都在這裡。」花無缺嘴角動了動，像是想笑，卻沒有笑出來。

於是他也垂下頭，道：「原來你根本就沒有走遠，難怪我找不到你了……」

鐵心蘭眨了眨眼睛，道：「你方才見到了魏無牙麼？」

花無缺道：「我沒有見到，裡面一個人也沒有，但我以爲魏無牙一定躲起來了，趁他們沒有防備時，將出路全都封死。」

鐵心蘭垂頭笑了笑，道：「看來現在你的疑心病也不小。」花無缺也不禁垂下頭一笑，這才發現自己還是握著鐵心蘭的手，他的心一跳，立刻就想將手鬆開。

誰知鐵心蘭有意無意間，竟也握起了他的手，道：「這山洞是被你師父封死的，她似乎不願意別人再進去，我只恨……只恨方才為何不進去看看。」花無缺只覺自己的心跳得很厲害，長長呼了口氣，勉強笑道：「其實那裡面也沒有什麼好看的。」

鐵心蘭道：「聽說魏無牙一生最喜歡搜集奇珍異寶，有許多東西都是世上很少能見到的，你難道也沒有瞧見麼？」

花無缺道：「我什麼都沒有瞧見，也許他把東西全帶走了。」

鐵心蘭道：「也許你根本沒有注意。」

花無缺還想說什麼，忽然發現她的目光變得很奇怪。她的眼睛本來清澈而純淨的，只不過這些日子來，又添了些憂鬱的神色，令人見了心碎。但現在，她的眼睛竟變得彷彿鷹隼般銳利，狐狸般詭譎，而且還帶著種令人毛骨悚然的邪氣。

在夜色中看來，她的身材體態、她的神情面貌，都和鐵心蘭一般無二，只有這雙眼睛……這雙眼睛無論如何也不會是鐵心蘭的。花無缺只覺心裡一寒，就想後退。但這時已經太遲了！

花無缺只覺掌心一麻，接著，麻木就傳遍了四肢。他拚盡最後一絲力量，反手切了過去，可是這「鐵心蘭」的身子已像風一般退了兩、三丈。他再想追過去，手腳已無法動彈。

只聽「鐵心蘭」笑道：「花無缺呀花無缺，看來你比小魚兒還差得多哩，要是小魚兒，我說不到三句話他只怕就看出我來了。」

花無缺心念閃動，突然想起了「不男不女」屠嬌嬌的名字，但此刻他連站都站不住了，一句話尚未說出，人已倒了下去。

只聽一人冷笑道：「你也用不著太得意，依我看來，你那點易容術也稀鬆得很，到最後還不是被人家看破了麼？」

屠嬌嬌笑道：「不錯，他到最後是看出來了，但那也只不過是因爲我沒有時間多學學鐵心蘭的樣子，我總共也不過只將她研究了半個時辰而已，只要能給我半天功夫，就算白天，這小子也未必能瞧得出我來。」

花無缺已隱隱約約猜出這幾人是誰了，也知道自己此番落在這幾人手裡，簡直有如肥羊到了屠場。但他並沒有爲自己的處境擔心，因爲他知道移花宮主和鐵心蘭她們的處境，一定比他還要險惡得多。

李大嘴大笑著走過來，將花無缺上上下下、從頭到腳，都仔仔細細瞧了一遍，嘴裡「嘖嘖」連聲，喃喃道：「好，好，簡直太好了，這麼好的肉，十萬人中也未見得有一個，只不過稍微嫌瘦了一點點而已，若是紅燒，油就太少了。」

他嘴裡說著話，口水似乎要流了下來，一面已伸出手，像是要去捏花無缺的肚子，就像是老太婆上菜市場買雞似的。花無缺又急又怒，卻已偏偏無法阻止。杜殺忽然出聲道：「住手！」

李大嘴的手縮回去一半，笑道：「我現在又不宰他，只不過捏一把有什麼關係？」

杜殺冷冷道：「此人不失爲當世之英雄，我雖不能以武功勝他，至少也該以禮相待，你殺了他倒無妨，卻不能羞侮於他！」

花無缺直到此刻才聽到句人話，忍不住長長嘆了口氣，道：「多謝。」

花無缺默然半晌，沉聲道：「在下既已落在各位手中，便已將生死置之度外，『尊敬』兩字更不敢奢望，只不過鐵心蘭……」他眼睛盯著杜殺，一字字道：「鐵心蘭是否也落在各位手裡了？」他不問別人，只問杜殺，因爲他已看出這五個人中，唯有這滿面殺氣的人是不會說假話的。

杜殺果然道：「是！」

花無缺還是不理別人，只盯著杜殺，道：「閣下若肯放了她，在下死而無怨。」

杜殺道：「我不妨告訴你，她父親本是我的八拜之交，我怎會難爲她？鐵戰雖也名列『十大惡人』，但除了性情狂傲外，若論他的所做所爲，和他那把硬骨頭，絕不會在那些自命俠義的角色之下……」

花無缺長嘆了一聲，道：「閣下既如此說，我就放心了，只想再請教閣下，家師……」他剛說了兩句，屠嬌嬌已笑道：「這件事你也該放心了，她們都被魏無牙困死在這山洞裡，除非有什麼人能從日蓮和谷那裡借來柄開山巨斧，否則他們這輩子也休想出得來。」

花無缺全身發冷，道：「這話可是真的？」杜殺沉聲道：「我並未見到他們出來。」

花無缺閉起眼睛，不再說話。

一一一 奇異賭場

屠嬌嬌道：「魏無牙既能將她們困在裡面，必定早已計畫周詳，那山洞裡就絕不會有任何吃喝的東西留下來。」

李大嘴道：「不錯，魏無牙一定早已算準了要將她們餓死在裡面。」

屠嬌嬌道：「但你又能餓多久呢？」

李大嘴眼睛一亮，道：「光只是沒有東西吃，我至少還可以挨十天半個月，但沒有水喝，兩天都受不了的。」

屠嬌嬌笑道：「正是如此，無論多麼強的人，光是兩天沒水喝，就得要躺下去，移花宮主就算比別人都強些，也必定挨不過三天。」

哈哈兒拊掌道：「哈哈，是呀，我們爲何不能等上個三、五天後再進去呢？」

話未說完，白開心已一個觔斗自樹林翻了出來，大笑道：「是呀，我們爲何不能等三天後再進去取，哈哈，屠嬌嬌呀屠嬌嬌，你實在比我想像中還要聰明得多。」

花無缺雖閉著眼睛，耳朵卻沒有閉著，這些話聽入他耳裡，他的心已不覺沉了下去，彷彿已沉入萬劫不復的無底深淵裡。

只聽屠嬌嬌道：「現在大家既已留在這裡不走，就有幾件事要做了。」

白開心道：「不錯，咱們既已決定留在這裡，就該將那兩個妞兒也帶到這裡來。那個半人半鬼的怪物雖然答應在那邊看著她們，我還是有些不放心。」

屠嬌嬌道：「正是如此，那兩位姑娘我說不定還用得著她們，所以，哈哈兒，就煩你去將她們帶到這裡來吧。」

白開心「哼」了一聲，道：「那麼我呢？你要我去幹什麼？」

屠嬌嬌道：「你去找一些吃喝的東西來，最少也要夠咱們三天吃的。」

李大嘴跳了起來，道：「你爲何要他去？這小子根本就不懂得吃，啃個冷饅頭就可以過一天了，他弄回來的東西，只怕連狗都不聞。」

屠嬌嬌笑道：「不錯，色鬼大多不講究吃的，但總也比要你去好，你先去弄條肥肥胖胖的烤人腿回來，咱們就只好餓肚子了。山下的小鎮裡，好像有家鐵器鋪，你到那裡去弄幾件開山的傢伙來，依我看，要想將這山洞打通，只怕還不是件容易事。」

哈哈兒道：「哈哈，若是容易，移花宮主她們豈非早就打出來了？」

三個人分頭而去，最先回來的是哈哈兒。他拉著一匹騾子，騾子拉著一塊大石頭。

花無缺正滿心焦急地等待著鐵心蘭，哈哈兒卻只不過帶回一匹騾子來，花無缺既是驚奇，又是失望。

就在這時，更奇怪的事發生了——這塊石頭中，竟忽然發出一種很奇異的呻吟聲，還夾著吃吃的笑聲。

花無缺幾乎不相信自己的眼睛，更不相信自己的耳朵。屠嬌嬌瞟了他一眼，忽然道：「你可瞧見了這塊石頭麼？這是一塊魔石，它會吃人，所以又叫做吃人石，你那位鐵姑娘就被它吃進肚子裡去了。」

花無缺咬著牙，忍耐著不說話。花無缺心裡就算一萬個不信，但眼睛還是忍不住要往那邊看。他眼睛雖在看著，心裡還是一萬個不相信。

誰知屠嬌嬌一揚手，那塊石頭竟真的開了，石頭中竟真的有兩個人。竟赫然是那白夫人和鐵心蘭。

此時此刻，此情此景，花無缺倒真的吃了一驚，但哈哈兒和屠嬌嬌都已一起拍手大笑起來。花無缺也終於發現，這塊石頭原來是用帆布架起的，然後又將青苔一塊塊的黏在帆布上。製作得本來已可亂真，再加上夜色如此黝黯，所以花無缺的目光縱敏銳，一時間也未看清。

揭開帆布，裡面竟是個精鋼鑄成的架子，就像是個鐵籠，白夫人和鐵心蘭就被關在這鐵籠裡。

鐵心蘭蜷曲在角落裡，雙手蓋著臉，彷彿既不願讓人看到她，她也不願意看到任何人。白夫人的身子卻幾乎是完全赤裸著的，而且不停的在扭動著，不停的在笑，又不停的在呻吟。

花無缺只看了一眼，就閉起眼睛不忍再看到鐵心蘭的模樣，也不忍看到白夫人的模樣，鐵心蘭令他傷心，白夫人卻實在令他覺得有些噁心。

屠嬌嬌悠然笑道：「鐵心蘭，鐵姑娘，你可知道我們是在對誰說話麼？」鐵心蘭還是以手蒙著臉，不肯抬頭。

哈哈兒道：「你爲什麼不張開眼睛來瞧瞧呢，我保證你只要張開眼睛，準會嚇一跳。」

花無缺只望鐵心蘭莫要張開眼睛來，莫要看到他此刻的模樣，他永遠不願鐵心蘭爲了他傷心。但鐵心蘭的手已滑落，頭已抬起。

她身子立刻顫抖起來。她衝過來，手抓著鐵柵，目光充滿了悲痛與絕望，她並沒有呼號吶喊，但她的眼色卻更令人心碎。花無缺閉起眼睛，只望大地忽然裂開，將他永遠吞沒。

就在這時，白開心已回來了。

他帶回了兩大包東西，不停地在喘著氣，嘴裡喃喃道：「我居然會辛辛苦苦去爲你們找東西來吃，這簡直連我自己都不相信。」

杜殺道：「李大嘴呢？爲何還不回來？你沒有和他一起到那小鎮去？」

白開心叫了起來，道：「我怎麼會和那大嘴狼走一條路？他若能上西天，我寧可下地獄。」

屠嬌嬌道：「那麼，這些吃的東西你是從哪裡找來的？」

白開心道：「就在山腳的那廟裡，你難道以爲廟裡的和尙都是吃素麼？告訴你，你的運氣不錯，我找的這間廟，是個酒肉和尙開的。連老闆帶伙計都不吃一兩肉……他們要吃就一斤一斤的吃。」

他自麻袋中摸出塊肉大嚼起來，喃喃又道：「嘴是用來吃東西的，不是用來罵人的，誰若用錯了地方，倒楣的是他自己。」

籠子裡的白夫人忽然跳了起來，瞪著那兩隻麻袋。她身上已佈滿了一條條傷痕，有的是鞭子抽出來的，有的是她自己抓的，她實在已被折磨得不像個人，已完全沒有人的尊嚴。就連她的目光看來都已像是隻野獸。

屠嬌嬌拿出個饅頭，道：「你也想吃麼？抱歉得很，我卻非要你們挨餓不可。」

白夫人沒有說話，只因她身上的奇癢又發作了。

杜殺皺眉道：「你爲何要她們挨餓？」

屠嬌嬌微笑道：「只因我要拿她們做個試驗，看她們餓到什麼時候才沒有力氣，到了那時，我們就可以開始挖洞了。」

最後回來的是李大嘴。他回來的時候，天已經完全亮了。他奔馳了一夜，非但絲毫沒有疲倦之意，反而顯得很興奮。

白開心撇著嘴，冷笑道：「你們瞧瞧他得意的模樣，就活像牛魔王吃到了唐僧肉。」

屠嬌嬌搶著道：「你莫聽他放屁，快說說你遇見了什麼奇怪的事吧！」

杜殺冷冷道：「究竟是什麼事？」

李大嘴道：「我下山的時候已經快到子時，我以爲那小鎮上的人一定都睡著了，誰知那小鎮上卻是燈火通明，滿街上都是人來人往，竟比京城的廟會還熱鬧。所以我也覺得奇怪，拉了個人一問，才知道原來是有兩個人在鎮上擺了個賭場，不但鎮上的人通宵去賭，連附近幾百里地的人都聞風而來，所以這本來很荒涼的小鎮，竟變得比通商大埠還熱鬧。」

哈哈兒道：「哈哈，開賭場是一本萬利的生意，咱們不如也去湊湊熱鬧，我和那兩個小子打打對台吧。」

李大嘴笑了笑，道：「像他們那樣的賭場，咱們只怕還開不起。只因他們開賭場爲的根本不是賺錢，而是爲了要過癮，到那裡去賭錢的人，若是贏了，莊家照賠不誤，若是輸了，只要叩個頭就可走路，據說還不到三天，做莊的那兩位仁兄已賠了十幾萬兩。」

白開心張大眼睛，道：「殺頭的生意有人做，賠本的生意沒人做，這兩人莫非有毛病？」

李大嘴悠然道：「這兩人也沒有什麼別的毛病，只不過賭癮大得駭人而已，只要有人陪他們賭，他們就樂不可支，輸贏他們根本就不放在心上。」

哈哈兒忽也一拍巴掌，道：「哈哈，我知道了，這樣的賭鬼世上的確再也找不出第二個。」

杜殺皺眉道：「真的是軒轅三光？」

李大嘴道：「我看見了他，他卻沒有看到我，只因那時他眼睛裡除了骰子和牌九，就算是他親爹，他都不會認得了。他那裡賭注倒真妙得很，磕一個頭算一兩，打一記屁股算五錢，他若贏了，賭場裡就立刻響起了一片『噗通噗通』的磕頭聲，劈哩拍啦的打屁股聲，再加上他得意的笑聲，真是熱鬧得很。」

屠嬌嬌道：「他若輸了呢？」

李大嘴道：「他若輸了，倒真的是一錠一錠的銀子拿出來賠給人家，一文都不少。」

杜殺忽然道：「和他一起做莊的那人，你認不認得？」

李大嘴笑道：「那人瘦小枯乾，其貌不揚，我連見都沒見過。」

屠嬌嬌悠然道：「這倒說不定，也許我對這人倒滿有興趣哩。」

白開心笑道：「我對這人的興趣也不小，倒真想看看他是怎會和那惡賭鬼交上朋友的，惡賭鬼輸的銀子，說不定就是他在掏腰包。」

屠嬌嬌眼珠子一轉，笑道：「既然我們兩個都對他很有興趣，那麼今天晚上我們就去看看他吧。」

雖已夜深，小鎮上果然仍是燈火通明，街上走著的人，大多都是喜氣洋洋，但十個中倒有九個看來不像規矩人。

屠嬌嬌現在的模樣，卻規矩得很，她打扮得就像是個銀子不多，氣派卻不小的窮酸秀才。白開心自然只好做她的跟班了。

屠嬌嬌選了個賣雲吞麵的攤子坐下來，要了一碗麵、一個滷蛋，外加一碟滷牛肉。白開心只有在旁邊看著的份。

那麵攤的老闆是個老頭子，一面撈麵，一面搭訕著道：「你家也是賭錢的麼？」

屠嬌嬌也笑了笑，道：「開賭場的那兩人，你可曾見過？」

那老頭子嘆了口氣，道：「那是兩個瘋子，你家，尤其是瘦的那個，不賭錢的時候，就像是剛死了親爹似的，成天哭喪著臉，一賭起來，立刻就精神百倍了，我看他這次已賭了三天三夜，連手都沒有轉過，你家。」

屠嬌嬌道：「他們輸得起麼？」

那老頭子道：「據說他們整整帶了兩大車的銀子來的，你家說，這不是祖宗缺了德，才生出這種敗家子麼。」那湖北佬說話倒真是客氣，一口一個「你家」，叫人聽得受用得很。

說話間，他們已隨著幾個人走進了小鎮裡唯一的一家客棧，客棧並不大，現在幾乎已經快被擠破了。軒轅三光的賭場就在這家客棧裡。

屠嬌嬌走進去，只見到處都是人擠人，人推人。她的個子本不高，根本就看不到軒轅三光的人在哪裡。但她終於聽見軒轅三光的聲音。

只聽一人大笑著吼道：「格老子，你們這些龜兒子一個個的上來好不好，再擠就連你們的蛋黃都要擠出來了。」

屠嬌嬌雖已有二十年沒聽過他的聲音，但一聽到這「格老子」三個字，已知道準是惡賭鬼無疑。

屠嬌嬌眼珠子一轉，拉著白開心擠到牆角，忽然出手點了前面兩個人的穴道，那人連哼都沒有哼一聲就倒了下去，別的人竟連看都沒有往這邊看一眼，屠嬌嬌居然就站到這兩人身上去。於是她就終於見到那「惡賭鬼」軒轅三光了。

現在他們賭的是「單雙」，一張八仙桌上，鋪著塊白布，白巾中間劃著條黑線，左面的是單，右面的是雙。

骰子開出來，若是「單」，那麼押在「雙」上的人就得磕頭打屁股，這種賭錢的法子，當真是簡單明瞭，痛快得很。

他半邊衣裳已褪了下來，頭髮也亂了，卻用條又髒又臭的毛巾紮著頭，滿面俱是油光，眼睛裡滿是血絲，看來活脫脫就像是個殺豬的。

他面前還擺著幾個夾著肉的饅頭，顯見得非但沒睡覺，連飯都來不及吃，而那饅頭也不過只咬了一口而已。他模樣看來實在狼狽得很，但臉上卻是興高采烈，聲音雖已嘶啞了，但還是在直著嗓子窮吼。

屠嬌嬌眼睛盯在軒轅三光旁邊一個人的身上，白開心終於也隨著她目光望了過去。

只見這人果然是又黑又瘦，其貌不揚，可是一雙滿佈血絲的眼睛，看來卻仍然是炯炯有光。

只聽軒轅三光大吼道：「龜兒子們，快下注吧，老子要開了。」桌上單、雙兩邊，都押著東西，有的押幾個銅板，有的押兩塊石頭，還有的就在破紙上寫幾個字。桌子旁邊，還有兩個人在磕頭，顯然是輸得太多了。

軒轅三光手裡搖著個破碗，骰子在碗裡不停的響，那又黑又瘦的漢子在一旁瞪著眼瞧著，頭上直冒汗。突聽軒轅三光大喝一聲，道：「開！」

「砰」的，破碗已在桌子上揭了開來。

一一二　驚人豪賭

人叢中立刻爆發出一片歡呼，有人大笑道：「七點，是單，我贏了。」

軒轅三光大笑道：「有贏家就有輸家，入你先人板板，輸錢的龜兒子先來磕頭吧！」

他自桌上拈起一串銅錢，一面數，一面笑道：「格老子，五十個，你龜兒子居然想贏老子們五十兩銀子……是哪一個，快出來磕頭。」

他一連問了三次，人叢裡卻沒有人答應。話猶未了，那又黑又瘦的漢子忽然凌空飛了起來，就像是隻大鳥似的，盤旋一轉，提起了一個人的頭髮。

那人驚呼道：「不是我押的……不是我押的……」但是那瘦漢子腳尖在另一人肩上只輕輕一點，竟然就將這麼大一個人憑空提了起來，「嗖」的掠了回去。

屠嬌嬌沉聲道：「此人不但輕功高明，而且身法古怪得很，我簡直連見都沒見過。」

白開心沉吟著道：「我們好像見過，只不過……」

屠嬌嬌冷笑道：「只不過現在已經忘記了，是麼？」

這時那黑瘦漢子已將一個太陽穴上貼著狗皮膏藥的青衣漢子摔在桌子上，那人還在大叫道：「不是我，你看錯了。」

軒轅三光一把拎起他來，怒喝道：「格老子，你龜兒你以爲老子們的眼睛不管用麼，你龜兒不妨問問這裡的人，老子們幾時看錯過？」

他愈說愈氣，反手一個耳光摑了過去，一面打，一面罵道：「賭奸賭猾不賭賴，你龜兒連這規矩都不懂，還敢來賭錢……快滾你媽的臭蛋吧。」

他的手一揚，竟將這人自人叢上直拋了出去，果然沒有一個人敢賴帳了，賭場裡立刻就「劈裡啪啦」，「噗通噗通」的響了起來，再加上軒轅三光的哈哈大笑聲，聽起來果然熱鬧得很。

屠嬌嬌搖著頭笑道：「我看這『惡賭鬼』現在已經該改個外號了。奇怪的是，這黑小子怎會也跟著他一起發瘋呢？難道他們這些銀子是從天上掉下來的麼？」她笑了笑，又接道：「這也許是因爲這小子太年輕，還不懂得銀錢的可愛，等他到了我這樣的年紀，他就會知道世上再也沒有比銀錢更可愛的東西了。」

這時軒轅三光又在大吼道：「龜兒子們，都押好了麼？老子又要開了。」

他「吧」的一聲，剛將那隻破碗蓋在桌上，突聽一人道：「且慢，等我一等。」這聲音嬌柔清脆，竟是女子的口音，聽來說話的人還在門外，但一個字一個字的傳進來，竟將四下亂嘈嘈的人聲都壓了下去。

軒轅三光咧嘴一笑，道：「賭場裡的規矩，你既然來遲了，就得押下一把，但看在你說話的聲音很好聽的份上，就等你一等。」

那聲音銀鈴般笑道：「多謝。」

她的笑聲比說話的聲音更好聽，大家都不禁想瞧瞧來的是何許人也，前面的人都扭過頭，伸長脖子去望。

他們什麼也沒有瞧見，只見靠著門的一群人忽然驚呼著向兩旁倒了下去，又聽得一個男人的聲音喝道：「閃開，讓條路出來。」接著，大家就都瞧見五、六個鐵塔般的錦衣大漢，手裡提著皮鞭子，橫衝直闖的走了進來。

說話聲中，外面又有四條錦衣大漢走了進來，兩人抬著很大的二口箱子，箱子的份量似乎很重，他們將箱子抬到賭桌前，也叉起手往兩旁一站。

軒轅三光一雙眼珠子滾來滾去，大笑道：「想不到我們這小廟裡竟來了大菩薩。」

他重重一拍那黑瘦漢子的肩頭，又笑道：「兄弟，你不是總說賭得不過癮麼？看樣子過癮的已經來了！」

那黑瘦漢子面上什麼表情也沒有，嘴裡也不說一個字——若不是他的眼睛還沒有閉上，別人一定要以爲他已經睡著了。就在這時，已有三個艷光照人的少婦姍姍而來。

賭場裡本來還是亂烘烘的，但她們三個人一進來後，四下忽然變得一點聲音都沒有了。每個人都張大了嘴，眼睛發直，連呼吸都幾乎停頓，只因這三位少婦實在太美，美得簡直令人連氣都透不過來。

除了衣服的顏色不同外，這三位少婦看來幾乎就是一個模子裡鑄出來的，連走路的步子都完全一樣。這時她們已姍姍走到軒轅三光面前，嫣然一笑。

當中的紫衣少婦道：「有勞久候，抱歉得很。」

軒轅三光笑道：「沒得關係，我已有很久沒有跟美人賭錢了，再等等都沒得關係。」

錦衣大漢們已自外面搬進來三張椅子，用衣襟擦得乾乾淨淨，再恭恭敬敬的請那三位少婦坐下。

軒轅三光拍了拍手，道：「好，現在姑娘們已經可以下注了，請！」

那紫衣少婦向身旁的錦衣大漢微微點頭，那大漢立刻打開一隻箱子，大家只覺銀光耀目，照得眼睛都花了。

軒轅三光的眼睛也立刻亮了起來，笑道：「原來姑娘們竟真的是準備來好好賭一場的，姑娘們找到了我，實在真是找對了人了！」

那紫衣少婦道：「這裡限不限注的？」

軒轅三光大笑道：「你只管放心，隨便你押多少，莊家都照賠不誤。」

紫衣少婦道：「這樣最好。」

她揮了揮手，道：「五萬，雙！」

這「五萬」兩個字說出來，別人只當自己的耳朵有了毛病，但那大漢卻真的將五萬兩白花花白銀子堆了上去。

白開心忍不住問道：「你看這三個美人兒真是來賭錢的麼？」

屠嬌嬌搖了搖頭，道：「像她們這樣的人，就算要賭錢，也不會巴巴的趕到這裡來。」

白開心道：「那麼，她們難道是想來找這賭鬼麻煩的麼？」

屠嬌嬌沉吟著道：「我現在也還看不透她們的用意，反正你等著瞧吧！這『惡賭鬼』今天絕不會有好日子過的。」

這時那黑瘦漢子也似乎忽然自夢中驚醒了，黑臉上已冒出了紅光。軒轅三光更是不停的摩拳擦掌，不住道：「好，要得，硬是要得，硬是過癮。」

他一雙蒲扇般的大手忽然將那破碗攫了起來，口中大喝道：「開！」兩粒骰子都是紅的，一粒是么點，一粒是四點。

人叢中立刻傳出了一陣嘆息聲：「五點，單，莊家贏了。」那紫衣少婦卻連眼睛都沒有眨，好像輸出去的只不過是五個小錢，她竟又輕輕揮了揮手，淡淡道：「五萬，還是雙。」

軒轅三光大笑道：「對，有賭不爲輸，再來。」骰子在碗裡「格郎格郎」的響，突聽「吧」的一聲，軒轅三光將那隻破碗用力掀了起來。

兩粒骰子都是黑的，一粒是三點，一粒是六點。又是單。

那紫衣少婦竟一連押了六把「雙」。骰子開出來一連六次竟都是「單」！兩口大箱子已空了一口，賭場裡的人頭上都冒出了汗。但那紫衣少婦竟還是面不改色。

她身旁的兩人，嘴角竟始終帶著微笑，既沒有說一句話，也沒有皺一皺眉，甚至連坐的姿勢都沒有變一變。

錦衣大漢道：「還有二十萬。」

紫衣少婦淡淡道：「這次全押上吧！」紫衣少婦的櫻唇中只輕輕吐出了一個字：「雙！」

她押的還是雙！人叢中已忍不住發出了騷動聲，但骰子聲一響，別的聲音立刻全都安靜了，甚至連喘息的聲音都沒有。

軒轅三光「吧」的又將破碗蓋在桌子上，用兩隻大手緊緊包住，眼睛瞪著那紫衣少婦，道：「這次你真的還是押雙麼？好，要得，連老子都服你了。」

他「老子」兩個字終於還是說了出來，可見此刻連這「惡賭鬼」的心裡都開始緊張起來。那黑瘦漢子的眼睛彷彿已比方才大了一倍，瞬也不瞬的盯著軒轅三光的一雙手，額上也已在冒汗。

只聽一聲大喝：「開！」

骰子開出來又是單！這次連軒轅三光都怔住了，他實在連自己都不相信自己有這麼好的運，骰子竟一連開出七次單！人叢中又是驚呼，又是嘆息。

但那三位少婦卻還是面不改色，甚至連頭上的珠花都沒有顫動，三個人只瞟了那兩粒骰子一眼，就站了起來，一言不發，靜靜的轉過身子，靜靜的走了出去。

軒轅三光忽然道：「姑娘們且慢走。像姑娘們這樣的賭客，雖非千載難逢，也是天下少有的。一個賭鬼遇見姑娘這樣的對手，若是輕輕放過了，這賭鬼就該打下十八層地獄。姑娘們難道不想翻本？」

紫衣少婦笑了笑，道：「只可惜我們今天已輸光了，過兩天吧。」

軒轅三光道：「賭場本來講究的是現賭現賠，絕不賒欠，但對姑娘們這樣的賭客，卻可以例外。」

他「啪」的一拍桌子，笑道：「姑娘們儘管押吧，無論要押多少，只要一句話就算數。」

紫衣少婦眼角瞟了她身旁的姊妹兩人一眼，悠然笑道：「你信得過我們？」

軒轅三光大笑道：「只要姑娘肯賭，我還怕姑娘會少了我一兩銀子麼？」

紫衣少婦沉吟著，三個人又交換了個眼色，終於一起轉回身，又緩緩走回那張賭桌前。屠嬌嬌微笑著悄聲道：「我早就知道這惡賭鬼不肯放她們走的。」

一一三　情有獨鍾

只見軒轅三光滿面紅光，開心得直搓手笑道：「姑娘們這次押多少？」

紫衣少婦笑道：「你雖信得過我們，我們卻不願破壞賭場的規矩，何況，空口說白話，賭起來也沒什麼意思。我們的銀子雖已輸光，人卻還未輸出去。」

軒轅三光怔了怔道：「人？」

紫衣少婦微笑道：「人，有時也可作賭注的，賭鬼若是拿到把好牌，就恨不得將人都睡上去作賭注，閣下賭了五十年，難道連這都不懂？」

「妙極妙極，我這賭鬼賭遍天下，到今天才總算遇見了對手。姑娘要怎麼賭，只管說吧，我總奉陪就是。」

紫衣少婦道：「我們的賭法也簡單得很，也是押一個，賠一個。」

軒轅三光目光在她們身上一轉，大笑道：「但像姑娘們這樣的人，在下卻賠不出來。」

紫衣少婦道：「我們若贏了，你們兩位中只要有一個跟著我們走就行了。」

軒轅三光眼睛瞪得更大，道：「姑娘們若是輸了又如何？」

紫衣少婦微微一笑，道：「我們若輸了，我們姊妹中自然也有一人要跟著你們走的。」

這句話說出來，賭場裡又起了騷動，大家都覺得這樣賭法，軒轅三光也未免太上算了些。他們若能贏得這麼一個千嬌百媚的美人兒，固然是艷福齊天，他們就算輸了，能跟著這麼樣三個人一起走，也等於一步走入溫柔鄉了。

白開心瞪著眼道：「這三人難道看上了這惡賭鬼麼？否則爲何要如此賭法？」

屠嬌嬌皺眉道：「到現在連我都愈來愈不明白了，實在想不通她們是爲什麼來的。」

只聽軒轅三光不停的大笑道：「要得，要得，硬是要得……」

紫衣少婦等他笑完了，才緩緩道：「如此說來，我們的賭注你已同意了？」

軒轅三光笑道：「我還有什麼不同意的！」

紫衣少婦道：「那麼你這位夥伴呢？他也同意麼？」

她這句話雖是問軒轅三光的，但目光卻已瞟向那沉默寡言，令人難測的神秘黑瘦漢子。除了在開寶的時候，他臉上會有些激動的神色，目中會射出些狂熱的光芒外，其他的時候，他始終只是呆呆的坐在那裡，什麼表情也沒有，非但好像已脫離了這賭場裡煩囂的人群，簡直已像是脫離了這個世界。

軒轅三光笑道：「我這老弟跟我一樣的毛病，什麼都不喜歡，就喜歡賭，只要是賭，無論賭什麼他都同意。」

紫衣少婦眼珠子一轉，道：「但我還是要聽他自己說一句話。」

軒轅三光用手拍了拍他肩頭，道：「好，你就自己說一句吧。我們若輸了，你肯不肯跟她們走？」

黑瘦漢子想也不想，道：「好。」

紫衣少婦立刻追問道：「無論到哪裡，你都肯去麼？」

黑瘦漢子長長嘆了口氣，道：「無論到哪裡都沒關係，在我說來，無論任何地方都是一樣。」

軒轅三光笑道：「你們莫看我這位老弟有些呆頭呆腦的，其實他卻是個響噹噹的男子漢，只要說出來的話，就絕不會反悔！」

紫衣少婦嫣然一笑，道：「我絕對相信。」

軒轅三光大笑道：「既是如此，姑娘們就來押吧。」他一把攫起了那破碗，瞪著紫衣少婦道：「這次你押單還是雙？」

紫衣少婦道：「雙！」她居然還是押雙，就好像輸不怕似的。

人群中不禁又「噓」的發出一聲嘆息，大家好像都算定她這次還是有輸無贏，非輸不可。

只聽「吧」的一聲，軒轅三光已將碗放了下來，但一雙大手還是蓋在碗上，沒有掀起來。

在搖骰子的時候，他一點也不緊張，因為賭徒只要一聽到那清脆的骰子聲，就立刻忘記了一切。但現在，骰子停下來，他卻不禁有些緊張了。無論怎麼算，這賭注都實在不小。

那三位美麗的少婦卻還是神色不動，面帶微笑，竟好像還是沒有將這場賭的勝負放在眼裡，就連軒轅三光都不禁有些佩服她們，別的人更全都屏住了呼吸，整個賭場裡靜得連一根針掉在地上都可以聽見。

猛聽得一聲大喝：「開！」

開出來的骰子，又全都是紅的。是一對四。少婦們這次終於押中了！

賭場中竟有人情不自禁歡呼了起來——賭徒們畢竟也是人，人都是同情弱者的，賭徒們也大多都同情輸家，只要贏家不是他們自己。軒轅三光反倒又不緊張了，反倒笑了起來。他若輸不起還有資格算得上賭鬼麼！

他大笑著道：「好好好，賭神爺在收徒弟了，所以一定要讓你們贏一次，若是總叫你們輸，你們以後也不會賭得起勁的。」

紫衣少婦嫣然一笑，道：「如此說來，這一把是我們贏了。那麼，做莊的就該賠呀！」她的手已指向那黑瘦漢子，微笑著接道：「就請閣下跟著我們走吧。」黑瘦漢子沉默了半晌，霍然站起來，大步走出。

軒轅三光一把拉住他，道：「你……你真的要走？這裡的賭本，還有一半是你的。」

黑瘦漢子道：「全給你。」他連自己的身子性命都全不顧惜，又何況這些身外之物呢！

軒轅三光嘆了口氣，黑瘦漢子已轉出賭桌，木立在少婦們的面前。紫衣少婦嫣然一笑，道：「你放心，你跟著我們走，絕不會吃虧的。」黑瘦漢子好像又神遊物外，什麼話都聽不見了。

軒轅三光一直瞪著她們，忽又大喝一聲，道：「且慢！」喝聲中，他魁偉的身子竟已凌空飛起，就好像一隻大鳥似的，掠到門口，擋住了那三個少婦的去路。

軒轅三光冷笑道：「我現在才知道三位竟是爲了我這黑老弟來的，你們究竟想拿他怎樣？想將他帶到什麼地方？」

紫衣少婦也冷笑著道：「這些事，你都管不著，你自己說過『賭奸賭猾不賭賴』，現在你既已輸了，難道還想賴麼？」

惡賭鬼的臉竟像是有些發紅，忽又問道：「你們若輸了，難道真肯跟著我走不成？」

紫衣少婦淡淡道：「我們姊妹若輸了，自然會有人跟著你走，反正我們家姊妹多得很……」

軒轅三光的眼睛忽然瞇成一條線，上下瞧了這少婦幾眼，道：「你們的姊妹真的多得很？有沒有九個？」

紫衣少婦沉默了半晌，緩緩道：「不多不少，正是九個。」

這句話說出來，軒轅三光瞇著的眼睛忽又睜開，而且瞪得比銅鈴還大，那死氣沉沉的黑瘦漢子身子一震，一張臉陡然變得通紅，全身的血像是全都衝上了頭頂，也瞪著那少婦道：「你……你是慕容……」

紫衣少婦微微一笑，道：「我是七娘，這是我六姊……這是八妹。」

她身旁的兩位少婦也嫣然一笑，年紀較大的那人道：「你雖未見過我們，我們卻久已知道你了。」那黑瘦漢子的臉色又變成蒼白，腳下一步步向後退。

慕容七娘微笑道：「我們也知道你說出來的話如白衣染皂，永無更改，你既然輸了，就一定會跟著我們走的。」

軒轅三光忽然仰首大笑起來，大笑著道：「江湖傳言，都說慕容九姊妹非但都找到個萬中選一的好丈夫，而且姊妹九人個個都有兩下子。江湖中人也都知道，慕容姊妹中武功最高的是二姊慕容雙，最能幹的是七娘，但最聰明、最美麗的卻還是么妹慕容九。」

聽到「慕容九」這名字，那黑瘦漢子的臉忽又脹得通紅。

軒轅三光道：「我還知道這位姑娘運氣沒有她八位姊姊好，有一年竟莫名其妙的忽然失蹤了，她八位姊夫雖然都是赫赫有名的世家子弟，而且可說是交遊滿天下，但找了好幾年都沒有將她找到。但我這黑老弟卻將她找著了，而且就像個呆子似的將她護送回去，誰知別人卻絲毫不領他的情，反而好像以為慕容九就是他拐走的，竟將他當成個小偷般盤問了兩、三天，只差沒有打屁股，上夾棍了。」

慕容七娘道：「二姊和三姊不是要盤問他，對他更沒有絲毫惡意，只不過想問清楚九妹這些年來的遭遇而已。」

慕容八娘道：「所以他臨走的時候，她們堅持要重重酬謝他。」

軒轅三光道：「不錯，他走的時候她們一定要送他五千兩金子，這實在不算少數了，若打發叫化子，至少可以打發一、兩萬個。」他臉色早已發青，此刻忽然跳了起來，大吼道：「但我這黑老弟卻不是叫化子，他爲了你們那九妹，有好幾次差點連命都送掉了，吃的苦更不知有多少，他難道就是爲了你們那幾兩破銅爛鐵麼？你們姊妹都是聰明人，難道真不懂他的意思？」

慕容七娘嘆了口氣，苦笑道：「我們不是不懂，只不過……」

軒轅三光冷笑道：「只不過慕容姊妹嫁的都是金龜婿，我這黑老弟卻既沒有錢，又沒有勢，更不是什麼世家子弟，你們自然不能將慕容九嫁給他。」說著說著，他又跳了起來，怒吼道：「但我這黑老弟又有哪點配不上她？他雖然不是什麼大亨，但卻是個頂天立地的男子漢，你們的姊妹能嫁到這樣的老公，正是你們祖宗積了德！」

他指手劃腳，大叫大嚷，手指幾乎已快指到慕容七娘的鼻子上，慕容七娘居然沒有發脾氣。

她反而嘆息道：「我們也知道他是個很好的人，並不辱沒九妹……」

軒轅三光冷笑道：「據我所知，黑老弟將她送回去的時候，她病勢已有了起色，你們就因爲認定她的病會好的，是以才捨不得將她嫁給他。」

慕容七娘嘆道：「那時我們的確認爲她的病會好的，因爲那時她好像已認得大姊了，誰知這位黑……黑老弟走了之後，她的病情又忽然惡化，非但連大姊都不認得了，而且整天不說一個字一句話。」

慕容六娘也嘆了口氣，道：「她只要一開口，就必定是問：『他走了麼？』到後來，她連這句話都不說了，每天只是坐在那裡流淚。」

那黑瘦漢子自然就是驕傲而孤僻的黑蜘蛛。他就像是個木頭人似的站著，聽到這裡，他僵木的面容忽然扭曲起來，就彷彿有人用針在他心上刺了一下。

軒轅三光卻大笑道：「原來那位九姑娘也是個多情人，這也不枉黑老弟對她那麼好了。」慕容七娘嘆道：「到了這時，我們才知道她的心意，我們自然也知道世上無論什麼事都能勉強，只有這『情』這一字，是誰也勉強不得。」

軒轅三光附和道：「你們總算還不太糊塗。」

慕容六娘嘆道：「九妹已病得那麼厲害，卻還能領受到他的情意，可見他對九妹必是情深意重。人心都是肉做的，到了這種時候，無論他是什麼人，我們都不會反對他了。」

慕容八娘道：「所以我們就出來找他。但我們也知道他的行蹤一向很飄忽，正發愁不知是否能找得到他，幸好那時五姊夫恰巧經過武漢，恰巧瞧見你和他的一場豪賭。」

慕容七娘笑了笑，道：「我五姊夫就是『神眼書生』駱明道。他多年前曾經見過你一次，只要被他看過一眼的人，他就永遠不會忘記。五姊夫本來也認不出他的，但為了要找他，三姊早已為他畫了很多幅像，五姊夫一瞧見畫像，立刻就想起他在什麼地方見過這人了。」

慕容八娘道：「我們聽了五姊夫的話，就立刻趕到武漢這邊來，幸好你們兩位的豪賭已在這一帶出了名，所以我們很快就找到了你們。」

軒轅三光瞪眼道：「但你們莫弄錯了，我這黑老弟跟我不一樣，他並不是賭鬼，他只不過是心情不好，所以才賭的。」

慕容七娘笑了笑，道：「他的心情，我們都很瞭解，我們也知道他是個心高氣傲的人，我們若就這樣來找他，他一定不會跟我們走的，所以我們才想出賭的法子。」

軒轅三光忍不住問道：「但你們若又輸了，那怎麼辦呢？」

慕容七娘道：「我們若輸了，我們姊妹中就要有一人跟著你們走，對不對？所以我們若輸了，就會要九妹跟著你們走，我們知道你們決不會虧待她的，只要她快樂，誰跟誰走豈非都是一樣麼？」

軒轅三光大笑道：「我只要能親眼看到這位黑老弟和那位九姑娘成親，能喝到他們一杯喜酒，就算叫我三個月不賭都沒關係。」

他忽又頓住笑聲，搖著頭道：「不行不行，這杯喜酒只怕是喝不得的。慕容家的姑娘成親，喜筵上一定全都是有名有姓，有頭有臉的人物，我這『惡賭鬼』若是忽然闖去了，豈非大煞風景？」

慕容七娘笑道：「你放心，這杯喜酒少不了你的，我們就算什麼人都不請，也一定要請你。」

軒轅三光拊掌笑道：「要得，我若不去，我就是龜兒子。」他忽又揮手道：「抬走抬走，將那些銀子全都抬走，連一兩都不要留下來。」

慕容七娘道：「這……這是為了什麼？」

軒轅三光笑道：「要喝喜酒，自然就得送禮，你們若不收，就是看不起我，就是不準備請我喝喜酒了。」

慕容七娘嫣然笑道：「縱然如此，你也該留下一些做賭本才是呀。」

軒轅三光道：「千萬留不得，我這人天生是不輸光不肯停手的脾氣，所以我自從發了筆橫財後，簡直就沒有一天好好睡過覺，我愈是拚命想輸光，愈是輸不光，現在好容易有機會將它送出去，你們若不完全收下來，就又害苦了我了。」

黑蜘蛛終於笑了笑，忽又悄聲道：「小魚兒必定還在山上，你若看到，莫要忘記告訴他……」

軒轅三光笑道：「你放心，我若看到他，一定會要他去喝你喜酒的。」原來他們交成好朋友並非完全是為了賭，而是為了小魚兒，因為他們始終都認為小魚兒是個好朋友。

軒轅三光將他們送到門口，忽又笑道：「七姑娘，你以後若是手癢，千萬莫要忘記來找我，像你這樣的賭客，我平生實在沒有遇見幾個。」

一一四 邪不敵正

銀子一搬走，賭場裡的人立刻也跟著散了。軒轅三光望著已然發白的天空，長長伸了個懶腰，喃喃道：「格老子，真他媽的是天光、人光、錢光，反正弄不到鳥蛋精光，老子也睡不著覺。」他忽然發現賭場裡的人竟還沒有走光，還剩下四個人，有兩個人躺在地上，像是已睡著了。

另外兩個人卻在笑嘻嘻的望著他。

軒轅三光眼睛一瞪，道：「你們兩個龜兒子爲什麼還不走，難道還想跟老子賭？」

那兩人中有個比較高的搶著笑道：「這裡只有一個半龜兒子，還有半個是龜女兒。」

軒轅三光眼睛瞪得更大，瞪著那矮的一人。屠嬌嬌笑嘻嘻道：「這裡只有一個龜兒子，我卻是你祖奶奶。」

她也不知道軒轅三光是否已認出她是什麼人了，但卻未想到軒轅三光不等她話說完，忽然好像條被人踩著尾巴的貓似的，飛一般奪門而出。

屠嬌嬌他們追出去的時候，軒轅三光已連人影都瞧不見，街上的人，卻都扭著頭往左面瞧。

軒轅三光顯然就是從左面逃走的。

屠嬌嬌笑了笑，道：「你放心，那賭鬼的輕功一向並不高明，咱們一定能追得上。」

話剛說完，軒轅三光忽然又從左面街角後倒退了回來，退得竟比逃的時候還要快得多。

一退到這條街上，他就轉過身子，向這邊逃了回來，只見他滿臉俱是驚慌之色，一頭又衝回了賭場。屠嬌嬌他們自然又立刻跟了進去。

白開心笑道：「你這是幹什麼？難道撞見了鬼麼？」

軒轅三光正將眼睛湊在門縫上，向外面偷看，嘴裡道：「正是撞見了大頭鬼。」

他的神情看來更緊張，連臉色都有些發白了。屠嬌嬌和白開心對望了一眼，也忍不住將眼睛湊到門縫上，向外面望了出去，果然看到左面那邊的街角後已轉出兩個人來。

走在前面的一人，身材很高，肩膀很寬，但卻骨瘦如柴，身上穿著件短藍布袍子，空蕩蕩的，看來就活像是個紙紮的金剛，只要被風一吹，他整個人都像是要被吹到屋頂上去。他不但人長得很奇怪，臉也長得很奇怪，因爲他臉上皺紋雖不少，但卻連一根鬍子也沒有，也沒有眉毛。

他眼睛已瘦得凹了下去，所以就顯得特別大。他臉上雖也是面黃肌瘦，滿臉病容，但一配上這雙眼睛，就顯得威風凜凜，令人不敢逼視。

白開心道：「這小子長得倒真有些奇怪，江湖中有這麼樣一個怪人，我居然沒聽說過，也沒有見過，可見我這些年來實在太懶了。」

屠嬌嬌也不禁皺起了眉頭，道：「惡賭鬼，你認得這人麼？」

軒轅三光道：「不認得。」他眼睛只瞪在這怪人後面的一個人身上。

走在這怪人身後的一個人，長得非但不奇怪，而且還很好看，年紀也已過了中年，一張臉卻還是保養得很得法。他身上穿著的衣服顏色也配合得很好看、很大方，只不過他臉上雖然在拚命想裝出微笑來，看來還是有些垂頭喪氣，愁眉不展。

這人赫然竟是江別鶴。

屠嬌嬌更驚訝，皺眉道：「江別鶴怎會沒有跟著魏無牙？反而跟這怪人走到一起來了？」

這時右邊的街角忽然衝出一匹馬來。馬是紅色的，就像是一團火，飛也似的衝入這條街，眼見就要將街旁的一個麵攤子撞倒。可是馬上人的騎術實在不錯，竟在這間不容髮的一剎那，將馬勒住，連一隻碗都沒有撞翻。

大家這才看清這馬上的人也和馬一樣，穿著一身火紅的衣服，手裡還提著根火紅的馬鞭。健馬輕嘶中，她已躍下了馬鞍。於是大家又發現她的人原來比她的騎術更美，那雙又俏皮、又靈活的大眼睛，簡直就美得令人透不出氣來。

別人的眼睛都在望著她，她卻將這些人全都當做死的一樣，根本沒有瞧這些人一眼，只是跺著腳道：「喂，快來呀，你騎的馬難道是三條腿的麼？」

這時候街首後才又有匹馬奔過來，馬上人道：「不是我慢，而是你騎得實在太快了。」語聲中，這人也下了馬，身手也很矯健，卻是個很清秀、很斯文的少年，身上衣服的質料也很高貴。

那紅衣少女嘟起了嘴，瞪著眼道：「誰敢說我馬騎得太快，我撞過人麼？」

那少年發現這麼多人在看他，臉竟似有些紅了，訥訥道：「你……你不快。是……是我太慢。」

紅衣少女這才嫣然一笑，道：「這樣才乖，姐姐請你吃宵夜。」

那少年臉更紅，簡直連頭都不敢抬了。大家覺得這位少年實在太斯文、太害臊，就像是個大姑娘，但這位大姑娘實在太刁蠻、太潑辣，簡直叫人有些吃不消。

就連那怪人都在注意這少年男女兩人了。只有江別鶴瞧見這兩人時，卻立刻低下了頭。因爲只有江別鶴認得這兩人是誰。這紅衣少女就是小仙女張菁；這很斯文、很害羞的少年人，自然就是神拳世家的公子顧人玉了。

小仙女展顏笑道：「今天真可說是九丫頭的好日子，我也很開心，所以我一定要大吃一頓，而且還要喝兩杯。」顧人玉像是忍不住輕輕嘆了口氣。

小仙女立刻又瞪眼道：「你嘆什麼氣？九丫頭心上有了別的人，你難道很難受麼？」

了。

顧人玉趕緊陪笑，道：「我怎會難受？我……我……」他非但臉發紅，連脖子都粗

小仙女噗哧一笑，道：「你不難受最好，你看，這裡居然還有粉蒸肉，還有珍珠丸子，我已經有好幾年沒有吃過這種小吃了，因爲除了湖北外，別地方做的都不好吃。」她吱吱喳喳，又說又笑，剛拉著顧人玉在攤子上坐了下來，忽又站起，瞪著街對面的江別鶴，道：「你看，這是什麼人？」

顧人玉隨著她目光望了過去，面上也變了顏色，沉聲道：「他怎會到了這裡？」

小仙女冷笑道：「是呀，堂堂的江南大俠，怎會躲到這種小地方來了？難道是已經不敢見人了麼，難怪江湖中人都說江大俠已失蹤了。」

她說話的聲音就算聾子都能聽得到，街上的人也有知道江南大俠名聲的，又都不禁直著眼去瞧江別鶴。只有江別鶴卻像是什麼都沒有聽見，低著頭往前走，像是恨不得一步就走過這條街似的。

可是小仙女一步就竄到了他面前，冷笑著道：「江別鶴，江大俠，你爲什麼不開口了？你以前不是能說會道的嗎？而且我還記得你的威風不小。」

江別鶴非但不說話，連頭都不抬。

小仙女厲聲道：「江別鶴，你用不著裝傻，裝傻也沒用，不知有多少人正等著找你算一算舊帳，你就跟著我走吧。」

江別鶴站在那裡，連動都不動，臉上也沒有絲毫表情，堂堂的江大俠，竟像是已變成個死人。

他身旁的那怪人卻忽然道：「他不能跟你走！」這人的聲音低而嘶啞，嗓子彷彿已撕裂了，他說話的聲音，只不過是自那些裂隙裡一個字一個字擠出來的。

小仙女驟然見到這樣的人，聽到這樣的聲音，也不禁怔了怔，脫口道：「他爲什麼不能跟我走？」

那怪人道：「只因他要跟我走。」

小仙女怒道：「跟你走，你是什麼東西！」

這一聲怒喝叱出，她掌中的鞭子也跟著飛出。這條死的皮鞭到了她手裡，就像是忽然變成條活的毒蛇，又像是變成了道閃動的火焰，捲向那怪人的臉。

那怪人的反應卻遲鈍得很，似乎根本不知道鞭子抽在人臉上會疼的，他只是出神地望著這鞭子。

眼看著這鞭子就將在他臉上留下條血痕，誰知鞭梢到了他手裡，一條長鞭就忽然斷成了十幾段，一段段落在地上，小仙女的人也站不穩了，踉蹌向後直退，終於倒在顧人玉懷裡。

別人只瞧見長鞭寸斷，小仙女跌倒，至於那人是如何出的手？如何用的力氣？誰也沒有瞧見。

就連小仙女自己也弄不清這是怎麼回事，她只覺一股奇異的力道自長鞭上傳了過來，她身子立刻如遭雷電所擊。若是換了別的人，驟然遇到如此驚人的武功，就算不被嚇得半死，也是萬萬不敢再出手的。小仙女自出道以來，從沒有吃過這麼大的虧。

顧人玉見到這怪人的武功，正想悄悄勸她忍口氣，誰知她已跳了起來，雙手一分，就拔出了兩柄短劍。

只見劍光閃動，如驚虹掣電，就在這一剎那間，小仙女已向那怪人攻出七劍，每一劍都恨不能將他刺個透明窟窿。

只聽那怪人輕叱一聲，也未看清他有什麼動作，小仙女掌中的兩口劍，就忽然脫手飛出！宛如兩道青色的火花般，在黑暗的天空中閃了閃，就消失不見，竟不知飛到什麼地方去了。

再看小仙女，竟又跌到顧人玉懷裡，只不過她這次雖然用盡平生力氣，也休想再爬得起來。

那怪人沉著臉道：「你是誰家的子弟？怎地不分皂白，就敢對人下這麼重的手？江湖中的後輩，怎地愈來愈不懂規矩了？」

小仙女大罵道：「你才是後輩小子！你才不懂規矩，你可知道……」她聲音忽然頓住，因爲顧人玉忍不住掩住了她的嘴。

小仙女用盡全身的力氣，用手肘在他肚子上一撞，顧人玉雖疼得鬆了手，但她的身子也滑了下去，跌坐在地上。她索性賴在地上，指著顧人玉的鼻子道：「我被人如此欺負，你非但不幫我的忙，還不准我說話，你還能算是男人麼？難怪別人要叫你顧小妹了。」

顧人玉一張臉脹得通紅，吃吃道：「我……我……我實在……」

「我實在是看錯你了，我本來還以為你是個男子漢大丈夫，誰知你卻比……比豆腐還要軟，你實在太令我傷心了。」說到後來，眼淚已流了滿臉。

顧人玉忽然咬了咬牙，大步向那怪人走了過去，大聲道：「閣下武功的確高明，但在下還是要來領教領教。」那怪人沉著臉，也不說話。

顧人玉喝道：「留神，我要出手了！」他做人雖然有些婆婆媽媽的，但出手倒十分乾淨俐落，而且又穩、又狠、又準、又快。

只聽「蓬」的一聲，這一拳竟著著實實打在那怪人身上，那怪人也不知怎地，竟沒有將這一拳閃開。

小仙女眼淚也不流了，眼睛裡也發出了光，只因她早知道顧家神拳的威力，也很瞭解顧人玉手上有多大的力道。

顧人玉武功雖不花俏，但卻很精純，若被他一拳打實，莫說人吃不消，就算是一條牛，只怕也要被他打扁。

小仙女幾乎忍不住要拍起手來，但她立刻又發現那怪人非但沒有被打扁，而且連臉色都沒有變。顧人玉這祖傳的神拳，打在他身上，竟好像是在替他敲腿搥背似的，顧人玉自己的身子反而站不住了，搖搖欲倒。

小仙女這才吃了一驚，只聽那怪人瞪著顧人玉道：「你是顧老四的什麼人？」

顧人玉頭上直冒冷汗，道：「前……前輩莫非認得家父？」

那怪人「哼」了一聲，道：「聽說顧老四的家教很嚴，怎容得你這樣的子弟在江湖中招搖？要知愈是會武功的人，愈該要自己收斂，若是一言不合就胡亂出手，那就是盜賊匹夫所爲，這道理你爹爹難道未曾教訓過你麼？」

顧人玉被罵得連頭都不敢抬，哪裡還敢說話？小仙女卻忍不住大聲道：「你究竟是什麼人？憑什麼來教訓我們？」

江別鶴一直木頭人般站在一旁，一點也沒有吃驚，好像早就知道那怪人一出手就可將小仙女和顧人玉兩人擊倒。

此刻他忽然笑了笑，道：「你們連他老人家是誰都不知道麼？他就是大俠燕南天！」

燕南天！

這三個字一說出來，小仙女已不敢發橫，瞪大了眼，張大了嘴，再也合不攏來。顧人玉更早已翻身拜倒，就連那些從賭場裡散出來的地痞流氓們，也有幾個聽過「燕南天」這名字，更嚇得連大氣都不敢喘。

燕南天沉聲道：「江別鶴以後永遠再也不能欺世盜名，爲非作歹了，你們也用不著再找他算帳，因爲已有別的人要先找他算帳，那是二十年前的舊帳。」

顧人玉汗流如雨，連聲道：「是，是……」

燕南天道：「只望你們以後也莫要以武凌人，妄動殺手！」

顧人玉垂首道：「是。」

燕南天揮了揮手，道：「你們走吧。」

躲在門後面偷看的白開心和屠嬌嬌，兩條腿早已嚇得發軟，全身的衣服也早已全都濕透。軒轅三光見了燕南天雖然也有些心虛害怕，但卻沒有他們怕得這麼厲害，瞧見他們的模樣，軒轅三光忍不住笑了，悠然道：「你龜兒現在爲什麼不叫了？聽說你們將燕南天在惡人谷中困了二十年，老子本來還不相信，現在看來，只怕真有這回事。」

白開心搶著道：「那是她和大嘴狼他們幹的事，與我無關。」

軒轅三光笑道：「既然與你無關，你龜兒爲什麼怕成這副樣子？」

白開心道：「你見了他難道不害怕麼？」

軒轅三光道：「老子壞事做得沒有你多，用不著像你龜兒這麼害怕。」

白開心忽然咧嘴一笑，道：「常言道，只有強姦的，沒有逼賭的，可見逼人賭錢要比強姦更壞，我幹的壞事最多也只不過是強姦而已，可是你……嘿嘿，你小子等著瞧吧，若知道你就是惡賭鬼，不打扁你的腦袋才怪。」

軒轅三光擦了擦汗，也說不出話來。他們三個人都希望燕南天快些帶著江別鶴遠遠走開，誰知燕南天卻要了壺酒，坐在小攤子上自斟自飲起來。

江別鶴垂著手站在一旁，既不敢走，也不敢坐下，別的人也都嚇得坐不住了，就連那小攤子老闆的手都在發抖。燕南天卻旁若無人，一杯杯喝個不停，每喝一杯，就長長嘆口氣，彷彿有很重的心事。

軒轅三光皺著眉，喃喃道：「江別鶴這龜兒子怎會和燕南天走到一路的？這倒真是怪事。」

他以為這句話絕不會有人回答，誰知屠嬌嬌卻忽然嘆了口氣，道：「我現在才想出江別鶴的來歷了。」

「他有什麼來歷？」

「他一定就是江琴。」

「江琴又是什麼人？」

「燕南天到惡人谷去，就是為了要找江琴復仇，因為江琴害了他的拜把兄弟江楓。」

軒轅三光怔了怔，道：「他既要找江琴復仇的，現在為何還不宰了他，反而帶著他滿街跑呢？」

「因為他要先找到小魚兒，叫小魚兒親手報仇。」

「不錯，想必就是這緣故，可是，他若找不到小魚兒呢？」

白開心忽又咧嘴一笑，道：「他這輩子只怕是再也找不到那小壞蛋了。」

軒轅三光聳然道：「爲什麼？」

白開心張開了嘴，卻只笑了笑，再也不說話了，因爲屠嬌嬌已在暗中悄悄的擰住了他的手。

就在這時，突見一個人手裡提著壺酒，也走到燕南天正坐在那裡吃東西的小攤子上去，而且還在燕南天身旁坐了下來。麵攤上吊著盞燈籠，燈光照在這人的臉上，只見他年紀輕輕的，長得倒也眉清目秀，只不過臉色蒼白得可怕。

軒轅三光又吃了一驚，道：「這龜兒豈非就是江別鶴的兒子江玉郎麼？」

白開心道：「一點也不錯。」

只見江玉郎就像是沒有見到他老子似的，江別鶴也像是根本不認得他，父子兩人，誰也沒有瞧誰一眼。

軒轅三光皺眉道：「這父子兩人究竟在搞什麼鬼？」

屠嬌嬌道：「看來他必定是想來救他老子的。」

軒轅三光冷笑道：「就憑這小雜種，只怕還沒有這麼大的本事。」

屠嬌嬌忽然笑了笑，道：「他本事雖不大，花樣卻不少，連小魚兒有時都會上他的當。」

軒轅三光瞪著眼睛，冷笑道：「老子也知道他花樣不少，但若要比小魚兒，他還差得遠。」

屠嬌嬌眼珠子一轉，不說話了，她已發現這惡賭鬼和小魚兒交情不錯，否則就絕不會幫小魚兒說話。

這時江玉郎竟已在向燕南天敬酒，而且還陪笑著說話，燕南天顯然不知道他就是江別鶴的兒子，也沒有給他難看。說了幾句話後，燕南天忽然長身而起，大聲道：「你真的認得江小魚？」

江玉郎也站了起來，陪笑道：「非但認得，而且還可以說是患難之交。」

燕南天一把拉住他的肩膀，道：「你……你最近見過他麼？」

「前兩天他還和晚輩在一起喝酒……」

燕南天不等他說話，就搶著問道：「你可知道他現在到哪裡去了？」

江玉郎沉吟著道：「他的行蹤一向很飄忽，但晚輩卻也許能找得到他。」

燕南天道：「真的？」

江玉郎躬身道：「晚輩就算有天大的膽子，也不敢在前輩面前說謊。」

燕南天道：「好，好，好……」

他實在太歡喜，竟一連說了十幾個「好」字，那隻緊緊握著江玉郎肩膀的手，也忘記鬆開。江玉郎雖然被他捏得骨頭都快斷了，但面上卻不禁露出微笑。

江別鶴目光閃動，忽然大聲道：「這小子來歷不明，燕大俠你怎可輕信他說的話？」

燕南天怒道：「閉嘴，在我面前，哪有你說話之處？」他匆匆撒了把銅錢在攤子上，拉著江玉郎就走，江別鶴只好也垂頭喪氣的跟著走，但嘴角卻正在偷偷的笑。

一一五　惡人再聚

躲在門後偷看的屠嬌嬌見燕南天上了江玉郎的當，不由也笑了，喃喃道：「我早已知道燕南天必定要上他的當，我猜的果然不錯。」

白開心吃吃笑道：「這小鬼果然有兩下子，也難爲他裝得真他媽的像極了，燕南天居然真跟著他走，真是鬼迷了心竅。」

屠嬌嬌笑道：「這下子燕南天非但永遠休想找得到小魚兒，只怕連命也要送在這父子兩人的身上。」

軒轅三光呆呆的出了會兒神，忽然推開門，就想衝出去。誰知屠嬌嬌的手早已等在他背後，他剛推開門，屠嬌嬌就閃電般點了他五、六處穴道，將他的人往肩上一扛，轉身從後面的窗子竄了出去。

軒轅三光又驚又怒，怎奈連話都已說不出來。只見屠嬌嬌從屋子後面繞出了這小鎮，天色雖已很亮了，但入山的道路上，並沒有人蹤。她似乎吃奶的力氣都使了出來，飛也似的竄上山，也不知走了多久，突聽一陣鐵器敲擊聲自風中遠遠傳了過來。

李大嘴、哈哈兒，和杜殺正在開山，突見屠嬌嬌和白開心兩人飛掠而回，就像是被鬼追著似的。最奇怪的是，屠嬌嬌背上還扛著個人。李大嘴他們立刻全都停住了手，迎了上去。

哈哈兒目光轉處，失聲笑道：「我當是誰呢，原來是惡賭鬼到了，哈哈，久違久違。」

李大嘴大笑道：「惡賭鬼，多年不見，怎地一見面你就爬到屠嬌嬌身上去了？難道你這賭鬼已變成了色鬼了麼？」

杜殺卻皺眉道：「這是怎麼回事？」

屠嬌嬌先不答話，卻將軒轅三光重重往地上一摜，這一摜便將他穴道全都解了開來。他人還未站起，已大笑道：「原來你們這些龜兒子全都到這裡來了，龜山上有了你們這麼多龜兒子，倒真的名副其實。」

白開心哈哈一笑，道：「屠嬌嬌莫名其妙的點了你七、八處穴道，又像條狗似的將你摜在地上，你不找她拚命，反而開起玩笑來了，嘿嘿，看來你這人實在是好欺負得很。」

軒轅三光生性豪爽，驟然見到這許多老朋友，已將別的事全都忘了，但此刻被白開心挑撥了幾句，他立刻又火冒三丈，跳起來指著屠嬌嬌的鼻子道：「我問你，你這不男不女的龜兒子爲什麼要點老子的穴道，難道真當老子是好欺負的麼？」

屠嬌嬌道：「我問你，你方才衝出去是不是想去通風報訊，叫燕南天莫要上江別鶴父子的當？」

「燕南天」這三個字說出，李大嘴、哈哈兒、杜殺全都聳然失色，好像連站都站不穩了。

杜殺失聲道：「燕南天？」

李大嘴道：「難道他……他的病已好了麼？」

屠嬌嬌道：「他非但病已好了，而且功夫彷彿比以前更強，我見到他的人時，還沒有認出他來，但見他露了一手功夫後，就知道必是燕南天無疑。因爲除了燕南天之外，世上再也沒有第二個人有那麼高的武功。」

哈哈兒牙齒打戰，非但再也笑不出來，連話也說不出了。

白開心搶著道：「他已被江別鶴父子騙走，但惡賭鬼卻想將他找回來。」

這句話還未說完，李大嘴、杜殺、哈哈兒已將軒轅三光團團圍住，三個人俱是咬牙切齒，滿面兇光。杜殺瞪著他，一字字道：「你這是什麼意思？」

軒轅三光別的人不怕，但對杜殺卻也有三分畏懼，此刻見到他殺機畢露，顯見一伸手就要殺人，軒轅三光心裡也不覺有些發毛，勉強笑道：「老子不過是想要他將江別鶴父子宰了而已，並沒有別的意思。老子難道還會要燕南天來找你們的麻煩不成？」

白開心笑道：「我問你，你若沒有做虧心事，爲什麼一見到我們就跑呢？」

軒轅三光臉色變了變，道：「這……這個……」

白開心拍手笑道：「你說呀！你怎地說不出話來了？這不是做賊心虛是什麼？」

軒轅三光跳了起來，吼道：「老子又沒有掘你祖墳，你龜兒子爲什麼找老子麻煩？」

白開心知道目的已達，無論軒轅三光怎麼罵，他都不開腔了。李大嘴、哈哈兒俱是滿面怒容，杜殺更是面籠寒霜，厲聲道：「你方才是不是一見他們就跑？」

軒轅三光道：「我，格老子，不錯，我是跑了。」軒轅三光挺起了胸膛，大聲道：「只因老子已將你們的錢都輸光了！」這句話說出來，大家又吃了一驚。

哈哈兒搶著道：「我們的錢？什麼錢？」

軒轅三光道：「你們都知道老子是惡賭鬼，卻不知老子雖喜歡贏錢，也喜歡輸錢，只要有錢輸，實在比贏錢更過癮，尤其是輸給那些沒有錢的小賭鬼，看到他們贏錢後那種歡天喜地的模樣，那其中的樂趣，你們這些龜兒子只怕永遠也想像不到。」他歎了口氣，接著又道：「前幾個月，我替一個朋友將一票銀子送回去給江南的大富翁段合肥，雖然因此得罪了江別鶴父子，卻跟段合肥鬥了半個月蟋蟀，贏了他幾十萬，我手頭有了賭本，就想送出去一些了。」

李大嘴冷笑道：「想不到你這惡賭鬼倒真是劫富濟貧的俠盜。」

軒轅三光道：「但是老子愈是想輸，那銀子就偏偏跟老子作對，總是輸不出去。有一天我正在一家菜館裡喝茶，旁邊居然有人賭起骰子來了，我一看，正中下懷，就和那些龜兒子賭了起來。」

李大嘴道：「你又贏了？」

軒轅三光笑道：「該當那些龜兒子走運，老子的賭運恰巧在那裡走光了，別人擲出個四點，老子都趕不上，竟一連輸了幾天幾夜。」

白開心忽然插嘴道：「輸得好。」

軒轅三光道：「那家茶館在一條小巷裡，老子輸了三天後，那巷子裡老老少少都贏了老子不少，只有個糟老頭子，雖然每天都到這茶館裡來喝茶，每天都看到老子輸，卻硬是不動心，硬是不肯下場來賭一手。」

他笑了笑，接著道：「他愈不肯賭，老子就愈找他賭，別人都說這老頭子非但不賭錢，而且不抽煙、不喝酒，是個標標準準的木頭人，大家都叫他李老實，還說只要我能引得這李老實跟我賭錢，他們每天就跟我磕個頭。」

屠嬌嬌瞟了李大嘴一眼，笑道：「想不到李家門裡還有這麼樣的老好人，難得難得。」

軒轅三光道：「那條巷子裡還有個屠寡婦，據說縣裡已快替她立貞節牌坊了，她雖在巷口擺了個小攤，但十年來來往往，就沒有人看到她笑過，她家裡也沒有別的人，只有著一條狗，替她看守門戶。」

李大嘴大笑道：「想不到屠家門裡居然還有人肯守寡，難得難得，只不過可惜她還是養了一條狗……哈哈，狗最大的好處就是不會說話。」

軒轅三光道：「賭到第四天，我還剩下三萬兩銀子，我就將銀子全都堆到李老實面前，我說我只要說一個字，就能令那屠寡婦笑起來，再說一個字，就能叫她打我一個耳光，我問李老實信不信？」

哈哈兒忍不住問道：「他信不信？」

軒轅三光道：「屠寡婦從來不笑的，男女授受不親，寡婦更不能打男人的耳光，李老實自然不信，於是我就跟他打賭，我若輸了，就將剩下的銀子全都給他，我若贏了，只要他再陪我賭十把骰子。他望著面前的銀子，足足望了半個多時辰，終於還是跟我賭了。他雖然老實，但老實人見到送上門來的銀子，也捨不得不要的，只因每個人都認定我這場賭實是有輸無贏，連半分機會都沒有。」

哈哈兒道：「但你卻贏了？」

軒轅三光道：「只爲了要跟他再賭個痛快，我自然非贏不可。」

聽到這裡，連杜殺都不免動了好奇之心，忍不住問道：「你是怎麼樣贏的？」

屠嬌嬌道：「只說一個字就能令寡婦發笑，再說個字就要她翻臉打人……這實在連我都被難住了。」

李大嘴、白開心，面面相覷，實在想不出軒轅三光說的那是什麼字？怎會有那麼大的魅力？

只聽軒轅三光悠然道：「到了下午，那寡婦才擺起她那賣煎餅的攤子，那條狗和她寸步不離，自然也跟在她身旁，於是我就走過去，恭恭敬敬向那條狗磕了頭，叫了聲『爹』，那寡婦怔了怔，雖然想板起臉，終於還是忍不住笑了起來。」

李大嘴等人聽了也都笑了起來。

軒轅三光道：「別人見到我果然只說了一個字，就令那寡婦發笑，雖然又佩服，又好笑，但還是想不出我怎能令她翻臉打我。」

屠嬌嬌笑道：「老實說，連我都想不出你是有什麼法子。」

軒轅三光道：「我只不過又跪到她面前，叫了她一聲『媽』，她立刻就滿臉通紅，連脖子都粗了，狠狠打了我一耳光，轉身就走。」他話未說完，李大嘴等人已笑彎了腰。

軒轅三光道：「於是李老實只好陪我賭骰子，誰知我手氣竟轉了，一連贏了十場，開始時他還賭得很少，但到後來，他也輸急了，竟將家裡的夜壺、棉被都拿出來跟我賭，賭了十場後，他已輸得乾乾淨淨，我就問他，你既然連賭本都沒有了，還賭什麼？他呆了半晌，忽然咬了牙，把我帶到他家裡去，他家裡已被搬空了，但卻還有個小屋子，裡面堆著好幾口大箱子。」

屠嬌嬌失聲道：「大箱子？什麼樣的大箱子？」

軒轅三光道：「黑黝黝的大箱子，上面積滿了塵土，李老實說，這本是別人託他看管的，他從來也沒有碰過，但現在，他卻顧不得這些了。」

他笑著接道：「一個人若是輸急了，連老婆兒子都會押上賭桌的，這李老實雖然一生都很老實可靠，但老房子著火，燒得更快。」

屠嬌嬌道：「他……他難道將那些箱子全都輸給你了？」

軒轅三光道：「不錯，可是我卻未想到，那些箱子裡竟裝著全都是黃金白銀，更未想到那些箱子竟是你們的，若非箱子裡有你們的記號，我永遠也不會想到你們竟會將箱子交給一個老頭子保管，哈哈，這法子實在妙極。」

他大笑接著道：「但我卻正如天上掉下了大元寶，平空落下了幾百萬，於是我就大賭特賭，到這裡，已輸得差不多了，剩下的已全都送別人作嫁妝，現在我已又是囊空如洗，你們要我還錢，我是一分也沒有，要命倒有一條！」

白開心、哈哈兒、杜殺、李大嘴、屠嬌嬌五人全都聽得怔住，面如死灰，如喪考妣一般。

哈哈兒道：「原來……原來歐陽丁、歐陽當並沒有將箱子藏在龜山，卻存在李老實那裡，我們還是上了他的當。」

哈哈兒忽然將地上的鐵鍬、鐵鏟全都抛了出去，大笑道：「其實我們倒該感激這賭鬼才是。」

白開心道：「感激他？」

哈哈兒道：「他若不說，我們就還要在這裡作苦工，挖山洞，現在我們反倒可以休息休息了。」

杜殺緩緩道：「其實他並沒有說錯，若非軒轅三光，我們永遠也不會知道箱子究竟在哪裡？反而多費些事，多著些急。」

白開心叫了起來，道：「如此說來，你們不準備要他賠了麼？」

李大嘴笑了笑，道：「他早已說過，要錢沒有，要命一條……」

白開心道：「但他這身肉也不錯，你難道不想嚐嚐味道麼？」

李大嘴笑道：「我若將這賭鬼吃進肚子裡，那還得了！他若要我的腸子和胃打起賭來，我怎麼吃得消？」

他瞪著軒轅三光又道：「你將銀子都輸光了，難道將箱子也輸了麼？」

軒轅三光道：「沒有。」

李大嘴眼睛一亮，大喜道：「箱子在哪裡？」

軒轅三光道：「老子嫌那些箱子太重，早已全都拋進揚子江了。」

李大嘴、屠嬌嬌面面相對，再也說不出話來。

軒轅三光重重啐了一口，道：「格老子，你龜兒喜歡的是吃人肉，人肉卻是銀子買不到的，丟了幾兩銀子，你難過什麼？」

李大嘴嘆了口氣，道：「這你就不懂了，一個人年紀愈大，就愈貪財，我雖也知道那玩意兒吃不得，穿不得，也帶不進棺材，但我卻偏偏愈來愈喜歡它。」

哈哈兒道：「不錯，我每天什麼都不幹，只要讓我關起門來數銀子，我已經覺得很過癮了。」

軒轅三光道：「我看你們這些龜兒子只怕真的已經快進棺材了，一個人若是什麼都不喜歡，只喜歡錢的話，他就已經死了大半截。」

他又啐了一口，接著道：「但你們既然如此喜歡錢，爲什麼不再去偷、去搶？那些銀子反正是你們這些龜兒偷來搶來的。」

李大嘴正色道：「這你又不懂了，惡人也得有惡人的身份，像我們這樣有身份的惡人，若再去殺人越貨，豈不叫人笑掉大牙？」

軒轅三光怔了半晌，忽然大笑起來，道：「想不到你們這些龜兒連強盜都不敢做了，你們還有什麼用？我看你們不如屙泡尿自己淹死算了。」

屠嬌嬌道：「放你媽的屁，誰敢說『十大惡人』沒有用？」

軒轅三光冷笑道：「二十年前，你們也許可以算得上『十大惡人』，但在那烏龜洞裡躲了二十年之後，你們已只能算是『五十縮頭烏龜』了。」

屠嬌嬌怒道：「你以爲你是什麼東西？就算在二十年前，你也沒有資格稱得上『十大惡人』，別人只不過是將你拿來湊數的。」

軒轅三光道：「既然我們都算不上是什麼『惡人』，爲什麼不索性做件好事呢？」

李大嘴：「做什麼好事？」

軒轅三光指著地上的花無缺和籠子裡的鐵心蘭道：「我們爲什麼不將這三個可憐蟲放了，讓他們感激一輩子？」

李大嘴沉吟著道：「不錯，我們被人家恨了一輩子，偶爾也叫幾個人感激我們，倒也不錯。」

軒轅三光道：「杜老大，你的意思怎樣？」

杜殺冷冷道：「反正這三個人已離死不遠，我殺他們也甚是無趣。」

白開心眼珠子直轉，忽然道：「你們既然要作好人，爲什麼不索性好人做到底？」

哈哈兒大笑道：「哈哈，損人不利已難道也做得出什麼好事麼？」

白開心道：「我壞事做了一輩子，如今也想嚐嚐做好事是什麼滋味了，否則我死了到閻王爺那裡去都不好交代。」

軒轅三光道：「你龜兒子究竟玩什麼花樣？」

白開心背著花無缺和鐵心蘭，笑嘻嘻道：「這兩人你愛我，我愛你，已愛了好多年，只是中間多了個小魚兒，現在小魚兒既然已翹了辮子，我們爲什麼不索性將這兩人結成夫婦，哈哈，讓天下有情人終成眷屬，豈非是最大的好事？」

哈哈兒拍手笑道：「不錯，我們鬧了這麼多年，現在能爲他們辦辦喜事，好好熱鬧一場，倒也開心得很。」

李大嘴笑道：「我已有二十多年沒吃過喜酒了，這想必有趣得很。」

屠嬌嬌卻指著白開心笑道：「我就知道這小子沒存好心，幹的果然還是損人不利己的事。」

白開心道：「替別人做媒，正是天大的好事，連閻王知道了，都要添我一記陽壽，你怎麼還說這不是好事呢？」

屠嬌嬌笑道：「你明知這兩人現在都很傷心，卻偏偏要他們現在成親，這豈非比殺他們更缺德？」

白開心眨著眼：「他們就算現在很傷心，一嚐到成親後那種妙不可言的滋味，我保險他們絕不會再傷心了。」

李大嘴道：「這條狗嘴裡真是連一根象牙都吐不出來。」

屠嬌嬌笑道：「這就叫狗改不了吃屎，壞蛋永遠做不了好人的。」

哈哈兒道：「我不管你們怎麼說，反正是非要這兩人成親不可的了，哈哈，我還要親手替他們換上紅衣裳，親手替他們倒交杯酒。」

李大嘴瞟了白夫人一眼，忽又笑道：「這裡反正還有一條母大蟲，我們索性也替她找個老公吧！」

哈哈兒瞧了瞧白夫人，又瞧了瞧白開心，大笑道：「不錯，不錯，這兩人正是天生的一對。」

屠嬌嬌吃吃笑道：「看來這位大嫂子福氣不差，也真和姓白的有緣，嫁來嫁去，都是姓白的，連姓都不必改了。」

白開心已叫了起來，道：「你們……你們……」

他嘴裡說著話，人已想溜。

但屠嬌嬌、李大嘴，早已一邊一個夾住了他。

屠嬌嬌笑道：「這是天大的喜事，你爲什麼還想溜呢？」

李大嘴道：「你溜也溜不了的。」

軒轅三光自從聽到「小魚兒已翹了辮子」，一直都沒有說話，此刻眼珠子也轉了轉，忽然道：「我知道還有兩個人要成親，既是喜事，索性大家合在一起辦吧，既省錢，又熱鬧。」

屠嬌嬌道：「你說的是那慕容永的小丫頭和你那黑小子的朋友？」

軒轅三光道：「不錯。」

李大嘴大笑道：「慕容家的人，怎麼會和咱們一齊辦喜事呢？這賭鬼發瘋了。」

軒轅三光道：「我們何必跟他們商量，到了那時候，我們就一齊擁進喜堂，將三對新人排在一起，再吃他們一頓喜酒，他們還能在好日子裡跟我們翻臉麼？」

哈哈兒拍手大笑道：「好主意，好主意，哈哈，我們就跟他來個霸王硬上弓。」

李大嘴道：「我真希望他們酒席上有道菜是用人肉做的，到時你們吃你們的山珍海味，我也有人肉吃，那就真的皆大歡喜了。」

白開心忽然冷冷道：「只望那天燕南天也去喝喜酒才好。」

這句話說出，大家又全都笑不出了。

只聽軒轅三光道：「燕南天絕不會到那裡喝喜酒的。」

白開心冷笑道：「你怎麼知道？你又不是他肚子裡的蛔蟲。」

軒轅三光也不理他，道：「燕南天現在一心只想找小魚兒，哪有功夫去喝喜酒？」

白開心道：「你莫忘了，要找人一定會往人多的地方去找，辦喜酒的地方人最多，我要是燕南天，也會去湊熱鬧的。」

軒轅三光道：「你龜兒也莫忘了，現在替燕南天帶路的人是誰。」

白開心怔了怔，不說話了。

屠嬌嬌笑道：「現在替燕南天帶路的是江玉郎，江玉郎非但絕不會將燕南天帶到慕容家去，也不會將燕南天帶到人多的地方，他怕別人揭穿他的把戲。」

白開心道：「如此說來，豈非人愈多的地方反而愈安全？」

軒轅三光道：「最安全的地方，就是慕容家那些姑娘們的所在之地。」

屠嬌嬌笑道：「一點也不錯，想不到這賭鬼近來也變得聰明了。」

哈哈兒跳了起來，道：「既是如此，我們現在還等什麼，趕快走吧！哈哈，我這人天生就喜歡熱鬧，人愈多愈好。」

一一六　鬼童復出

李大嘴忽然一拍巴掌，道：「我們倒忘了一件事。慕容家的人最講究排場，怎麼會在這種窮鄉僻壤辦喜酒呢？我們總該去打聽打聽，他們走了沒有、準備在哪裡辦喜酒？」

屠嬌嬌道：「就叫這賭鬼去吧，他和她們有交情。」

突聽窗外有人陰惻惻一笑，道：「活鬼已經去過，賭鬼就不必去了。」

軒轅三光大笑道：「格老子，你這半人半鬼的龜兒子還沒有被打下十八層地獄麼？」

陰九幽自窗外露出一張青森森的臉來，嘻嘻笑道：「這世上鬼已夠多了，又是賭鬼，又是色鬼，再加上窮鬼、酒鬼、討債鬼、小氣鬼……世上既有這麼多鬼，我怎捨得再到別地方去？」

杜殺沉聲道：「你是說你已去打聽過慕容家的消息了？」

陰九幽道：「不錯，她們本來是準備要回去再辦喜事的，但後來卻改變了主意。」

杜殺道：「爲何改變主意？」

陰九幽搖著頭道：「她們沒有說，也沒有人敢去問她們。」

李大嘴笑道：「女人家決定一件事後，若是不改變主意，倒是件怪事了。」

哈哈兒道：「她們爲何改變主意，屠嬌嬌也許知道，哈哈，她至少有一半是女人。」

屠嬌嬌道：「不錯，我的確知道。」

哈哈兒反倒怔了怔：「你真的知道？你是怎麼知道的？」

屠嬌嬌道：「你若肯花些心思，也猜得出來的，只可惜你的心已經給豬油蒙住了。」

杜殺道：「你說她們究竟是爲何改變主意的！」

屠嬌嬌道：「你想，她們若是真的規規矩矩的辦喜事，江湖有頭有臉的人物必定會到齊，大家都想知道這位慕容家的九姑娘究竟是怎麼一位聰明標緻的人物，都想瞧瞧她選來選去選到怎麼樣一位了不起的好姑爺。」

她嘻嘻一笑，接著道：「怎奈我們這位慕容九姑娘卻已變成了個癡癡呆呆的半瘋子，選到的姑爺也是個才貌不揚，還有點瘋瘋癲癲的人物，這麼樣的一對夫妻，若是被她們的親戚朋友瞧見，豈非丟盡了慕容家的人麼？」

李大嘴笑道：「不錯，她們家的親戚朋友，不是公子哥兒，就是千金小姐，這種人吃飽了飯沒事做，就想著看別人的笑話，還有的說不定早就瞧著她們眼紅了，她們若丟了這次人，以後在別人面前怎麼抬起頭來？倒不如省些事了。」

屠嬌嬌道：「所以她們就索性在這小地方爲這對見不得人的夫妻成親，然後再將這對夫妻往別地方一送，叫他們安安份份的過日子，以後別人若是問起來，也可以說，不敢驚動囉，新姑爺脾氣有些古怪囉，以後再補請喜酒囉……」

李大嘴拊掌道：「妙極妙極，這麼一來，別人心裡就算懷疑，也抓不著她們的把柄了。」

屠嬌嬌道：「話雖如此，但這種人天生的死要面子，還是不會太省事的，她們一定還是要鋪張一番，請請客，表示她們並非爲了想省錢，只不過她們請的一定是些不相干的人，誰也不敢去笑話她們。」

陰九幽嘻嘻笑道：「屠嬌嬌真他媽的不愧是女諸葛，說得一點也不錯。」

杜殺道：「她們在哪裡請客？」

陰九幽道：「她們已在江邊搭起了一、兩里長的長棚，擺下了流水席，無論誰都可以去吃她們一頓，就連叫化子每人都有兩斤肉、一瓶酒。」

杜殺道：「什麼時候？」

陰九幽道：「就在今天。」

雖然還沒有天黑，但長棚內外都已點起了大紅燈籠，上面還用金紙剪著雙「囍」字，看起來倒真是喜氣洋洋，滿像那麼回事。

長棚裡的人，比蒼蠅下的蛋還多，有新娘子可看，這些鄉下人已經要擠破頭了，何況這裡還有不花錢的黃酒白酒，大魚大肉。但有些人並不是完全白吃，居然還用紅紙、紅布、紅綢子做成些喜聯喜幛，上面還寫「天作之合」、「鸞鳳和鳴」一類的吉詞，有的居然還有下款，也莫非是張阿大、李洪發一類的名字。慕容家居然還將這些喜聯喜幛掛了出來，一眼望去，到處都是紅紅綠綠的紅紙貼在竹子上，被江風吹得嘩啦嘩啦的直響。

江邊停著三艘油漆嶄新的大官船，艙裡艙外不時有穿得花團錦簇般的丫頭使女們進進出出。長棚裡喝酒的人，都不時伸長頸子，往這艘官船上去瞧。

有人道：「這家人也真奇怪，無緣無故的請了這麼多人來喝喜酒，主人家都躲在船艙裡不肯露面，新郎倌也不出來敬我們幾杯。」

又有人道：「你就馬虎些吧，你可知道人家是什麼身份，怎會來跟我們這些人喝酒？」

那人道：「看他們這種勢派，我這真猜不透他們是幹什麼的。」

另一人道：「聽說他們不但是江南首屈一指的大富翁，而且還是武林中響噹噹的人物，請我們來，只不過是爲了想要我們湊湊熱鬧而已，我們還是多喝酒，少說話的好，莫要說錯了話，犯了人家的忌諱。那就真是敬酒不吃要吃罰酒了。」大家正在紛紛議論，談得高興，忽然一起閉住了嘴，扭過頭來望，就好像瞧見了什麼怪物似的。

原來這時已有輛馬車在長棚外停下，這輛馬車的式樣已經夠奇怪了，從車上下來的人卻更奇怪。趕車的是一條很魁偉的大漢，身上穿的雖是件質料很好的新衣服，鈕扣卻一粒也沒有扣上，露出了滿胸黑毛。他不笑還好，一笑起來，一張嘴幾乎咧到耳邊，看來一口就可以吃下兩個半斤重的大饅頭。接著，車上又走下幾個人，有的又矮又胖，有的妖裡妖氣，還有個人手上竟裝著個鋼鈎，那張臉白裡發青，叫人一看就害怕。這些人的模樣已經是稀奇古怪，天下少有，誰知他們又從車上推推拉拉的拉下三個人來。

這三個人有氣無力，面容憔悴，看來已奄奄一息，身上卻偏偏穿著紅綢綠綢，打扮得和新娘子一樣。長棚裡幾百雙眼睛都在盯著他們，他們卻大搖大擺，若無其事，忽然一窩蜂的擁進竹棚。

其中一條滿臉大鬍子的彪形大漢大聲道：「格老子，你們這些龜兒子們知不知道主人在哪裡？老子要找她們。」大多數人都認得這就是那開賭場的怪人，都領教過他們的手段，雖然被叫做龜兒子，也不敢出聲。

偏偏有兩人是剛從城裡來的，還是什麼鏢局裡的趟子手，總認爲自己混得滿不錯的，怎肯受這個氣？再加上七、八分酒意，兩人一起拍桌子跳起來，吼道：「你這混蛋在罵誰？」「混蛋」兩個字剛說出口，兩人已忽然被人夾著脖子提了起來，兩人平日以爲已練得很不錯的武功，竟連一招也使不出。大家都瞧得呆了，只聽一個穿著綠衣服的怪人哈哈笑道：「這兩個小子居然敢罵軒轅兄是混蛋，膽子倒真不小，軒轅兄若是不教訓教訓他們，以後別人就全都可以叫你混蛋了。」

那大鬍子火氣本來已夠大了，再被人一挑撥，更是火上加油，兩隻手一抬，眼看這兩人的腦袋就要被撞得稀爛。

幸好這裡那圓臉胖子已拉住了他的手，笑道：「哈哈，今天是人家的好日子，你卻一來就要殺人，豈非叫做主人的臉上難看？」

那張嘴其大無比的人也笑道：「你要殺人，也不該砸壞他們的腦袋，我雖不吃人頭，但一個人腦袋若被砸壞了，瞧著都噁心，老母雞的頭若已被砸得稀爛，你也吃不下去的，是麼？」

那大鬍子「哼」了聲，手一甩，兩個人就飛了出去，各個跌在一張桌子上，腦袋恰巧栽入一碗剛端上來的酸辣湯裡，燙得鬼叫，桌子上的碗筷杯盞，已被震得跌在地上，砸得粉碎。長棚裡立刻大亂，有些小姑娘、老太婆，已嚇得鬼叫著往外面逃，有些小孩子更已嚇得放聲大哭起來。

突聽一人道：「是哪位朋友在這裡撒野，莫非是想給我兄弟難看麼？」這人說話的聲音也並不十分響亮，但一個字一個字說出來，每個人都聽得清清楚楚，而且語聲中自有一種懾人的威力，叫人不敢不聽話，哭聲、叫聲、嘈亂聲，竟全都被這聲音壓了下去。

只見一個年輕人站在船頭，背負著雙手，看來文謅謅的，就好像是個剛入學的秀才，但氣度沉穩，站在那裡如山停嶽峙，明眼人一望而知，此人必是個內外兼修的武林高手！

長棚裡的人紛紛閃開，讓這些怪人走了過去。

那圓臉胖子嘴裡打著哈哈，道：「鄉下人毛手毛腳，若是禮數欠周，小朋友你原諒則個。」他雖然像是在賠禮，卻開口就叫人「小朋友」，那人面色一沉，似乎要發作，但忽然又似想起了什麼，面上露出了驚奇之色，目光在這些人面上一掃，又瞧見了打扮得怪裡怪氣的花無缺。

這一看更吃驚，失聲道：「各位莫非是……莫非是……」

那圓臉胖子笑道：「小朋友，我們的名字你最好莫要說出來，否則只怕要說髒你的嘴。」

那人沉吟了半晌，微一抱拳道：「在下秦劍……」他剛說了四個字，船艙裡已又走出幾個人來，有男也有女，女的固然是千嬌百媚，艷麗中帶著華麗，男的也都是風度翩翩的濁世佳公子，他們顯然都知道來的是些什麼人了，但面上卻仍然都帶著微笑。他們若是不知道這些人的來歷，含笑迎客本是禮數當然，但知道這些人的底細後，居然還能帶著微笑，這就很難得了。江湖中人見「十大惡人」時，通常不是怒髮衝冠，就是咬牙切齒，不是伸手就打，就是掉頭就跑的。

哈哈兒先打了哈哈，大笑道：「你們瞧，人家慕容家的姑爺們多有風度，多有教養，瞧見咱們這幾塊料，禮貌居然還如此周到。」

屠嬌嬌嘻嘻笑道：「這才叫盛名之下無虛士，否則人家千嬌百媚的大姑娘怎麼會嫁給他們呢？」

李大嘴長身一揖，道：「在下等聞得公子們家有喜事，是以特來致賀，卻不知公子們可容得在下等這些山野狂夫登堂入室麼？」

站在船頭的除了三姑爺秦劍外，還有大姑爺「美玉劍客」陳鳳超夫婦、二姑爺南宮柳夫婦、四姑爺「梅花公子」梅仲良夫婦、五姑爺「神眼書生」駱明道夫婦，江南武林的精華，可說已大多在此。

他們見到被打扮得奇形怪狀的花無缺，面上都不禁露出了驚訝之色，但還是滿面笑容，彬彬有禮。

直等李大嘴的話全都說完了，「美玉劍客」才抱拳笑道：「各位既肯賞臉，便是在下等的貴客……」

慕容雙搶著說道：「何況軒轅先生更是我們的新姑爺的生死之交呢！各位快請上船吧。」

李大嘴也抱拳笑道：「既是如此，在下等就恭敬不如從命了。」

這其中只有秦劍和「梅花公子」面上微帶著警戒之色，屠嬌嬌走過他們面前時，忽然回頭一笑，道：「你放心，咱們今天是專程喝喜酒來的，既不會找麻煩，也不會偷東西，你用不著像防小偷似的防著我們。」

軒轅三光大聲道：「不錯，今天是我黑老弟的大喜之日，若有哪個龜兒子敢胡說八道，老子第一個先找他算帳。」

白開心冷笑道：「就憑你，只怕還差著一點，李大嘴吃人的癮若又發了，你難道還能用腦袋塞住他的嘴不成！」

這幾人一面說，一面笑，嘻嘻哈哈，罵罵咧咧的全都上了船，竹棚中，人人側目而視，不知道這幾人究竟是什麼玩意？這些貴人公子們為何要對他們如此客氣？

船艙中居然能擺得下好幾桌酒，六姑爺「小白龍」夫婦、七姑爺「洞庭才子」柳鶴人夫婦、八姑爺「萬花劍」左春生夫婦，以及「神拳」顧人玉，和「小仙女」張菁，自然全都在船艙裡。

小仙女瞧見他們幾個人走進艙，就斜著眼睛瞪他們，但大多數人的目光，卻還是都在好奇的望著花無缺。他們實在猜不透「移花宮」的傳人怎麼會變得如此模樣？但有教養的世家子弟是絕不能過問別人的私事的，別人若不說，他們心裡就算好奇得要命，也只有裝作沒有見到。

他們幾個人恰好佔據了一桌，杜殺高據在首席，坐在主位相陪的是「美玉劍客」陳鳳超和南宮柳。這兩人溫文爾雅，禮貌周到，坐在這一桌奇形怪狀的人中間，更顯得品貌出眾，風神如玉。若是換了平日，他們和花無缺惺惺相惜，一定要傾心結納，但此刻他們卻連看也不便多看花無缺一眼。

花無缺更是眼觀鼻，鼻觀心，木頭人似的坐在那裡，就彷彿是坐在無人的曠野之中，別人是在可憐他也好，是在竊笑也好，他已全不放在心上。酒過三巡，一雙新人竟還未露面。

李大嘴忽然道：「既有喜事，爲何無禮樂？」

陳鳳超沉吟著，陪笑道：「倉卒之間，難以齊備，還望各位恕罪。」

李大嘴正色道：「縱然如此，禮亦不可廢，何況……」

屠嬌嬌搶著笑道：「何況咱們這裡還有兩對新人，要沾沾你們的喜氣，等著和九姑爺、九姑娘一起成禮哩。」

陳鳳超道：「哦？」

南宮柳道：「卻不知新人是……」他們雖然慎重而多禮，但此時還是忍不住瞧了瞧花無缺，只見花無缺蒼白的臉上，既無悲切之容，亦無歡喜之色。他身旁一個美麗少女的表情卻複雜得多，複雜得令人更猜不透這究竟是怎麼回事。

哈哈兒道：「哈哈，常言道，好事成雙。又道，一二不過三，三對新人一起成禮，日後這三對夫婦必定三多，多福多壽多子孫。」

陳鳳超微微一笑，道：「閣下善頌善禱，這一番好意在下更無推卻之理，只可惜……」

李大嘴皺了皺眉，道：「只可惜什麼？」

陳鳳超淡淡道：「只可惜舍下九妹吉禮已成，此刻已駕舟歸去。」

南宮柳接著道：「各位想必也知道，九妹夫妻俱都飽嚐憂患，是以這一次他們既然想靜靜的度過此一佳期，在下等自不便反對的。」

屠嬌嬌、李大嘴他們對望了一眼，居然聲色不動。

哈哈兒道：「哈哈，若是換了別人這麼說，我們一定要以爲他這是在瞧不起人，但這話既然是從兩位嘴裡說出來的，那自然就不同了。」

陳鳳超道：「多謝。」

屠嬌嬌嘻嘻笑道：「若是換在平日，各位見到我們這幾個人，少不得要替天行道的，因爲各位全都是大大的好人，好人遇著惡人，正如冰炭不能相容，是麼？」

陳鳳超微笑不語。

屠嬌嬌道：「所以，若是換在平日，我們也絕不敢來拜望你們，因爲『慕容』家聲勢大得嚇人，我們實在也惹不起。」

陳鳳超欠身道：「不敢。」

屠嬌嬌道：「但今天可就不同了，我們就因爲早已算準各位今天絕不會給我們難看的，所以才敢到這裡來……」

哈哈兒道：「哈哈，常言道，既來之，則安之。我們既已來了，就少不了得要厚著臉皮賴在這裡，好在各位俱是彬彬有禮的君子，今天又是大好的日子，我們就算有些失禮，各位也絕不會將我們趕走的。」

另一張桌上的秦劍忽然長身而起，沉聲道：「各位究竟有何打算，不妨……」

李大嘴大笑著接口道：「在下等也沒什麼別的打算，只不過是想借各位這裡作喜堂，爲這兩對新人成親而已。」

秦劍還想說話，陳鳳超卻攔住了他，微笑道：「各位既肯賞臉，這又是大好的喜事，在下等歡迎唯恐不及，只不過……無樂不能成禮。」

李大嘴悠然道：「子曰：嫂溺叔援之以手，事急便可從權。何況，樂爲禮奏，便無須悅耳，是麼？」

陳鳳超笑道：「閣下通達，非弟能及。」

李大嘴撫掌大笑道：「既是如此，何患無樂？」他忽然用兩根筷子，在碗上敲打起來，哈哈兒也用一雙手包著嘴，「嗚哩哇拉」的吹個不停。

屠嬌嬌笑得直不起腰來，道：「此樂只應天上有，人間哪得幾回聞？有此妙樂還不行禮？」她將白夫人和鐵心蘭一邊一個架了起來，白開心瞪著眼，忽然咧嘴一笑，也架起了花無缺。

李大嘴一面敲著碗，一面大聲道：「新人行禮，一拜天地……」

慕容家的姊妹們雖然都是秀外慧中的才女，八位姑爺也都是聲名久著的俊傑，但實在也沒有遇到過這麼荒唐這麼離奇的事，大家面面相覷，竟沒有一人想得出如何應付之策。

就在這時，突聽陰九幽陰森森的語聲叱道：「什麼人？」

又聽得一人笑道：「我不是人！」這兩句話傳入耳裡，大家不禁全都一驚。

李大嘴他們雖然明知陰九幽必定遊魂般在附近，但他遇見的人卻是誰呢？「我不是人」這四個字，是陰九幽自己常說的。

陰九幽顯然也怔了怔，才怪笑著道：「你不是人，難道還是鬼？」

那人道：「一點也不錯。」

陰九幽嘿嘿笑道：「你是鬼？你可知道我是什麼？」

那人道：「你只不過是『半人半鬼』，我卻是一整個鬼，你還有一半是人，我卻完完全全不是人。」

聽到這裡，白開心忍不住拍手大笑道：「妙極妙極，想不到陰九幽今天真是白日見鬼了。」大家雖然都很驚訝，也不禁都覺得有些好笑。

只聽那人大笑道：「一點也不錯，你們全都白日見鬼了，我就是白日鬼！」笑聲中，一條人影已自艙外風一般捲了起來。船艙中可說沒有一人不是武林中一等一的高手，屠嬌嬌、白開心、「萬花劍」左春生、「神眼書生」駱明道，這幾人的輕功在江湖中更是赫赫有名。

但他們見到這人的輕功，還是不免吃了一驚。

李大嘴他們更知道「半人半鬼」陰九幽只要纏住一個人，便如附骨之蛆，永遠不會讓那人脫身的。但這人竟輕輕鬆鬆的就自陰九幽身旁掠入船艙來，可見他的輕功竟比身法如幽靈般的陰九幽還高明的多。

他們實在不敢想像這人是誰！因爲除了移花宮主和燕南天外，世上有這麼高輕功的人實在不多。

但這人並不是燕南天，自然更不會是移花宮主。燈光下，只見他身高不滿三尺，竟是個侏儒。別的侏儒長得必定畸形怪狀，難看得很，這侏儒卻是不同，他的頭、手、腳，和身子的發育都很相稱，一張臉更是眉清目秀，而且頷下還留著五柳鬚，看來居然仙風道骨，很有幾分道氣。

他身上的打扮，卻是非道非俗，穿著件青灰色的短袍，背後還斜插著劍——這柄劍比別人的匕首還短兩寸，就像是小孩子的玩具。若是小孩子見到這人，一定會拉起他的手，要他陪自己捉迷藏，若是走江湖賣藝的見到此人，一定要認為是奇貨可居，若是貴冑大臣見著此人，一定要將他引見給帝王，作宮廷的弄臣。

但屠嬌嬌見到此人，卻忽然笑不出了。杜殺、李大嘴瞧見她面上變了顏色，心裡也忽然想起一個人來。

這時陰九幽也跟著掠進船艙，似乎想要向這人出手，但屠嬌嬌、李大嘴卻趕緊攔住了他，在他耳旁悄悄說了兩句話。陰九幽面色也變了變，拍出去的手也立刻縮了回去。

只見這人四下作了個揖，笑嘻嘻道：「不速之客，闖席而來，恕罪恕罪。」

陳鳳超、南宮柳等人心裡自然也很驚訝，但還是很客氣的答禮，只有三姑娘慕容珊珊目光閃動，忽然道：「晚輩年紀小時，曾聽說過江湖中有位奇俠，形跡如神龍，人所難測，晚輩久已想一睹風采了。」

慕容雙眼睛一亮，搶著道：「三妹說的這位奇俠，可是人稱……人稱……」

那人哈哈笑道：「姑娘用不著避諱，只管將『鬼童子』這名號叫出來就是，我早已聽得很習慣了，非但不會生氣，而且還覺得這名字滿不錯的哩。」

「鬼童子」這三字說出來，陳鳳超、南宮柳等人也不覺都為之聳然失色，他們小時候也曾聽人說起過，此人不但輕功絕高，而且據說還是東瀛扶桑島，伊賀谷，秘宗「忍術」的唯一傳人。

一一七 狂獅鐵戰

據說「鬼童子」最善於隱跡藏形，他若想打聽你的秘密，就算藏在你的椅子下面，你都休想能發覺到他。但此人五十年前便已成名，近三、四十年來已沒有人再聽到過他的消息，據說他又已遠走扶桑，去領略那裡的異國風光去了。又有人說，因爲扶桑島上的人，大多是矮子，所以他住在那裡，覺得開心些。此人竟又忽然現身，來意實在難測。

陳鳳超躬身道：「晚輩等久慕前輩的大名，今日能一睹前輩風采，實是不勝之喜。」

鬼童子笑道：「你嘴裡雖然這麼說，心裡只怕是想問我這老怪物爲何到這裡來吧？」

陳鳳超道：「不敢。」

鬼童子道：「其實你不問，我也要說的。」

陳鳳超道：「是。」

鬼童子道：「我這次來，是爲了兩件事，第一件，我聽說這位鐵姑娘要成親了，就特地去請了一班禮樂來，我可以保證那些人全都是一等一的好手，他們現在還沒有到，鐵姑娘就成禮了，豈非令我老頭子臉上無光？所以，我只好請鐵姑娘千萬要等一等。」

陳鳳超等人暗中似乎都鬆了口氣：「原來老怪物不是爲了我們來的。」

李大嘴等人心裡卻不禁暗暗吃驚：「這老怪物和鐵心蘭有什麼關係？爲何要爲她的事擔心？」

鬼童子向他們嘻嘻一笑，道：「其實我老頭子和這位鐵姑娘根本就不認得，我只不過是天生的好管閒事而已。」

李大嘴心裡雖然還是有些懷疑，嘴裡並沒有問出來。在那「惡人谷」悶了二十年之後，此番他們重出江湖，行事雖然有些幾近胡鬧，但他們畢竟是「十大惡人」，「十大惡人」這名字畢竟不是隨隨便便就可以得來的，真的遇到大事時，他們每個人都很能沉得住氣。

「還有一件事，說起來更有趣了。」鬼童子道：「這次我無意中救了一個人，這人據說是個混蛋，但我老頭子天生的怪脾氣，最喜歡和混蛋交朋友，因爲別人都不喜歡跟混蛋交朋友，我若也和別人一樣，那麼混蛋豈非就很可憐了麼？一個人若很可憐，又怎能稱做混蛋呢？」這人當真是歪理十八篇，慕容姊妹們聽得暗暗好笑。

白開心也笑道：「前輩若喜歡和混蛋交朋友，那是再妙也沒有的了，因爲這裡的混蛋，比別的地方所有的混蛋加起來還多十倍。」他這人若不說兩句挑撥離間、尖酸刻薄的話，不但喉嚨發癢，而且全身都難過，正如一條狗見到屎時，你若想要牠不吃，那實在困難得很。

鬼童子望著他嘻嘻一笑，道：「看來這位就是『損人不利己』白開心了，果然名不虛傳，我老頭子這次上船來，就是爲了要找你。」

白開心吃了一驚，道：「我……找我？爲……爲什麼？我既不吃人，也不賭錢，這些人裡，實在沒有比我更老實的了。」

鬼童子道：「其實也不是我老頭子要找你，只不過我那混蛋朋友，跟你還有些手續未清，所以想跟你好好的談談。」

他忽然高聲喚道：「快來吧，你這條沒牙的老虎，難道真的已不敢見人了麼？」這句話說出來，白開心就要開溜，只因他已猜出來的是什麼人了。白夫人本來還在羞羞答答的，故作嬌羞，聽到這句話，也變了顏色。可是白開心縱然腳底抹了油，這時也跑不了的，他剛一掠而起，卻已看到鬼童子的一張臉擋在他的眼前。

這時甲板上「咚」的一響，已有個人大步走了進來，卻不是那老婆被人搶走的白山君是誰？

白開心嘆了口氣，喃喃道：「這筆糊塗賬，該怎麼樣才能算得清呢？」

李大嘴咧嘴一笑，道：「算不清就慢慢算，反正你們是同靴的兄弟，還有什麼話不好說呢？」

白開心狠狠瞪了他一眼，恨不得找他拚命，可是這時白山君已走到他面前，他趕緊陪笑道：「咱們都姓白，一筆寫不出兩個『白』字，千萬莫要聽信別人的挑撥離間，傷了我們白家兄弟的和氣。」

李大嘴冷冷道：「一筆寫不出兩個『白』字，一隻靴子怎麼套得下兩隻腳呢？」

白開心跳起來，似乎就要撲過去。

白山君反而攔住了他，居然笑道：「這位兄台說的其實也是實話，我……」

白開心叫道：「實話？他這簡直是在放屁，我和你老婆並沒有什麼……什麼關係，我也並不想娶她，你來了正是再好也沒有了。」

白山君道：「豈有此理，賤內既已和兄台成親，此後自然就是兄台的老婆了，小弟雖不才，但也知道朋友妻，不可戲，怎能調戲大嫂哩！」他居然說出這麼一番話來，大家全都怔住了。

白開心吃吃道：「你……你這是什麼意思？你難道不想要回你自己的老婆？」

白山君笑道：「在下萬萬沒有此意，這次在下到這裡來，只不過是想和兄台辦妥移交的手續而已，此後手續已清，誰也不得再有異議。」

白開心怪叫道：「我搶了你的老婆，你不想跟我拚命？」

白山君道：「在下非但全無拚命之意，而且還對兄台感激不盡……」

白開心的鼻子都像是已經歪了，失聲道：「你……你……你感激？……」

白山君哈哈笑道：「在下享了她二十年的福，也該讓兄台嚐嚐她的滋味了。她脾氣雖然不好，醋性又大，雖然既不會燒飯，也不會理家，但有時偶然也會煮個蛋給兄台吃的，只不過鹽稍微多放了些而已！」

白開心聽得整個人全都呆在那裡，嘴裡直吐苦水。

白夫人卻跳了起來，嗄聲道：「你……你這死鬼，竟敢說老娘的壞話……」

白山君笑嘻嘻道：「大嫂莫要找錯對象，在下現在已不是大嫂的丈夫了，這點還求大嫂千萬莫要忘記才好。」

白夫人也怔了怔，再也說不出話來。

白山君長身一揖，笑道：「但願賢伉儷百年和好，白頭到老，在下承兩位的情，放了在下一條生路，日後必定要爲兩位立個長生祠，以示永生不忘大德。」他仰天打了兩個哈哈，轉身走了出去。

大家面面相覷，都有些哭笑不得，誰也想不到天下居然真的會有這麼樣的人，這麼樣的事。

過了半晌，只聽這位白夫人喃喃道：「他不要我了，他居然不要我了，這是真的麼……」

白開心呻吟了一聲，道：「若不是真的就好了，只可惜他看來一點也不像假的。」

白夫人大叫道：「這一定不是真的，他一定不是真心如此，我知道……我知道他現在一定難受得要發瘋，我絕不能就這樣讓他走。」她一邊叫著，一邊往外面跑，在餓了三、四天之後，白開心他們只讓她吃了半個饅頭和一小杯水，現在她就將這點力氣全都用了出來，就好像生怕有人會在後面拉住她兩條腿似的。其實誰也沒有拉住她的意思，尤其是白開心。

白開心本來倒也覺得這女人滿有趣的，最有趣的一點，就因為她是別人的老婆，大多數男人都覺得別人的老婆比較有趣，何況是「損人不利己」的白開心？所以別人要他和這女人成親，他並沒有十分反對。他只希望白山君知道這件事後，會氣得大哭大叫，來找他拚命，誰知白山君卻將她雙手送給了他，就好像將她看成一堆垃圾似的，還生怕送不出去，這下子白開心才真的失望了。他忽然也覺得這女人實在並不比一堆垃圾有趣多少。

這就是大多數男人的毛病，就算是條母豬，假如有兩個男人同時搶著要她，那麼這母豬全身上下每個地方都會變得漂亮起來，但其中假如有一個男人忽然棄權了，另一個男人立刻就會恍然大悟：「原來她是條母豬，只不過是條母豬。」

白開心現在就恨不得這女人趕快跑出去，愈快愈好，若是一腳踩空，掉在河裡，那更是再好也沒有了。誰知白夫人剛衝到鬼童子面前，鬼童子一伸手，夾著脖子將她拎了起來。他身材雖然比她矮得多，但也不知怎地，偏偏能將她從地上提起來，而且看來還輕鬆得很。

他一直將她拎回白開心的身旁，才放下來，白夫人直著眼睛似乎已經被嚇呆了。連她自己都弄不懂自己是怎會被這小矮子拎起來的。

她囁嚅著道：「我要去找我的丈夫都不行麼？」

鬼童子板著臉道：「你的丈夫就在這裡，你還要到哪裡去找？」

白夫人道：「可是……我並不想嫁給他，這完全是被別人強迫的。」

鬼童子道：「你若不想嫁給他，方才爲什麼要羞答答的做出一副新娘子的模樣來？」

白夫人用力揉眼睛，想揉出眼淚來，可惜她的眼淚並不多，而且很不聽話，該來的時候偏偏不來。

鬼童子笑了，忽然拍了拍花無缺的肩膀——他要踮起腳尖來，才能拍得到花無缺的肩膀。

他笑嘻嘻的道：「小伙子，你能娶得到我們的鐵大姪女做老婆，實在是你的運氣。」

花無缺雖然是站著的，但他除了還能站著外，再也沒有做別的事的力氣，也許他還能說話，可是，到了這種時候，他還能說什麼？

鬼童子望著他臉上的神色，皺眉道：「無論如何，你總算得到她做老婆了，你還有什麼不開心呢？」

鐵心蘭忽然道：「前輩，我……我……」

屠嬌嬌他們並沒有點住她的啞穴，因爲他們並不怕她說話，假如她說了不該說的話，他們隨時都可以阻止她的。

但是現在，有這鬼童子在她面前，他們只好讓她說下去，因爲誰都不願被人夾著脖子拎起來的。

這鬼童子就算沒有別的功夫，就只這一樣功夫，已經夠要命的了。因爲他們方才看到他拎起白夫人的時候，那麼樣一伸手，誰也不能保證自己一定能躲得開，他伸手的時候，就像他的手本來就長在白夫人的脖子似的。幸好鐵心蘭只說了三個字，就說不下去了。

鬼童子卻笑道：「我知道你有很多話要問我，但現在不要著急，用不著多久，你什麼事都會明白的。」

慕容家的姊妹已開始在悄悄的交換眼色，似乎正在商量該如何招待這怪人，慕容家的人從來不願對客人失禮。

但她們還沒有說話，鬼童子已笑著道：「你們用不著招待我喝酒，我向來不喝酒的，因爲我個子太小，要喝酒一定喝不過別人，所以就索性不喝了。」

陳鳳超陪著笑道：「既是如此，卻不知前輩……」

鬼童子道：「你是不是要問我喜歡什麼？好，我告訴你，我只喜歡看女人脫光了翻觔斗，你們若想招待我，就翻幾個觔斗給我看好了。」

慕容姊妹臉上都變了顏色，秦劍、梅仲良、左春生，已振衣而起，屠嬌嬌眼睛卻發了光，只望他們快打起來。誰知就在這時，江上忽然飄來一陣樂聲，在這清涼的晚風中，聽來是那麼悠揚，那麼動人，而且還充滿了喜悅之意。無論任何人聽到這種樂聲，都不會打起來的。

樂聲乍起，四下的各種聲音立刻都安靜下去，似乎每個有耳朵的人全都被樂聲沉醉了。就連「血手」杜殺的目光都漸漸變得溫柔起來，樂聲竟能使每個人，都想起了自己一生中最歡樂的時光，最喜悅的事。樂聲中，少年夫妻們已情不自禁，依偎到一齊，他們的目光相對，更充滿了溫柔與幸福。

花無缺的目光也不由自主，向鐵心蘭望了過去。鐵心蘭也正在瞧著他。他們心裡都已想起他們在一起所經歷過的那段時光。在那些日子裡，他們雖然有時驚惶，有時恐懼，有時痛苦，有時悲哀，但現在，他們所想起的卻只有那些甜蜜的回憶。

鬼童子看著他們，微笑著喃喃道：「你們現在總該相信，我請來的這班吹鼓手，非但是天下第一，而且空前絕後，連唐明皇都沒有這種耳福聽到的。」

樂聲愈來愈近，只見一艘扁舟，浮雲般自江上飄了過來，舟上燈光輝煌，高挑著十餘盞明燈，燈光映在江上，江水裡也多了十餘盞明燈，看來又像是一座七寶光幢，乘雲而下。

舟上坐著七、八個人，有的在吹簫，有的在撫琴，有的在彈琵琶，有的在奏竽，其中居然還有一個在擊鼓。那低沉的鼓聲，雖然單調而無變化，但每一聲都彷彿擊在人們的心上，令人神魂俱醉。

燈光下，可以看出這些人雖然有男有女，但每一個頭髮都已白了，有的甚至已彎腰駝背，像是已老掉了牙。但等到他們上了船之後，大家才發現他們實在比遠看還要老十倍，沒有看到他們的人，永遠無法想像一個人怎會活得到這麼老的，甚至就連看到他們的人也無法想像……這麼多老頭子、老太婆居然坐在一條很小的船上奏樂，這簡直就是件令人無法想像的事。

更令人無法想像的是，這種充滿了青春光輝，生命喜悅的樂聲，竟是這些已老得一塌糊塗的人奏出來的。這種事若非親眼瞧見，誰也無法相信。但現在每個人都親眼瞧見了，只不過誰也沒有看清他們是怎麼樣上船的，這小船來得實在太快。

等到慕容姊妹想迎出去的時候，這些老人忽然已在船頭上了，甚至連樂聲都沒有停頓過。片刻，只見擊鼓的老人頭髮已白得像雪，皮膚卻黑如焦炭，身上已瘦得只剩下皮膚骨頭，他用兩條腿夾著一面很大的鼓，這面鼓像是比他的人還要老，看起來重得很，但是他用兩條腿一夾，連人帶鼓就都輕飄飄掠上了船，看來又彷彿是紙紮的，只要一陣小風就能將他吹走。

陳鳳超搶先迎了上去，躬身道：「前輩們世外高人，不想今日竟……」

他話還沒有說出，擊鼓的老人忽然一瞪眼睛，道：「你是不是姓曹？」

陳鳳超怔了怔，道：「晚輩陳鳳超。」

他「陳」字剛說出口來，那擊鼓老人忽然怒吼道：「姓陳的也不是好東西。」吼聲中，他枯瘦的身子暴長而起。

鬼童子皺了皺眉，一把拉住了他，道：「你就算恨姓曹的，姓陳的人又有什麼關係？」

擊鼓老人怒道：「誰說沒有關係？若不是陳宮放了曹操，我祖宗怎會死在曹操手裡？」他這麼樣一鬧，樂聲就停止了下來，大家也不知道他胡說八道在說些什麼，只有慕容珊珊忽然笑道：「如此說來，前輩莫非南海烈士禰衡的後人麼？」

擊鼓老人道：「不錯，自蜀漢三國以來，傳到我老人家已是第十八代了，所以我老人家就叫禰十八。」

陳鳳超這才弄明白了，原來這老人竟是禰衡的子孫，禰衡以「漁陽三撾」擊鼓罵曹，被曹操借刀殺人將他害死，現在這禰十八卻要將這筆賬算到陳鳳超的頭上，陳鳳超實在有點哭笑不得。

只聽慕容珊珊正色道：「既是如此，前輩就不該忘了，陳宮到後來也是死在那奸賊曹阿瞞手裡的，所以前輩和姓陳的本該敵愾同仇才是，若是自相殘殺，豈非讓姓曹的笑話？」

禰十八怔了半晌，點頭道：「不錯，不是你提醒，我老人家倒忘了，你這女娃兒有意思。」

突聽一人道：「這裡可有姓鍾的麼？」

這人高瘦頎長，懷抱著一具瑤琴，白開心只當他和姓鍾的人有什麼過不去，立刻指著李大嘴道：「這人就姓鍾。」他以爲李大嘴這次一定要倒楣了，因爲慕容家的姑娘絕不會幫李大嘴說話的，誰知道這撫琴老人卻向李大嘴一揖到地，道：「老朽俞子牙，昔日令祖子期先生，乃先祖平生唯一知音，高山流水傳爲千古佳話，今日你我相見，如蒙閣下不棄，但請閣下容老朽撫琴一曲。」

李大嘴少年時本有才子之譽，否則鐵無雙也就不會將女兒嫁給他了，伯牙先生和鍾子期的故事他自然是知道的，所以白開心說他姓鍾，他一點也沒有反對，此刻也立刻長揖道：「前輩如有雅興，在下洗耳恭聽。」

只見俞子牙端端正正坐了下來，手撥琴弦，琤琮一聲響，已令人覺得風生兩腋，如臨仙境。

李大嘴裝模作樣的閉起眼睛聽了許久，朗聲道：「巍巍然如泰山！快哉，妙哉。」

俞子牙琴音一變，變得更柔和悠揚。

李大嘴撫掌道：「洋洋然如江河，妙哉，快哉。」

俞子牙手劃琴弦，戛然而止，長嘆道：「不想千古以下，鍾氏仍有知音，老朽此曲，從此不爲他人奏矣。」

屠嬌嬌早已看出這些老人莫不是身懷絕技的高手，但她卻未想到他們竟如此迂腐，如此容易受騙。

她忍不住暗笑忖道：「一個人愈老愈糊塗，這話看來倒沒有說錯。這些人實在是老糊塗了。」

只見俞子牙竟拉起了李大嘴的手，將那些老頭子、老太婆一一爲他引見，吹簫的就姓蕭，自然是蕭弄玉的後人，擊筑的就姓高，少不得也和高漸離有些關係，吹笛的會是什麼人的後代呢？原來是韓湘子的後人，自然和文起八代之衰的韓愈也有親戚關係。

慕容姊妹在一旁聽得真是幾乎要笑破肚子，她們已漸漸覺得這些人都是瘋子，而且瘋得很有趣。

最妙的是，吹竽的一人竟自命爲南郭先生的後代，而且居然叫南郭生，慕容珊珊實在忍不住了，嫣然道：「齊宣王好吹竽之聲，必令三百人同吹，其中只怕有二百九十九人是比南郭先生吹得好的，前輩吹竽妙絕天下，怎麼會是南郭先生的後人呢？」

這位南郭先生矮矮胖胖的，看來很和氣，所以慕容珊珊才敢開開他玩笑，他果然也沒有生氣，笑瞇瞇道：「姑娘只知道先祖濫竽充數，傳爲千古笑談，卻只知其一，不知其二。」

慕容珊珊道：「晚輩願聞其詳。」

南郭生道：「宣王死，湣主立，欲令三百人一一吹竽，先祖聞得後，就乘夜而逃，這段故事是人人都知道的，卻不知先祖逃走之後，從此奮發圖強，臨死前已成爲當代吹竽的第一高手，而且嚴戒後人，世世代代都不能不學吹竽，爲的就是要洗刷『南郭吹竽』這段笑話。」

他笑了笑，接著道：「姑娘放眼天下，還有誰吹竽能比姓南郭的更好？」

慕容珊珊立刻整容謝道：「晚輩孤陋寡聞，失禮之處，還望前輩恕罪。」

其實誰都可以看出南郭先生並不姓南郭，爾十八並不姓爾，那位姓韓的老頭子更不會是韓湘子的後代。

因為韓湘子一生中根本就沒有娶老婆，哪裡來的兒子？沒有兒子，孫子更不會從地下鑽出來了。

但這些老人一定要這麼說，大家也沒有法子不相信。大家雖然也都已看出，這些老人必定都是五、六十年，甚至六、七十年前的江湖名俠，怎奈誰也猜不出他們本來的姓名身份。鐵心蘭更猜不透這些老人為什麼要趕來為自己奏樂，這些人的年紀每一個都可以做她的太祖父了，怎會和她有什麼淵源關係？

慕容大姑娘溫柔端莊，正是「大言不出，小言不入」的賢妻良母，她始終都是面帶著微笑，靜靜的坐在那裡，此刻忽然悄悄拉她夫婿的衣袖，柔聲道：「時候已不早，大家也都很累了……」

陳鳳超微笑著拍了拍她的手，道：「你的意思我知道。」

其實他自然也早就看出今日的局面已愈來愈複雜，也不願再和這些稀奇古怪的邪門外道再糾纏下去，當下抱拳笑道：「此刻禮樂俱已齊備，還是快些為這兩對新人成禮吧，大家也好痛痛快快的喝幾杯喜酒。」

屠嬌嬌拍手笑道：「這話對極了。」

哈哈兒道：「哈哈，常言道，春宵一刻值千金。咱們只顧著打岔，卻忘了新人們正急著要入洞房哩。」

他們也看出這些老人來歷詭異，也巴不得早些脫身才好。誰知鬼童子卻忽然大聲道：「不行，現在還不行，還要等一等。」

屠嬌嬌笑道：「難道前輩們也約了客人來觀禮麼？」

鬼童子道：「不是客人，是主人。」

屠嬌嬌也不禁怔了怔，道：「主人？主人豈非都在這裡麼？」

鬼童子再也不理她，卻向禰十八道：「老么是不是跟你們一起來的？」

禰十八翻了翻白眼，道：「他不跟我們一起來，跟誰一起來？」

鬼童子道：「他的人呢？」

禰十八道：「他的人在哪裡，你為何不問他去？」

鬼童子道：「我若知道他在哪裡，還問個屁！」

禰十八瞪眼道：「我又怎會知道，我又不是他的老子。」

鬼童子笑罵道：「你這人簡直跟你那老祖宗是一樣的臭脾氣。」

南郭生笑道：「你明知他的臭脾氣，為何要問他，為何不問我呢？」

李大嘴在一旁聽得暗暗好笑，這幾人原來也是愈來愈天真，鬥起嘴來，竟不在自己之下。

陳鳳超生怕他們再糾纏下去，幸好南郭生已接著道：「老么本來和我們一起坐船來的，但他卻嫌船走得太慢，所以就跳上岸，要一個人先趕來。」

俞子牙道：「這就叫欲速則不達。」

鬼童子笑道：「他這火爆栗子的脾氣，只怕到死也改不了。」

那吹簫女史插口笑道：「以他近來的腳程，就算繞些遠路，此刻也該到了，就只怕他又犯了老脾氣，半路上又和人打了起來。」

韓笛子笑道：「若是真打起來，那只怕再等三天三夜也來不及了。」

屠嬌嬌眼珠子一轉，忽然道：「前輩們的這位朋友，難道和人一動上手就沒完沒了的麼？」

鬼童子嘆道：「不打得對方磕頭求饒，他死也不肯罷手的。」

屠嬌嬌瞧了李大嘴一眼，道：「莫非是他？」

李大嘴也已想起了一個人，突地失聲道：「前輩們的這位朋友莫非是……」

他話還沒有說完，突聽岸上一人大吼道：「李大嘴、惡賭鬼，你們這些孫子王八蛋在哪裡，快滾出來吧！」

屠嬌嬌嘆了口氣道：「一點也不錯，果然是這老瘋子。」

軒轅三光拊掌大笑道：「這個龜兒子一來，就更熱鬧了。」

一聽到那雄獅般的大吼，鐵心蘭全身就不停的發起抖來，也不知是太驚奇，還是太歡喜。慕容姊妹卻在暗暗奇怪，這些老怪物的兄弟又怎會是「十大惡人」的老朋友呢？她們實在想不通。

只見李大嘴和軒轅三光已跳上船頭，大笑著道：「你這老瘋子還沒有死麼？」

岸上一人也大笑著道：「你們這些孫子王八蛋還沒有死，我怎麼捨得先死？」笑聲中，一人跳上了船頭，這麼大的一條船，竟也被他壓得歪了一歪，杯中的酒都濺了出來，這人份量之重，也就可想而知了。

但若說他輕功不行，卻也未必，他自岸邊躍上船頭，這一掠之勢，至少也有四、五丈遠近！梅花公子、神眼書生，這些人的輕功在江湖中也可算是頂尖的身手，但自忖能力，未必能一掠四丈。這人的輕功既然不弱，落下來時卻偏偏要故意將船震得直晃，也就難怪李大嘴他們要罵他是「老瘋子」了。

大家連看都不必看，已知道來的必定又是個怪人，一看之下，更不禁抽了口涼氣。這人身材也不太高，最多也只不過有六、七尺，但橫著來量，竟也有五尺六、七，一個人看來竟是方的，就像是一塊大石頭。他的頭更大得出奇，頭砍下來秤一秤，最少也有三、五十斤，滿頭亂蓬蓬的生著雞窩般的一頭亂髮，頭髮連著鬍子，鬍子連著頭髮，也分不清什麼是鬍子，什麼是頭髮了，鼻子嘴巴，更是連找都找不到。遠遠望去，這人就像是一塊大石塊上蹲著一頭刺蝟，又像是一頭被什麼東西壓得變了形的雄獅。

只見這人一跳上船頭，就和李大嘴、軒轅三光兩人嘻嘻哈哈的糾纏到一起，三個人加起來已經快二百多歲了，卻還是老不正經。陳鳳超看得只有苦笑，正不知是該迎出去，還是不該迎出去，那怪人忽然一把推開了李大嘴，吼道：「我倒忘了先看看你們這些孫子王八蛋究竟替我女兒找了個什麼樣的女婿，若是不合我的意，看我不把你們打扁才怪。」他狂吼著跳了起來，屠嬌嬌迎上去笑道：「我們替你找的這女婿，憑你這老瘋子就算打鑼也找不到的，包你滿意。」

鐵心蘭看到這怪人，眼淚早已忍不住奪眶而出，掙扎著撲了上去，顫聲道：「爹爹……」她滿心淒苦，滿懷幽怨，只喚了這一聲，喉頭已被塞住，哪裡還能說得出第二個字來？

花無缺這時也知道「狂獅」鐵戰到了，看到鐵心蘭這樣的女兒，他實在想不到她的爹爹竟是這副模樣。

鐵戰拍著他女兒的頭，大笑道：「好女兒莫要哭，老爸爸沒有死，你該高興才是，哭什麼？」他話還沒有說完，已跳到花無缺面前，從頭看到腳，又從腳看到頭，將花無缺仔仔細細瞧了幾遍。花無缺似已餓得完全麻木了，動也不動。

鐵戰點著頭道：「看來這小子長得倒還滿像人樣的，只不過……怎地連站都站不穩，莫非你們找的竟是個癆病鬼麼？」

鬼童子笑道：「這不是癆病，他這病只要有新出籠的包子就能站得好。」

鐵戰怔了怔，道：「他這難道是餓病？」

鬼童子笑道：「不錯。」

鐵戰跳了起來，怒吼道：「是誰把我女婿餓成如此模樣？」

鬼童子道：「除了你那老朋友還有誰？」

鐵戰霍然一翻身，雙手張舞，已抓住了哈哈兒和屠嬌嬌的衣襟，竟將這兩人硬生生提了起來。他武功在「十大惡人」中算來本非好手，只不過打起架來特別不要命而已，若論真實的功夫，他也未必能強過屠嬌嬌。但現在他隨手一抓，就將屠嬌嬌和哈哈兒兩個都抓了起來，他們兩人非但不能抵抗，竟連閃避都閃避不開。李大嘴等人都不禁駭了一跳，誰也想不到他武功竟有如此精進，但目光一轉，只見禰十八、俞子牙等人面上都露出得意之色，不問可知，他武功必定跟這些老怪物學的。哈哈兒只覺脖子都快斷了，想打個哈哈，卻連氣都喘不過來，吃吃道：「老……老朋友有話好說，何必動手呢！」

鐵戰怒道：「什麼好說歹說，你自己吃得一身肥肉，爲什麼將我女婿餓成這副模樣？」

屠嬌嬌陪笑道：「鐵兄有所不知，若非咱們餓他一餓，他只怕早就跑了。」

鐵戰道：「跑？爲什麼要跑？」

屠嬌嬌道：「鐵兄爲何不問問他自己？」

鐵戰果然鬆了手，卻抓起了花無缺的衣襟，吼道：「我問你，你爲什麼要跑？難道我女兒還配不上你這病鬼麼？」

鐵心蘭揪住了她爹爹的手臂，道：「爹爹，快放開他，這不關他的事。」她心裡的矛盾和痛苦，又怎能當著這麼多人的面前說出來。

鐵戰頓足道：「這究竟是怎麼回事？……別的事我都不管，我只問你，你願不願意嫁給這小子？」

鐵心蘭垂首道：「我……我……」

鐵戰怒道：「你現在怎地也變得扭扭捏捏起來了，這還有什麼不好說的？願意就願意，不願意就不願意，只要你點點頭，這小子就是你老公了，只要你搖搖頭，我就立刻替你將這小子趕走。」鐵心蘭的頭卻連動也不能動，她既不能點頭，也不能搖頭，想起花無缺對她的深情，她怎麼能搖頭？她知道只要自己搖一搖頭，此後只怕永遠見不著花無缺了，但想起了那可恨又可愛的小魚兒……卻叫她又怎能點頭？

這時她的心情，只怕連最善解人意的人也無法瞭解，又何況是從來不解這種兒女之情的「狂獅」鐵戰？他簡直快被急瘋了，跺腳道：「我不要你開口，但你連頭都不會動了麼？」鐵心蘭的頭硬是紋風不動。

大家面面相覷，全都瞧得發了呆，慕容姊妹雖然玲瓏剔透，但也著實猜不透她心裡究竟在打什麼主意。這其中瞭解她心意的只怕唯有花無缺。但他自己也是滿心酸楚，他知道鐵心蘭不肯搖頭，只爲了不忍讓他傷心，但鐵心蘭就算點了頭，他難道就不傷心了麼？

他忍不住黯然道：「我……」

誰知他剛說了一個字，鐵戰就跳起來怒吼道：「閉嘴，誰要你說話的？只要我女兒願意，你就得娶她，我女兒若不願意，你就得滾蛋！」這句話說出來，連慕容姊妹都聽得有些哭笑不得，只覺得這麼不講理的老丈人，倒也天下少有。卻不知「狂獅」鐵戰若是講理的人，也就不會名列在「十大惡人」之中了。

蕭女史忽然一笑，道：「女人家若是既不肯點頭，也不肯搖頭，那就是願意了。」她雖已白髮蒼蒼，滿面皺紋，老得掉了牙，但眼神卻仍很有風致，想當年必定也是位在情場中打過滾的人物。

鐵戰一拍大腿，拊手道：「不錯，到底還是蕭大姊懂得女兒家的意思……」

一一八 大眾情人

誰知鐵心蘭卻立刻道：「我……我不是這意思。」

鐵戰急得直抓頭髮，道：「你到底是什麼意思呢？說呀。」鐵心蘭垂下頭，又變成了啞巴。這情況莫說鐵戰快急得發瘋，就連別的人也不禁著急起來了。

鐵戰跳著腳道：「你們這些人難道沒有一個人知道她意思的麼？」

軒轅三光笑了笑，道：「我們知道有個人是知道她意思的。屠嬌嬌。」

最後一個「嬌」字還未說出口，鐵戰已又一把拎起了屠嬌嬌，怒吼道：「你既然知道，爲何不說，卻害得老子著急？」

屠嬌嬌陪笑道：「你女兒的心意連你都不知道，我怎會知道？這全是惡賭鬼恨我方才得罪了他，所以現在來報仇。」

鐵戰厲聲道：「放屁！惡賭鬼一輩子從來不說謊的，我數到『三』字，你若還不說，我就立刻宰了你。」

他「一」還沒數，屠嬌嬌已苦笑道：「好，說就說吧，只不過說出來你更沒法子了。」她知道「狂獅」鐵戰說得出做得到，到了自己性命交關時，她也只有將什麼事都說出來了。

鐵戰道：「只要你說出來，我就有法子。」

鬼童子道：「就算他沒有法子，我們也可以替他想法子。」

屠嬌嬌道：「你女兒本來是很願意嫁給這位花公子，可是，可是……她還有個心上人，她既想嫁給花公子，又想嫁給那人。」

蕭女史道：「這兩人，誰比誰強些呢？」

屠嬌嬌笑了笑道：「兩人半斤八兩，各有各的好處，我若是她，實在也不知道究竟該要嫁給誰才好。」

聽到這裡，鐵心蘭心裡又是羞慚，又是痛苦，真恨不得立刻死了算了，但想到他們既然已提起「小魚兒」來，小魚兒說不定就有了生機，她也只有暗咬著銀牙，將眼淚往肚子裡流。

只聽蕭女史嘆道：「無論多麼強的女人，遇著這件事也沒法子，這也難怪鐵姑娘如此痛苦，若換她是我，我也……」

白開心道：「她若喜歡兩個人，就叫她同時嫁給那兩個人好了，左右逢源，豈非再妙也沒有？」他狗嘴裡果然永遠吐不出象牙來，別人都以爲「狂獅」鐵戰這下子就算不打扁他鼻子，也要打破他腦袋。

誰知道鐵戰也跳了起來，拊掌大笑道：「好主意，果然是好主意，一個男人可以娶兩個老婆，一個女人爲什麼不能嫁兩個老公？」

蕭女史嘆了口氣，喃喃道：「我是個女人，你卻是個瘋子。」

鐵戰大笑道：「瘋子就瘋子，爲了我女兒，做做瘋子又有何妨！」

他大笑著拉起他女兒的手，又道：「還有一個人是誰？只管說出來沒關係，全有爹爹我替你作主。」

鐵心蘭的臉早已由赤紅變爲蒼白，只恨不得自己三年前就已死了，哪裡還能說得出一個字來？甚至連慕容姊妹都在暗暗爲她嘆息，覺得這女孩實在可憐，居然有這麼樣一個寶貝父親。

軒轅三光眼珠子一轉，忽又笑道：「格老子，這種事女娃兒家怎麼說得出口呢？告訴你，那小子姓江，叫做小魚兒。」

「小魚兒」這三個字說出來，慕容姊妹俱都不禁爲之動容，小仙女的臉立刻氣得通紅，屠嬌嬌他們卻在悄悄皺眉頭，只有花無缺的眼睛頓時亮了，因爲他終於已明白了軒轅三光的用心。

「小魚兒，小魚兒，小魚兒……」

鐵戰將這名字翻來覆去唸了好幾遍，皺著眉道：「這小子怎會叫這古裡古怪的名字？」

白開心笑嘻嘻道：「這只因他本來就是個古裡古怪的人，無論誰遇著他，至少也要倒楣三年。」

鐵戰咧嘴一笑，道：「你小子少來挑撥離間，只要我女兒歡喜，他就算叫小王八都沒關係！」

軒轅三光忽又嘆了口氣，道：「只可惜我現在也不知道這條小魚兒在哪裡。」

鐵戰道：「那倒沒關係，只要有這麼一個人，我就能找得到。」

他用力拍著鬼童子肩頭，大笑道：「就算我找不到，你也找得到的，對不對？」

軒轅三光道：「不對。他要找別人也許容易，但要找這小魚兒，卻難得很，難得很。」

鐵戰又瞪起了眼，道：「爲什麼？」

軒轅三光瞟了屠嬌嬌他們一眼，道：「只因小魚兒已被他們藏起來。」

鐵戰跳了起來，瞪著屠嬌嬌道：「你爲什麼要將他藏起來，難道你也看上了他？」

他像是又要衝過去將屠嬌嬌拎起來，屠嬌嬌趕緊陪笑道：「這賭鬼最近已染上了白開心的毛病，你千萬莫要聽他的。」

軒轅三光笑嘻嘻道：「你就算沒有將他藏起來，至少總知道他在哪裡的，對不對？」

屠嬌嬌嘆口氣道：「你們若一定要找他，我就帶你們去，只不過現在只怕已太遲了。」

鐵戰根本沒聽到她後面兩句在說什麼，早已跳起來道：「要去現在就去，愈快愈好。」

陳鳳超忽也站了起來，道：「不錯，這杯喜酒等等再喝也無妨。在下等已久聞『小魚兒』的大名，早就想見他一面了。」

鐵戰拊掌大笑道：「如此說來，我這準女婿人緣倒還滿不錯的。」

小仙女咬著牙，恨恨道：「他人緣的確不錯，據我所知，至少有八百個人全恨不得將他整個人都吞下肚子裡去。」

幸好這時大家都在搶著往外面走，誰也沒有注意她在說什麼，只有顧人玉在一旁癡癡的望著她。等到人都走光，顧人玉才輕輕嘆了口氣，道：「你也快些去吧！」

小仙女道：「你不去？」

顧人玉垂下了頭，道：「我……我看我還是回家的好。」

小仙女瞪眼望了他半晌，忽然冷笑道：「他破壞了你和九丫頭的好事，你還在恨他？」

顧人玉黯然一笑，道：「就算沒有他，九妹也不會嫁給我的，我並不是這意思。」

小仙女道：「那你是什麼意思？」

顧人玉頭垂得更低，訥訥道：「我只不過……只不過覺得你……你也……」他不但滿臉通紅，連脖子都粗了。

小仙女瞪了他半晌，忽又笑了，道：「你這呆子，你難道以爲我喜歡他？」

顧人玉吃吃道：「我前兩天聽三姊說，女人只有喜歡一個人時，才會恨他，你這麼恨他，豈非……豈非就是……」小仙女忽然用一隻柔軟的小手掩住了他的嘴，柔聲道：「你這呆子，你難道還不知道我的心？」

顧人玉又驚又喜，已呆住了。

小仙女道：「你若以爲我喜歡他，我現在就嫁給你，你總該放心了。」

她忽然拍手笑道：「對，我們現在成親，既用不著禮樂，也用不著媒人，等他們回來聽到這件事，那時他們臉上的表情一定好看得很。」她愈說愈開心，突聽「噗通」一聲，原來顧人玉竟已連人帶椅一起跌到地上去了。

小仙女吃驚道：「你……你怎麼了呀？」她剛蹲下去想扶起他，誰知顧人玉忽又從地上跳了起來，大叫道：「我太開心了，太開心了……天下還有比我更開心的人嗎？」

小仙女又驚又笑，吃吃笑道：「想不到顧小妹也會變成個大瘋子。」

顧人玉大笑著道：「我現在才知道小魚兒是天下第一個大好人。」

小仙女皺眉道：「你居然說他是好人，只怕真是瘋了。」

顧人玉道：「你想，若不是他，九妹和我們這兩對好夫妻是從哪裡來的？」小仙女紅著臉噗哧一笑，卻又故意板起臉道：「誰說我和你會是好夫妻？以後我說不定比母老虎還兇，天天打你、罵你，連飯都不給你吃。」

顧人玉壯起膽子，拉起了她的手，柔聲道：「只要能和你在一起，不吃飯又有何妨？

廣東人常說『有情飲水飽』，卻不知我連水都可以不喝的。」

小仙女嬌聲道：「我還以為你是很規矩哩，誰知你也這麼不老實。」兩人目光相對，心裡卻充滿了柔情蜜意。微風吹入窗戶，帶來了滿窗星光、一船春色，小仙女情不自禁，向顧人玉懷中依偎了過去……

軒轅三光望著前面的一群人，心裡暗暗得意，無論如何，他總算為小魚兒做了一件事。

李大嘴回頭瞧了他一眼，也將腳步放緩，走在他身旁，道：「原來你和小魚兒是好朋友。」

軒轅三光道：「難道你以為老子只能交你們這些見不得人的龜兒子朋友嗎？」

李大嘴笑道：「想不到你也學會了用心機，竟連我們幾個人都被你騙了。」

軒轅三光瞪眼道：「你們這幾個龜兒子其實根本就不能算人，小魚兒是跟著你們長大的，你們卻一心只希望他被困死。」

李大嘴默然半晌，長長嘆了口氣，道：「老實說，我本來也想救他的，可是……一聽到燕南天已到了這裡，我就嚇得全沒了主意。」

軒轅三光道：「你以為小魚兒會幫燕南天來對付你們？」

李大嘴道：「他就算要這麼做，也不能怪他的，江楓夫妻雖不是死在我們的手上，可是燕南天……唉！」

軒轅三光冷笑道：「告訴你，你們全都將小魚兒看錯了。他絕不是反臉無情的人，他若活著一定會在燕南天面前幫你們說情的，他萬一死了，你們這些龜兒子才真的倒了大楣。」

李大嘴呆了半晌，嘆息著道：「但願他現在還活著才好。」

軒轅三光揪住他衣服，變色道：「他現在難道已死了不成？」

李大嘴苦笑道：「我也不知道他現在是死是活，只知道他已在那山腹中被困了七、八天，既沒有食物，也沒有水……」

軒轅三光失色道：「七、八天不喝水，就算鐵打的人也捱不下去的。」

李大嘴道：「別人也許早就死了，但小魚兒……他說不定有法子的，你永遠也猜不到他究竟有多大的本事。」

他生怕軒轅三光找他麻煩，趕緊又搶著道：「那位鬼童子的本事也實在不小，我真猜不透他怎會知道我們的行動，竟能及時將鐵瘋子找來。」他話剛說完，突聽身後一人笑道：「若被你猜到了，我老人家還能算是鬼童子麼？」笑聲中人影一閃，鬼童子已到了他們面前。

李大嘴吃了一驚，陪笑道：「前輩果然是來無影，去無蹤，在下佩服得五體投地。」

鬼童子笑道：「你這兩句馬屁拍得我很舒服，我就將這件事從頭到尾告訴你們吧。」

他搶著道：「江湖中人都以爲鐵戰得到了一張藏寶之圖，其實他對藏寶一點興趣也沒有，他最大的興趣，只是在無名島上。」

李大嘴道：「既然是無名之島，鐵戰又怎會知道的呢？」

鬼童子道：「這只因有個多事的人，記下了無名島的方位，而且說，無論誰只要找到這無名島，就可向島上的人學武功，回到中土來就可無敵於天下。」

他笑著接道：「鐵戰平生就喜歡打架，見到這封秘件之後，自然大爲心動，所以就叫他女兒帶著另一份藏寶圖將人引開，他自己卻悄悄的尋到無名島上來了。」

李大嘴目光閃動，試探著問道：「無名島上住的都是些什麼人呢？」

鬼童子道：「島上住著的都是些早已厭倦紅塵的老頭子，他們一到了這島上後，連自己以前的名字都不要了，所以這島才叫做無名島。」

李大嘴陪笑道：「前輩想必也是島上的無名英雄了。」

鬼童子道：「什麼無名英雄，只不過是些老不死罷了。何況，我就算想忘記自己的名字，別人只要一見到我，立刻就會認得出我，不像那些老頭子，隨便替自己取個名字別人也不知道。」

其實李大嘴也早已猜到爾十八、俞子牙這些名字都是杜撰的，此刻雖已證實，卻也不說破，只是嘆了口氣，道：「鐵戰的運氣真不錯……」

鬼童子道：「他在島上住了三、四年，倒的確學會了不少武功，但若去的是你，此刻只怕早已被我們拋到海裡去餵王八了。」

李大嘴勉強笑道：「在下雖非好人，但鐵戰比在下也好不了多少，前輩們為何偏偏看上他呢？」

鬼童子沉下臉，道：「我問你，你打起架來，會不會像他那麼樣的不要命？」

李大嘴道：「這……這只怕要差一點。」

鬼童子道：「我們就看上了他這種不要命的脾氣，才覺他孺子可教。」

李大嘴只好不說話了，心裡卻在暗罵：「你們瘋子遇見瘋子，正是王八看綠豆，對了眼了，自然就一拍即合。」

軒轅三光心裡本在惦記著小魚兒的安危，但聽了幾句後，也不禁動了好奇之心，忍不住道：「前輩們既已退隱世外，又怎會重入紅塵的呢？」

鬼童子道：「這只因鐵戰跟我們學了三年武功後，有天突然不學了，我們就問他為什麼？他居然說我們這些人的武功，就算加起來也比不上燕南天和移花宮主，他學會了也沒有用，所以還不如省些力氣。」

李大嘴眼睛一亮，道：「如此說來，前輩們這次是想來找燕南天和移花宮主較量較量的？」

鬼童子嘆了口氣道：「這就叫人老心不老，靜極又思動了。」

李大嘴心裡簡直開心得要命，卻故意嘆息著道：「依我看，前輩們不如還是快回去算了。」

鬼童子瞪眼道：「爲什麼？」

李大嘴道：「別人我不知道，那燕南天的武功卻當真是獨步古今，空前絕後，前輩們只怕也……」

鬼童子果然跳了起來，怒道：「我就不信這個羊上樹，倒非要找他比劃比劃不可。」

李大嘴知道話已點到了，見好就收，改口道：「卻不知前輩怎會知道鐵心蘭的婚事呢？」

鬼童子又生了半天氣，才說道：「我們到了中土後，沿江而行，那幾個老不死忽然迷上了武昇城裡的一個小姑娘，硬說她琵琶彈得妙絕天下，竟賴在那裡不肯走了，我生氣也沒有用，只有一個人四下走走，走到這裡，別的人沒有遇著，卻救了那白老虎。」

李大嘴笑道：「看來他的運氣也不差。」

鬼童子道：「但那時他卻已奄奄一息，我就將他送到山腳下養傷，他的傷還沒有好，你們卻已到了。」

李大嘴苦笑道：「原來前輩也在那裡，在下等爲何未曾見到前輩呢？」

鬼童子冷冷道：「方才我老人家就在你背後，你見到了麼？」

李大嘴嘆了口氣，道：「前輩在暗中聽到在下等的計畫，就立刻設法通知鐵戰，叫他們立刻趕來，所以他們連妙絕天下的琵琶都不聽了。」

鬼童子笑道：「你這人還算不太蠢，終於弄明白了。」

突聽鐵戰大叫道：「你說小魚兒就在這裡？難道他也像孫悟空一樣，被如來佛壓在山下了麼？」

軒轅三光一聽已到了地頭，再也顧不得別的，立刻趕了過去。只見鐵戰又拎起了屠嬌嬌，怒吼著道：「是你將他弄進去的，你就得將他弄出來。」

屠嬌嬌苦笑道：「我哪裡有那麼大的本事？」

鐵戰道：「不是你是誰？」

軒轅三光大叫道：「格老子，現在還問這些幹什麼？小魚兒已經在裡面餓了七、八天了。」

鐵戰失聲道：「七、八天！這姓花的小子只餓了兩、三天，已有氣無力，他若已餓了七、八天，那還有命麼？」

一一九 倖脫死劫

「惡賭鬼」軒轅三光，關心小魚兒的生死，怕他說話耽誤了開山的時間，忙向「狂獅」鐵戰道：「幸好這裡人多，人多好做事，也許還來得及。」

李大嘴也叫道：「這裡有開山的傢伙，想救小魚兒的人，就快動手吧。」利斧鐵鍬本是他藏起來的，他自然很快就找到了。

只見人人都在踴躍爭先，取斧開山，就連那些養尊處優的少奶奶們竟也不肯後人，斧頭鐵鍬沒有了，她們就用自己價值不菲的匕首短劍，一時之間，震耳的鑿石聲已響遍了山巔。

屠嬌嬌嘆了口氣，苦笑道：「我還以爲人人都想小魚兒快些死哩，想不到大家居然卻想他活下去，小魚兒呀小魚兒，如此看來，你就算死也値得了。」

白開心也嘆了口氣，道：「不錯，若換了我被困在這山腹裡，只怕連野狗都不會來救我。」

李大嘴失笑道：「想不到你居然也有自知之明。」

白開心冷笑道：「你得意個屁！就算這些人能不停的動手，至少也要一半天才能攻入山腹，到那時小魚兒只怕早已變成鹹魚乾了。」花無缺和鐵心蘭已忍不住熱淚盈眶，他們見到這種情況，心裡雖然興奮，但也知道希望實在渺茫得很。突見白夫人悄悄走過來，手裡提著個油淋淋的包袱，垂著頭道：「包袱裡有炸雞和糯米丸子，是我方才偷偷包起來的，你們快吃了吧，吃飽了才有力氣動手將小魚兒救出來。」

鐵心蘭喉頭一陣哽咽，嗄聲道：「你……也想救他？」

白夫人揉了揉眼睛，勉強笑道：「我雖然並不清楚他究竟是個怎樣的人，但我想……他若能活在世上，也許大家全都會快樂得多。」

若非親眼瞧見，武林中只怕再也不會有一個人相信這種事的──江湖中最有名的幾位世家公子，竟會和聲名狼藉的「十大惡人」們在一起捲起袖子來鑿石頭，平時連油瓶倒了都不會伸手去扶的慕容姊妹們，此刻竟會用她們吹彈得破的纖纖玉手去挖泥巴。而這一切，竟全是爲了一個二十來歲的小伙子，這小伙子居然還是「惡人谷」長大的。

突聽鼓聲響起，如滿天風雷大作，又如千軍萬馬，動地而來，大家只覺精神更振奮，碎石如雨點般飛起。他們果然創造了奇蹟，竟在短短不到半天功夫裡，就攻破了十道堅固的石閘，攻入了山腹。花無缺和軒轅三光當先衝了進去，他們的心情雖興奮，卻又不禁在暗中擔心，害怕……

他們只怕發現的是小魚兒的死屍！花無缺本想呼喚兩聲，但一顆心似已將跳出腔子，連聲音都發不出來。只見那已被劈成兩半的石椅上，放著個酒瓶，地上還散落些破布、線頭。花無缺認得那正是從小魚兒和移花宮主她們穿的衣服上拆下來的。他的臉色立刻變了，手抖得連一塊布都撿不起來。

軒轅三光忍不住問道：「這……這是他們的衣服？」

花無缺茫然點著頭道：「嗯。」

軒轅三光一顆心也不禁沉了下去，像小魚兒他們那樣的人，若不是遇著非常的變故，怎會連身上的衣服都會被扯破！他們簡直不敢再進一步去找！他們已提不起勇氣去面對那殘酷的現實。

慕容珊珊忽然道：「這瓶子裡是不是酒？」

軒轅三光提起瓶子來嗅了嗅，道：「是。」

慕容珊珊眼睛一亮，喜道：「瓶子裡是酒，就有希望了。」

軒轅三光道：「爲……爲什麼？」

慕容珊珊道：「酒也可以充飢的，他們若有酒喝，就可以多支持幾天。」

軒轅三光跳起來至少有兩丈高，狂喜著大呼道：「小魚兒，小魚兒，你在哪裡，你的好朋友們已全都來救你了！」他狂喜著衝了進去。

空曠的洞穴中，響徹了軒轅三光的迴聲，但卻聽不到有人的回應，小魚兒呢？難道已餓得說不出話來了？地道的入口並沒有封閉，他們看到了魏無牙的屍體，看到了無數隻空酒瓶，也看到了那臭不可言，也妙不可言的「廁所」。

但他們找遍了所有的地方，都找不到一個活人。小魚兒他們呢？難道他們已化骨揚灰，永遠自這世界消失了不成？

大家面面相覷，只有站在那裡發呆。過了很久，軒轅三光才笑著道：「格老子，我就知道世上絕沒有任何地方關得住小魚兒，我們還在為他擔心，他卻早已走了。」

李大嘴道：「他沒有走。」

軒轅三光怒道：「你這龜兒子就希望他被困死，是麼？」

李大嘴嘆了口氣，道：「我也希望他是已逃出去了，可是我方才已將這地方全都很仔細的查看了一遍，四面根本就沒有出路。」

軒轅三光道：「老子也曉得這裡沒有出路，但他一定有法子出去的。」

李大嘴道：「他能有什麼法子？就算他能破壁而出，多少也會有些痕跡留下來的，除非他會孫悟空的七十二變，變成個蒼蠅從那氣孔中飛出去。」

其實軒轅三光也知道他說的不錯，四面山壁都是完整的，根本就沒有被打通的痕跡，小魚兒他也的確沒法子出去。但他若沒有出去，就應該在這洞穴裡。

軒轅三光道：「你龜兒說他們沒有出去，那麼他們在哪裡呢？我們為什麼連他們一根汗毛都找不到？」

李大嘴沉吟著，還沒有說話，白開心忽然大聲道：「化骨丹！」這三個字說出來，軒轅三光和花無缺背脊上都不禁冒出一股寒氣，鐵心蘭更快急瘋了。

李大嘴瞪著白開心道：「你的意思是說，魏無牙害死了他們後，又用化骨丹消滅了他們的屍體？」

白開心咧嘴一笑，道：「我並沒有這麼說，這話是你說的。」

小魚兒他們既不可能出去，又沒有在這裡，自然是因爲他們的屍體已被消滅了，這是唯一合理的解釋。

就連鐵戰也不禁搖頭嘆息，喃喃道：「我本來還想看看他究竟是個什麼樣的人，爲何能令我女兒如此喜歡他？誰知道這小子竟連骨頭都沒有剩下一根。」

他拍著鐵心蘭的頭，道：「這小子既然沒有福氣娶你，你也不必傷心了，若是覺得一個老公不夠，過兩天再爲你找一個就是。」他不說這些話還好，一說出來，鐵心蘭連心都碎了，連哭聲都沒有發出來，就暈了過去。

鬼童子忽然道：「他們可是被魏無牙關在這裡的？」

李大嘴嘆道：「只怕是的。」

鬼童子道：「那麼，魏無牙自己怎會也死在這裡了呢？」

屠嬌嬌道：「這也許是因爲魏無牙要眼看著他們死，否則就不過癮。」

鬼童子道：「不錯，這很有道理，可是魏無牙既能將他們全都害死，又消滅了他們的屍體，那麼魏無牙就不會死了。難道他們的鬼魂還能爲自己復仇，將魏無牙殺了不成？」

屠嬌嬌道：「魏無牙是自己服毒的，前輩難道還看不出來麼？」

鬼童子道：「他既然將別人全都殺了，自己爲何要服毒？」

屠嬌嬌怔了怔，道：「這……」

鬼童子笑了笑，緩緩道：「魏無牙算準別人都不能殺他，所以才敢留在這裡看熱鬧。」

李大嘴道：「不錯，小魚兒他們若想出去，就不能殺他，因爲他是唯一知道這裡秘密的人，但他難道就不怕別人逼他說出秘密麼？」

鬼童子道：「他自己以爲自己藏身之處很隱秘，以爲別人必定找不到他。誰知小魚兒他們的本事比他想像中大得多，還是將他找出來了，他被逼問得受不了時，就只有自己服毒而死，因爲他知道只要他一死，別人就都要被困死在這裡的，所以他就等於爲自己報了仇。」他的猜測居然已和事實相差不遠，只因軒轅三光、花無缺、李大嘴他們，多多少少都有些爲小魚兒擔心，頭腦已無法保持冷靜，但鬼童子他們卻根本不認得小魚兒，旁觀者清，自然看得清楚些。

軒轅三光不禁喜動顏色，道：「如此說來，魏無牙一定是比小魚兒他們先死的了！」

鬼童子又笑了笑，道：「魏無牙就算有天大的本事，也無法將移花宮主姊妹和小魚兒三個人一起殺死的，你說是不是？」

軒轅三光拊掌大笑道：「莫說一個魏無牙，就算一百個魏無牙也不行。」

白開心道：「常言道飲鴆止渴，一個人若是渴極了的時候，就算明知酒中有毒，也會喝下去的，你說是不是？」

屠嬌嬌道：「不是。」

白開心瞪眼道：「你知道個屁。」

屠嬌嬌也不理他，緩緩接著道：「酒中絕對沒有毒，每個酒瓶我都嗅過了。」

軒轅三光展顏大笑道：「我和你認識了幾十年，你總算說了句人話，做了件好事。」

白開心悠然道：「他既不可能逃出去，也不可能死在這裡，那麼我問你們，他是到哪裡去了？」

這句話問出來，大家又全都呆住。這件事實在不可思議，無論誰也猜測不出。

天下又有誰知道小魚兒現在在哪裡呢？有誰知道他現在是生？是死？是已屍骨無存？還是在好好的活著？每個人心裡都有許多疑團，都想問個清楚，但誰也不知道自己該去問誰？只好站在那裡發楞。俞子牙、禰十八、蕭女史，這些人雖然久已不為世事所動，但這時也都禁不住在苦苦思索著。因為這件事實在太神秘，他們也動了好奇之心。

軒轅三光最焦急，鐵心蘭最悲痛，白開心不停的冷笑，哈哈兒卻笑不出來，只有杜殺，仍是臉色鐵青，也不知心裡在想些什麼？

突聽花無缺大聲道：「各位的鞋底都是濕的，是不是？」

每個人俱都心事重重，又有誰會留意到自己的鞋底？鞋底無論是乾是濕，本都一點關係也沒有，但花無缺語聲中卻充滿了興奮之意，就像是剛發現了一件最重要的事。大家誰也不知道他爲何會對這種無足輕重的小事如此關心，可是大家還是不由自主提起腳來瞧了瞧。至少有一半人的鞋底果然是濕的。

軒轅三光的一雙草鞋更已完全濕透，忍不住問道：「格老子，鞋底濕了難道也是什麼大不了的事麼？」

白開心笑嘻嘻道：「想不到居然有人將一雙鞋子看得比老朋友的生死還重要，妙極妙極。」

花無缺根本不理他，仍是滿面興奮之色，道：「此地既然沒有水，鞋子怎會被打濕的？魏無牙若想將他們餓死、渴死，此地又怎會有水？」這句話說出來，大家才發現這果然又是件很神秘的事。

軒轅三光道：「但這件事卻和小魚兒的去向有什麼關係？」

花無缺道：「當然有關係，若是我猜得不錯，我已可找出小魚兒在哪裡了。」

軒轅三光大喜道：「快說，他在哪裡？」

花無缺來不及回答這句話，已又向地道下奔了過去。在這陰濕的洞穴中，那「廁所」的氣味實在令人不敢領教，魏無牙的屍身更令人見了要作嘔。若是換了平時，慕容姊妹是再也不肯下去的了，但此時花無缺一走，大家就全都搶著跟了下去，只要能知道小魚兒的下落，能知道這秘密的真相，這地道下就算真是個大糞坑，他們也忍不住要跟下去的。

地道上果然有水，而且愈積愈深，此刻幾乎已沒及他們的足踝，顯然有個地方一直在不停的往外面流水。水勢雖不大，卻也不太小。

軒轅三光道：「格老子真他媽的奇怪，山洞裡居然在流水，難道山腹中還有條小河不成？」

誰也想不通這水是哪裡流出來的，只見花無缺俯著身子，很仔細的觀察著水勢，漸漸又走入了魏無牙那間密室。這密室中更是臭不可聞，大家方才見到裡面並沒有活人，就很快的退了出來，誰也不願停留在裡面。

但此刻，大家已發現秘密的癥結總不光就在這密室裡，也就顧不得臭不臭了，全都一擁而入。只聽花無缺失聲喚道：「果然不錯，就在這裡！」他站在那兩隻已被小魚兒當廁所的石棺前，滿面俱是喜色，但四下仍看不到一個活人。

白開心失笑道：「你說小魚兒在這裡？難道他已撒泡尿自己淹死了麼？」

他話未說完，突聽杜殺怒道：「哪裡來的這許多廢話，滾出去。」

喝聲中，白開心已被他打得飛了出去，自眾人頭上飛過，「砰」的，跌在地道外，不停的呻吟起來。

但大家並沒有去留意這件事，因為此刻大家已發覺水就是自石棺旁一個地洞裡往外面冒出來的。地上本來鋪著石板，但此刻石板已被撬開，因為這裡本來就亂七八糟的堆著些碎石，所以方才才會沒有人留意。

軒轅三光滿面驚訝之色，道：「難道說，小魚兒他們是自這地洞裡逃出去的？」

花無缺展顏道：「正是，我們只去注意四面的山壁，所以才認為他們絕不可能已逃出去，卻未想到他們是自地下出去的。」

軒轅三光拊掌道：「不錯，四面的山壁雖然堅不可摧，但地下卻全都是泥土，自然比石頭要軟得多了。」

他瞬又皺起眉頭，道：「可是若想從這裡挖一條地道通到外面去，那也不容易。」

花無缺道：「那自然不容易，只不過這地道並不是他們自己挖的。」

軒轅三光道：「不是他們自己挖的，是誰挖的？」

花無缺道：「據我所知，大部份的河流雖然都在地面上，但地下也有一些河流，只因滄海桑田，地勢變換，所以這些河流才會被埋藏在地下，只要能找到這種地下河流，憑他們的武功，就不難鑽出去。」

大家全都不禁聽得喜動顏色。軒轅三光跳了起來，大笑道：「格老子，你知道的事真他媽的不少。」

花無缺笑了笑道：「我現在也可以想出他們的衣裳是怎會破碎的了。」

軒轅三光拍著他肩頭：「快說快說，那又是怎麼回事？」

花無缺道：「小魚兒並不知道這地下會有被埋藏了的河流，更不會知道它的位置是在哪裡，因爲人雖然是萬物之靈，卻缺少動物那神秘的本能，譬如說，一條狗可以靠牠的嗅覺追蹤至千里之外，人就絕對做不到。人也許並不是沒有這種本能，只不過已漸漸退化了，因人並不需要倚靠這種本能來求生存。」

軒轅三光大聲道：「有道理，有道理，有道理！」他現在似乎對花無缺口服心服，無論花無缺說什麼，他都覺得有道理，其實這道理他卻未必真的懂得。

花無缺道：「動物的本能，也並不是完全相同的。譬如說，狗的鼻子特別靈，蝙蝠對聲音的反應特別敏銳，候鳥對天氣的變化知道得最早，一些自身沒有抵抗能力的野獸，對危險往往有種神秘的感覺。」

這道理在現在也許已有很多人知道，但在那時，卻簡直比什麼「內功心法」都要深奧玄妙些。大家都不覺聽出了神。

花無缺忽又一笑：「各位可知道世上最會鑽洞的是什麼？」

慕容珊珊也笑了笑，道：「老鼠。」

花無缺道：「一點也不錯，正是老鼠。你無論將老鼠關在什麼地方，牠都有本事鑽洞逃出來的。」

軒轅三光失聲道：「魏無牙那龜兒就是個大老鼠，這地方老鼠必定不少。」

花無缺道：「小魚兒必定是找到了幾隻活老鼠，他想要老鼠替他帶路，又怕老鼠跑了，所以將衣服撕破，搓成繩子綁在老鼠尾巴上，才將老鼠放出去。所以！這地下的河流一定是老鼠找到的，小魚兒那時也許還不知道老鼠爲何要往地下鑽，但那時他們已山窮水盡，只有姑且一試了。」

軒轅三光大笑道：「我知道小魚兒是天下第一聰明人，誰知你也並不比他差，看來你們兩人倒真該結拜成兄弟才是。」

花無缺面上又不禁露出痛苦之色，因爲軒轅三光這番話無意中又觸及了他的隱痛。現在，小魚兒既已逃出去了，而且還在移花宮主的掌握中，那麼，他還是難免要和小魚兒一決生死。他們悲慘的命運，彷彿永遠也無法改變的。

軒轅三光再也不說什麼，也想往那地洞鑽下去。

李大嘴道：「你幹什麼？」

軒轅三光瞪眼道：「幹什麼？自然是去找小魚兒！」

李大嘴笑道：「他們是無路可走，才鑽地洞的，你現在卻用不著也跟著鑽地洞呀！」

軒轅三光道：「老子若不鑽地洞，怎知他到什麼地方去了？」

李大嘴還未說話，突聽一人在上面呼道：「三姊，三姊，你們在哪裡呀？」

慕容珊珊皺了皺眉，帶著笑道：「是張菁，這小鬼怎地到現在才來？」

她也呼喚著，呼聲中，小仙女已衝了進來，一張臉紅紅的，滿是興奮之色，衝過來拉起慕容珊珊的手，喘息笑道：「我見到了一個人……我見到了一個人……」

慕容珊珊失笑道：「見到了一個人也用不著如此大驚小怪呀，我每天都見到幾十幾百個哩。」

「但這人……這人……」她忽然神秘的一笑，轉著眼珠子道：「這人是誰，你永遠都猜不到的。」

慕容珊珊忍不住問道：「是誰？」她剛問過了，心裡忽又一動，也緊張起來，道：「你難道見到了小魚兒？」這句話問出來，大家全都緊張了，都眼睜睜的望著小仙女。

小仙女笑了笑，道：「不錯，就是小魚兒。你們全都到這裡來找他，誰知他卻已到了我們的船上去了。」

軒轅三光又跳了起來，失聲道：「真的？」

小仙女白了他一眼，道：「酒席一直都沒有撤下去，因爲要等你們回來吃，誰知到了中午，你們還沒有回來，水底下卻忽然跳出來幾個人，一跳上船，連話也不問，就大吃大喝起來，其中有個人連筷子都來不及用，就是小魚兒。」

軒轅三光大笑道：「格老子，他只怕已經快餓瘋了。」

花無缺忍不住道：「除了他之外，還有什麼人？」

小仙女笑了笑道：「自然還有移花宮主。我實在想不到她們看來竟那麼年輕，她們衣服的料子也很奇怪，從水裡跳出來，居然還沒有濕透，小魚兒已狼狽不堪，但她們兩人看來都還是那麼高貴，就像是仙女似的。」

慕容珊珊笑道：「如此說來，你這外號應該送給她們才是了。」

小仙女眨了眨眼睛，又道：「跟她們一起來的，還有個女孩子，頭大大的，一點也不漂亮，卻和小魚兒親熱得很。」

這番話說出來，大家不禁又都覺得很奇怪，眼睛不禁都向鐵心蘭瞟了過去。鐵心蘭咬著嘴唇，根本不敢抬頭。

鐵戰卻大怒道：「這小子竟敢跟別的女人親熱，我女兒難道還比不上那大腦袋的醜八怪？」

小仙女笑道：「我本來也在暗暗好笑，小魚兒選來選去，怎麼選上了這麼樣一個人。但後來我愈看愈覺得那女孩實在靈極了，一顰一笑，每一個動作，都找不出一點毛病來，就連我見了都要心動。」

鐵戰更是氣得暴跳如雷，大叫大喊。慕容珊珊望著小仙女，卻覺得有些奇怪。只有女人才能瞭解女人的心事，小仙女對小魚兒那種情感，慕容珊珊再瞭解也不過了。

她以為小仙女看到小魚兒和別的女人親熱，一定會很不舒服，一定會罵那女人是個醜八怪。誰知小仙女卻將那女人恭維得天上少有，地下無雙，慕容珊珊望著她，奇怪她怎麼忽然變了的。卻不知小仙女的情感已有了歸宿，正是最甜蜜、最幸福的時候，所以對人類也充滿了熱愛，覺得每個人都不討厭了。

慕容大姊眼波流動，望著她夫婿柔聲道：「船上既然又有貴客來了，我們還是趕快回去吧！」她每件事都先徵求她夫婿的意見，因爲她知道他絕不會反對的。

鐵戰也跳起來道：「對，我們現在就走，我們要看看那小子有多大的膽子。」

蕭女史淡淡道：「據說移花宮主駐顏有術，我們也想見識見識。」

禰十八道：「我就不信她們的功夫真的已天下無敵。」

軒轅三光含笑道：「多日不見，不曉得小魚兒是否變老成了些。」

有的人想去見移花宮主，有的人想去看小魚兒，也有的人是想去看看那「大頭的美人」究竟是怎麼迷上小魚兒的。大家的理由雖不同，但卻都急著想回船去。

只有花無缺，他想見移花宮主和小魚兒的心雖然比誰都急切，但想到他見到小魚兒後，只怕又難免要拚命，他又希望永遠都莫要見到小魚兒了。

突聽小仙女道：「我話還沒說完哩，你們莫要急著走呀。」

慕容珊珊笑道：「你少賣關子好不好，快說吧！」

小仙女目光閃動，道：「除了移花宮主外，我們船上還有位貴客，這位貴客的名頭絕不在移花宮主之下，你們可知道他是誰麼？」

她話未說完，大家已全都猜出是誰了。因爲普天之下，只有一個人的聲名能和移花宮主並駕齊驅。大家都不由自主地失聲叫了出來：「燕南天！大俠燕南天！」

一二〇　神功絕學

聽到「燕南天」這名字，屠嬌嬌、李大嘴等人只恨不得背上生出對翅膀來，快快飛到十萬八千里之外。慕容姊妹也不禁俱都爲之動容。

禰十八和俞子牙對望一眼，禰十八道：「想不到移花宮主和燕南天都在那裡。」

俞子牙道：「這真是踏破鐵鞋無覓處，得來全不費功夫。」

鬼童子道：「卻不知移花宮主和燕南天見面時是什麼光景，我想那一定有趣得很。」

大家想到這當代兩大絕頂高手見面時的情況，也不禁心動神馳，只恨自己不能躬臨其戰而已。

蕭女史忍不住問道：「移花宮主她們可認得燕南天麼？」

小仙女道：「她們好像並不認得，但燕大俠」走上船，大家就似乎都已知道他是什麼人了，因爲他那種氣派，別人學也學不像的。」

鬼童子冷冷道：「別人也未必就要學他。」

小仙女笑了笑，道：「奇怪的是，小魚兒好像也沒有見過燕南天，但燕南天一上了船，就瞬也不瞬的盯著他瞧。」

軒轅三光道：「小魚兒呢？」

小仙女道：「小魚兒也盯著他，不知不覺的站了起來。他一步步走過去，嘴裡一直不停的說『很好，很好，很好……』」

慕容珊珊噗哧一笑，道：「『很好』這兩個字，你說一遍就夠了。」

小仙女道：「但燕大俠卻一連說了十幾遍，眼睛裡熱淚盈眶，只差沒有掉下來，小魚兒也沒有說什麼話，只是『噗』地跪了下去，燕南天就拉起他的手說：『你做的事我差不多都已知道了，你並沒有丟你父親的人。』」

說到這裡，她眼睛裡也濕濕的，顯然當時深受感動。大家以她爲中心，隨著她往外面走，不知不覺全都聽得出了神，甚至不知道已走出了那山洞。

只聽小仙女接著道：「移花宮主一直在旁邊冷冷的望著他們，過了很久之後，那位大宮主才冷冷道：『很好，我們總算見面了。』」

小仙女道：「燕大俠又過了很久，才轉身望著她，說：『二十年前我們就已該見面的。』那位大宮主就冷笑著說：『你嫌太遲了麼？』燕大俠就仰天長長嘆了口氣。」說到這裡，她自己也長長嘆了口氣。

慕容珊珊忍不住問道：「燕大俠說了什麼？」

小仙女嘆道：「他似乎要將二十年的辛酸抑鬱，全在這口氣裡嘆出來，然後才說：『燕某既然還未死，也就不算遲。』」

軒轅三光等七、八個人忍不住一起脫口問道：「後來呢？」

小仙女道：「這時他們已劍拔弩張，像是隨時隨刻都要出手，只不過他們的身份不同，不能說打就打而已。我心裡正在著急，不知這兩位絕頂高手打起來是什麼光景，人玉卻將我拉到一邊，要我趕快來通知你們，叫你們趕快回去。」

說起顧人玉，她目中就不覺露出了溫柔的笑意，接著道：「他說，你們若錯過這一場空前絕後的大戰，一定會遺憾終生的。」

鬼童子叫了起來，道：「何止遺憾終生而已，我以後只怕再也休想睡得著覺了。」

軒轅三光道：「只望他們莫要真的打起來才好。」

小仙女道：「爲什麼？」

軒轅三光嘆道：「兩虎相爭，必有一傷，而且說不定兩敗俱傷，這一戰的後果實是不堪想像，我倒寧願見不到這一場大戰才好。」

花無缺感激的望了他一眼，他知道這一戰只要一交上手，就是不死不休的了，那麼，無論兩人誰勝誰負，他和小魚兒的冤仇勢必要結得更深，只怕也是不死不休，永遠也解不開的了。

過了半晌，只聽俞子牙也嘆息著道：「他兩人若是真的兩敗俱傷，那倒可惜得很。」

蕭女史笑道：「你希望他們都等著來和你交手，是麼？」

俞子牙淡淡道：「你難道不想試試你那『娥皇十八變』的新招麼？」

蕭女史輕輕嘆了口氣，道：「只可惜聽他們說話的口氣，冤仇似乎結得很深，燕南天既已等了二十年，此番見了面，焉肯甘休？」

俞子牙也嘆了口氣，道：「這兩人若是動上了手，世上只怕再也沒有人能將他們分開了。」

他們回到江岸時，長棚中的桌椅都已撤去，只剩下那些綵紙和喜聯，在江風中簌簌的發著抖。想及昨夜的盛況，更顯得此時的淒涼，人生本無不散的筵席，早知此時的淒涼，又何必著急於一時的盛衰呢？

長棚旁的空地上，此刻卻擠著一大堆人，疊疊重重圍個圈子，也不知在看什麼熱鬧。燕南天和移花宮主莫非就在圈子裡決鬥？

軒轅三光當先衝了過去，想分開人叢擠進去，但這些人看到他們回來了，早已哄的四下散開。移花宮主並不在裡面，更瞧不見燕南天和小魚兒的影子。

但小仙女已先叫了起來，道：「咦，他們的人呢？小蠻，他們到哪裡去了？顧公子呢？」

小蠻本是慕容珊珊的貼身丫頭，小仙女到了之後，就服侍小仙女了，她明眸善睞，看來必定能說會道。可是小仙女問得實在太快，也太多了。

小蠻先鬆了口氣，方轉著眼珠子說道：「姑娘一走了之後，那位燕……燕大俠就坐過去和那位小魚兒少爺喝酒，兩人你一杯，我一杯的喝個不停，也說個不停，我只瞧見他們說著說著，忽然大笑了起來，說著說著，又忽然不停的嘆息，那姓蘇的姑娘，帶著笑替他們斟酒，但只要一扭過頭，就不停的悄悄擦眼淚。」

小仙女自然也知道他們是正在敘說著這些年來種種悲歡離合，可歌可泣的遭遇，但還是忍不住問道：「他們在說些什麼？」

小蠻道：「他們說的聲音並不大，有些話我根本聽不見，有些話我雖然聽見了卻聽不懂。」

小仙女笑罵道：「你呀，瞧你這點出息，加起來還不夠半兩。」

小蠻垂著頭道：「我雖然聽不見他們說什麼，但瞧見他們的模樣，也不知爲了什麼，心裡就酸酸的，想掉眼淚。」

軒轅三光想到小魚兒和燕南天的遭遇，心裡也不禁一陣酸楚，大聲道：「不錯，格老子，我雖也沒有聽到他們在說什麼，我也想掉眼淚。」

小仙女瞪了他一眼，又向小蠻問道：「他們說話的時候，移花宮主呢？」

小蠻道：「移花宮主坐在另一張桌子上，既不看他們，也並不著急，她們好像早已知道燕大俠一說完了話，就會來找她們的。」

衆人對望一眼，心裡都不禁暗自唏噓，因爲他們也都已看出，燕南天這是已決心要和移花宮主決一死戰，是以才先將後事向小魚兒交代。

小鸞道：「他們好像有說不完的話，尤其那位小魚兒少爺，更說個不停，我從來也沒有見過話說得這麼多的男人，簡直像是個老太婆了。」

軒轅三光嘆道：「小娃兒，你不懂的，他這是因爲早已看出了燕南天的心意，所以故意多說些話，來拖延時間……」

小鸞道：「如此說來，燕大俠必定也看出他的心意了。」

軒轅三光道：「哦？」

小鸞道：「因爲燕大俠忽然站了起來，拍著小魚兒的肩頭，大笑著說：『你燕大叔素來百戰百勝，你用不著擔心的。』」

俞子牙冷笑道：「百戰百勝，好大的口氣！」

軒轅三光也冷笑道：「別人說這話，老子一定當他是吹牛，但燕南天這話，卻沒有人能不服的。」

俞子牙並沒有再說下去，只「哼」了一聲。

小鸞道：「小魚兒少爺望著燕大俠，彷彿要說什麼，但這時移花宮主已站起來走了出去，燕大俠立刻跟著往外走，他們雖然連一句話也沒有說，但也不知怎地，我的心已緊張得幾乎要跳出腔子。」

她本就口齒伶俐，語聲清脆，此刻更知道有很多人都在聽她說話，所以說得更爲賣力。大家聽她說得如此傳神，也不禁全都緊張起來，就好像都已親眼見到那兩大絕世的高手，正肅立在江岸，準備做生死的決鬥！江風蕭蕭，大地間也彷彿充滿了肅殺之意。

小蠻機伶伶打了個寒噤，縮起脖子，接著道：「但他們走出來之後，也還是沒有立刻動手，兩個人只是遠遠的對面站著，你望著我，我望著你。」

俞子牙道：「燕南天沒有用兵器？」

小蠻道：「沒有，他們兩個人都沒有。」

俞子牙皺起了眉，喃喃道：「久聞燕南天劍法無雙，爲何捨長而用短？竟不用劍來交手呢？難道這些年來，他已練成了自信足可和移花宮掌法一較上下的拳法不成？」

要知移花宮掌法內力，獨步天下，所以他不說燕南天也練成一種「掌法」，而說「拳法」，因爲他認爲世上絕不可能再有一種能和移花宮掌法一較雌雄的掌法了——他本身自然也並非以掌法見長的。

只聽小蠻道：「他們雖然赤手空拳，但看來卻比用什麼兵器都兇險，好像只要用一招攻出，立刻就可以分出生死似的。」

蕭女史望了俞子牙一眼，含笑道：「這小姑娘倒滿識貨的。」

小蠻咬著嘴唇向她一笑，才接道：「我看得實在太緊張了，就想求顧公子過去勸他們不要打了，但顧公子卻說，他們兩人此時雖還沒有出手，但精神氣力全都已貫注，別人莫說休想能勸得開他們，只要一走過去，恐怕就要被他們的真氣震倒。」

蕭女史有意無意間瞟了小仙女一眼，笑道：「這位顧公子倒也是個識貨的。」

小蠻道：「顧公子正在悄悄和我說話，那位小魚兒少爺不知怎地也聽到了，忽然走過來對顧公子說：『你認爲真的沒有人能勸得開他們了麼？』」

小仙女皺眉道：「這小鬼又想玩什麼花樣？」

小蠻道：「顧公子見到他似乎連頭都大了，只是不停的點頭，那位小魚兒少爺就又說：『你敢跟我打賭麼？』」

小仙女著急道：「他是個鬼精靈，顧公子卻是老實人，怎麼跟他打賭呢？」

小蠻道：「顧公子本來是不願和他打賭的，但小魚兒少爺卻說……說……」

小仙女道：「說什麼？」

小蠻垂下頭，道：「他說：『我早知道顧小妹不敢跟我打賭的，算了吧！』」

軒轅三光大笑道：「妙極妙極，想不到小魚兒連賭鬼誘人上鉤的法子都學會了，他這麼樣一激將，那位顧小妹不賭也要賭了。」

小仙女又狠狠瞪了他一眼，小蠻已嘆道：「不錯，顧公子果然忍不住和他打賭了。」

小仙女連臉都急紅了，跺腳道：「他怎麼這麼沉不住氣，他們賭的是什麼？」

小蠻道：「那位小魚兒說：『我只要說一句話，就能令移花宮主住手，燕大叔一個人自然也就打不起來了。』顧公子自然不信。」

蕭女史道：「莫說顧公子不信，連我都不信，這賭我也要打的。」

小蠻嘆了口氣，道：「那麼你老人家也就輸了。」

別人只急著想聽小魚兒究竟說的是什麼話，能令移花宮主住手，小仙女卻只急著想知道顧人玉究竟輸了什麼東西。小蠻既能做大家小姐的貼身小丫鬟，自然從小就已學會了如何揣摩主人的心意，如何拍主人的馬屁。

所以她不說別的，先說道：「那位小魚兒少爺說，若是他輸了，就隨便顧公子要他怎樣，若是顧公子輸了，他就要顧公子爲他做一件事。」

小仙女道：「做……做什麼事？」

小蠻陪笑道：「當時他並沒有說，後來他說的時候，我卻沒有聽見。」

小仙女跺腳道：「說你沒出息，果然沒出息，什麼你都不知道。」

蕭女史笑道：「其實她知道的已經不少了。」

軒轅三光道：「不錯，快說那位小魚兒少爺究竟說了什麼樣的一句話！那移花宮主聽了他的話，是不是真的立刻住了手？」

小蠻道：「小魚兒只向另一位移花宮主大聲道：『可惜呀可惜，我和花無缺打起來的時候，你姊姊恐怕已未必能看到了。』」

蕭女史道：「他說了這句話，移花宮主難道真住手了麼？」

小蠻道：「立刻就住手了，我也覺得很奇怪，不知是怎麼回事。」

蕭女史訝然道：「她爲何一定要看小魚兒和花無缺的一戰呢？難道這一戰比她和燕南天的一戰還要精采不成？」

俞子牙卻皺著眉道：「那燕南天究竟練成了什麼驚人的功夫，能令移花宮主住手？」

小蠻道：「不是燕大俠令她住手的，是那位小魚兒少爺。」

慕容珊珊道：「傻丫頭，少說話。」

蕭女史卻含笑道：「移花宮主若有必勝的把握，打過了之後，還是能看到小魚兒和花無缺一戰的，她就不會住手了，是麼？」

小蠻想了想，垂首笑道：「不錯，我真是個傻丫頭。」

要知移花宮主忽然住手，自然是因爲她和燕南天對峙時，已發現燕南天的功力深不可測，她實無制勝的把握。

軒轅三光心裡卻只惦記著小魚兒，別的事他根本全都不放在心上，當下大聲問道：「現在小魚兒少爺到哪裡去了？」

小蠻道：「燕大俠和移花宮主約定，每天清晨日出的時候，都山巔相見，直到移花宮主找到那位花……花少爺爲止，然後燕大俠就帶著小魚兒少爺走了。」

軒轅三光道：「移花宮主呢？」

小蠻道：「她們自然是去找那位花少爺去了，說不定馬上就會回來，因爲顧少爺已告訴了她們，說花少爺是和大家一起去的。」

小仙女心裡卻只惦記著顧人玉，搶著道：「那麼顧少爺又到哪裡去了？」

小蠻道：「顧少爺輸了東道，已經爲小魚兒少爺去辦事了。」

小仙女跺腳道：「那搗蛋鬼還會要他去做什麼好事麼？他爲什麼要去呢？」她簡直急得眼淚都快要掉了下來。

慕容珊珊望著她，忽然一笑，輕輕道：「大妹子，恭喜你。」

小仙女嘟著嘴道：「人家都快急瘋了，你這來恭喜什麼？」

慕容珊珊笑道：「顧小妹又不是你的什麼人，你爲何要爲他如此著急呀？」

小仙女嘴嘟得更高，道：「他又不是沒有名字，你們爲什麼總是要叫他顧小妹？」

慕容珊珊吃吃笑道：「顧小妹這名字本是你替他取的，現在你卻不許人家這樣叫他了，這又是爲了什麼呀？才一天不見，你們的關係已不同了麼？」

小仙女低下頭，臉已紅了，道：「我們……我們……」

慕容珊珊輕輕擰了擰她的臉，笑罵道：「鬼丫頭你還想瞞我們，這頓喜酒你想跑得了麼？」

慕容雙忽然道：「人家既然已經不打了，你們方才還圍在這裡看什麼？地上難道忽然長出一朵花來了不成？」

小蠻笑道：「地上若是長花就不奇怪了，忽然長出了饅頭那才奇怪。」

慕容雙也不禁怔了怔，道：「饅頭？」

只見那片平地上，果然有個小山的土丘凸起，看起來就像是個土饅頭似的。

慕容珊珊笑道：「傻丫頭，這又有什麼好看的？」

小蠻道：「姑奶奶你不知道，這不但奇怪，而且奇怪透了。」

她忽然跑過去，站在那土丘上道：「方才移花宮主就是站在這裡的，她站上來的時候，這裡本來是塊平地，可是她站在上面沒多久，腳下的地就漸漸凸了起來，這塊地面就像是揉著發麵，她往上面一站，就蒸出個饅頭來了。」

大家雖覺她說得好笑，但又不禁覺得很驚訝。俞子牙、禰十八等更是聳然動容，忽然一起掠過去，俯下身去看那土饅頭，而且看了又看，就真的像這土丘上忽然長出了花來。

小蠻向慕容珊珊笑了笑，彷彿在說：「你說我是傻丫頭，人家這些老頭子、老太婆們不是看得很有趣嗎？」

只見俞子牙他們的臉色愈來愈驚訝，紛紛道：「果然不錯……但這怎麼可能呢？……想不到果然有人練成了。」

大家也都不禁一起圍了上去，這才發現土丘上還有兩隻腳印，但腳印卻並非凹下去的，反而凸出來一寸多。高手相爭時，全身功力凝注，往往會將腳下的泥土踩出腳印來，這倒並非什麼奇怪的事。腳印並非下陷反而凸起，就是少見的怪事了。

慕容珊珊目光閃動，道：「移花宮主莫非練成了一種極奇怪的功夫不成？」

俞子牙嘆道：「不錯，她練成的這種功夫雖非空前絕後，至少也可傲視當代了。各位可瞧見這上面的兩隻腳印了麼？」

他也知道任何人都不會瞧不見的，所以就自己接著道：「這只因她功力運行時，非但不向外揮發，反而向內收斂，無論什麼東西觸及了她，都會如磁石吸鐵般被她吸過去。」

慕容珊珊動容道：「如此說來，她的功力永遠不會消耗，只有增加，豈非要愈用愈多？」

俞子牙道：「正是如此，她與人交手時，功力愈用愈多，而對方卻勢必要漸漸減少，所以就算一個武功和她相若的人和她動手，到後來還是必敗無疑。」

蕭女史搶著道：「有一種『明玉功』練到第九層時，才會有這種現象，只因她體內的真氣，已能形成一種漩渦，無論什麼東西觸及她，都會被這真氣漩渦捲過去，正如泗水的人遇見了水中的漩渦一樣。」

慕容珊珊道：「如此說來，只要練成這種功夫，豈非一定天下無敵？」

蕭女史、禰十八、俞子牙等人對望一眼，面上都露出了黯然之色。俞子牙長嘆道：「不錯，她實已天下無敵，我們都是白來的了。」

慕容珊珊道：「她既已無敵於天下，燕南天自然也不會是她的對手，那麼她對燕南天有什麼顧忌呢？難道燕南天也練成了這種功夫麼？」

蕭女史道：「不會的，練成這種功夫的人，體內的真氣一定會形成漩渦，真氣成了漩渦，就一定會有吸力。」

俞子牙道：「這就是這種功夫最奇妙之處，但江湖中大多數人都不明白這道理，就因爲大家都不知道這種吸力是哪裡來的，所以就有人認爲這是一種邪術。卻不知這才是內家正宗的絕頂心法。」

慕容珊珊道：「可是……她既然已必無敗理，爲什麼又要忽然住手休戰呢？」

俞子牙等人的臉色都很沉重，蕭女史道：「這只有一個解釋，那就是燕南天也練成了一種神奇的武功，足以和她的『明玉功』一爭長短。」

慕容珊珊道：「世上難道還有別的功夫能和『明玉功』相抗麼？」

蕭女史道：「嫁衣神功。這種功夫取的乃是『爲他人作嫁衣裳』之意。」

慕容珊珊道：「既是他人的嫁衣裳，對自己豈非沒有用了麼？」

蕭女史道：「不錯，只因這種功夫練成之後，真氣就會變得如火燄般猛烈，自己非但不能運用，反而要日日夜夜受它的煎熬，那種痛苦實在非人所能忍受，所以他只有將真氣內力轉注給他人。」她嘆了口氣，接道：「但若要練成這一『嫁衣神功』，至少也要二十年苦功，又有誰捨得將如此辛苦練成的功夫送給別人呢？」

俞子牙道：「所以昔日江湖中有種傳說，你若是想害一個人時，才會傳授他『嫁衣神功』的心法，讓他受一輩子的苦。」

慕容珊珊道：「如此說來，燕大俠若是真的練成了『嫁衣神功』，那麼他非但不能和移花宮主動手，只怕早已被折磨死了。」

俞子牙道：「嫁衣神功轉注給第二人之後，他本身固然已油盡燈枯，第二個人卻可受用無窮。」

慕容珊珊道：「前輩的意思難道是說，有人練成了『嫁衣神功』，再轉注給燕大俠的？」

俞子牙道：「不然，『嫁衣神功』經過轉注之後，其威力也大減，已不能和『明玉功』相提並論了。」

慕容珊珊愈想愈不明白，瞧了大家一眼，但大家卻都在等著她再問下去，因爲她非但口齒清楚，而且反應很快，問的話都能切中要點，別人既沒有插嘴的餘地，只有索性讓她一個說了。

幸好這時俞子牙已接著道：「要知只有上智大慧的人，才能創立出一種獨樹一格的武功來，創出這『嫁衣神功』的人，更是天生奇才，並世無雙，這種功夫若真的只能爲人作嫁，他又爲何要苦心將之創出呢？」

大家都不知道他話中真意，只有等他自己說下去。

俞子牙接道：「世上只知『嫁衣神功』絕不可練，卻不知又本是可以練的，只不過要練這種功夫，另有一種秘訣而已。」

慕容珊珊終於有了問話的機會，立刻問道：「什麼秘訣？」

一二一 互相殘殺

俞子牙將「嫁衣神功」之練法，向眾人解說道：「只因這種功夫太過猛烈，所以練到六、七成時，就要將練成的功力全都毀去，然後再從頭練過。」

蕭女史笑道：「這正如一個人吃核桃，竟將核桃連殼吞下，結果被哽死了，旁邊有人看見，就說核桃是吃不得的，卻不知核桃非但可吃，而且很好吃，只不過吃核桃時，要先敲破外面的硬殼而已。」

禰十八道：「這就叫：欲用其利，先挫其鋒。」

俞子牙道：「嫁衣神功經此一挫，再練成後，其真氣的鋒稜已被挫去，但威力卻絲毫未減，練的人等於已將這種功夫練過兩次，對這種真力的性能，自然摸得更熟，非但能將之發揮最大的威力，而且可以收發由心，運用如意了，可是，若要將『嫁衣神功』練到六、七成，也得要有更多年的苦功，又有誰捨得將多年的苦功毀於一旦呢？」

蕭女史道：「所以若非有絕大勇氣和毅力的人，絕不會練得成這種功夫的。」

鬼童子到這時才嘆了口氣，道：「可見這燕南天的確是位不世的奇才，我們幸好沒有找他較量，否則恐怕又要倒楣了。」

其實他們只知其一，不知其二。燕南天練這種功夫時，並未有心將之毀去再練的，他性子又強又拗，總認爲別人不能做的事，他一定能做。所以他一心只想以本身的力量將「嫁衣神功」征服，誰知他功夫還未練成，就在「惡人谷」遭遇了不幸，全身的功力都被毀去。

這也正是吉人自有天相，屠嬌嬌、李大嘴他們本想殺了他的，誰知卻反而幫了他一個大忙。他們以七、八人之力來毀燕南天的功力，正如以鞭馴狗，「嫁衣神功」被他們七、八人之力合力圍攻後，已鋒厲盡折，但這種功力本就是準備練成後再毀的，所以毀去後體內猶有餘根，使練的人再練時，便可事半而功倍。

這正如七、八個人合力要將一棵樹剷去，他們就將這棵樹齊根鋸斷了，卻不知地面下的根卻還是存著的。若非如此，燕南天縱然不死，也和廢人無異了，又怎能將功力完全恢復後，而且更勝從前？

慕容珊珊感慨了半晌，又忍不住問道：「但各位又怎知道燕大俠已練成『嫁衣神功』呢？」

俞子牙道：「你和人交手時，只是全身功力凝集，地面上只怕也會留下你的腳印，但燕南天所站的地方，卻連半隻腳印也沒有留下來，這難道是說他的功力還不及你麼？」

慕容珊珊笑道：「燕大俠的功力若不及我，移花宮主早已將他置之於死地了。」

俞子牙道：「正是如此，就因爲燕南天的功力已可完全收發自如，不到運用時，絕不會有一絲外洩，所以他站的地方才會毫無痕跡。」

蕭女史道：「也就因爲他的功力已和他的人結成一體，任何外力都不能將之動搖，所以移花宮主雖已將『明玉功』練至極峰，對他也無法可施。」

慕容珊珊嘆了口氣，道：「聽了前輩們這番話，弟子們當真是茅塞頓開。」

突聽小蠻高聲喚道：「顧少爺，顧公子，你快進來吧，有人想你已快想瘋了。」

大家轉頭望去，只見顧人玉果然已走了過來。

小仙女狠狠瞪了小蠻一眼，卻又忍不住笑了，若是換了別人，也許還會害羞，但她卻不管這麼多，居然迎了上去，跺腳道：「你究竟到什麼地方去了，怎地也不留一句話？」

顧人玉的臉又紅了起來，訥訥道：「我……我去替小魚兒做了一件事。」

小仙女道：「他還會有什麼好事要別人做，你只怕又上了他的當。」

顧人玉嘆道：「我如今才知道我們以前都誤會了他，他實在並不是個壞人。」

小仙女眨著眼道：「他是怎樣將你打動的？這小鬼的本事倒不小。」

顧人玉道：「江別鶴父子想串通了讓燕大俠上當的，他們故意裝作互不相識，江玉郎才好乘機救他的父親，再找機會向燕大俠下毒手。」

小仙女恨恨道：「我早就知道這父子兩人都不是好東西。」

顧人玉道：「但燕大俠自從經過『惡人谷』一役之後，已今非昔比，很快的就看出了他們的陰謀，就用重手法先廢了他們的武功，再將他們囚禁在一個山洞裡，等小魚兒親手去報父母之仇。」

小仙女拊掌笑道：「想不到這父子兩人也有今天，這真是大快人心。」

顧人玉嘆道：「但若非小魚兒，又有誰會知道他們父子是如此奸惡的小人？」

小仙女道：「不錯，他這一生中，總算做了這麼件好事，可是，他又要你去做什麼呢？」

顧人玉道：「他要我去放了他們。」

小仙女吃驚道：「放了他們？」

顧人玉道：「不錯，他非但要我去放了他們，而且還要我替他們安排個可以安身養命的地方，因爲他們已變成了廢人，已無力求生。」他嘆了口氣，接著道：「而且，在江湖中闖蕩的人，難免沒有仇家，若是知道他們武功已失，必定會來尋仇的，他們自然也萬萬不能回去，所以小魚兒就要我安排他們到顧家莊去做園丁，這麼他們既不至於凍餓而死，也不怕別人會去尋仇了。」

小仙女愣然道：「江別鶴害死了他的父母，他自己非但不報復，反而怕別人找他們算賬，這小鬼究竟又在打什麼主意？」

顧人玉道：「江別鶴雖對不起他的父母，但他卻認爲這種懲罰已經夠了，他認爲『冤冤相報血債血還』，並不是一種很明智的思想，江湖中人被這種思想支配，已不知做出了多少愚蠢的事，他決心不再這麼做下去。」

小仙女道：「父仇不共戴天，他連父仇都不報，難道他能算是人子嗎？」

顧人玉道：「他認爲並不一定要殺死別人才能算報仇，更不想去殺兩個已殘廢無用的人，也許別人會認爲他這種想法不對，但他覺得只要自己做得問心無愧，別人對他怎麼想，他根本不放在心上。」

小仙女道：「你認爲……」

顧人玉正色道：「我也認爲他這種做法是對的，『報仇』這兩個字，已不知害了多少人了，江湖中因仇而死的人，每天也不知有多少，若是大家的想法都能和小魚兒一樣，我相信大家過的日子都會平靜安樂得多。」他深深注視著小仙女，柔聲道：「上天造人，本就不是要人們互相仇殺的，是麼？」

小仙女道：「那麼，他爲何不自己去放了他們呢？」

顧人玉道：「他怕燕大俠也不贊同他這種想法，是以暫時不願讓燕大俠知道。」

小仙女道：「原來他還是在用手段，還是在騙人。」

顧人玉道：「不錯，他的確常常在用手段騙人，但他的居心都是善良的，我想只要是明智的人，就不會覺得他手段用得不對。」

小仙女怔了半晌，苦笑道：「他真是個很奇怪的人，實在令人分不清他究竟是個好人，還是個壞人。」

俞子牙忽然笑道：「我雖不認得他，也不知道他究竟是好是壞，我只知道江湖中的人若都和他一樣，我們就不必遠避到海外的荒島上去了。」

軒轅三光拍手道：「格老子，一點也不錯，像他這麼樣的壞人若是多幾個，我情願從此以後再也不摸骰子。」

慕容珊珊忽也一笑，道：「那怎麼行！以後我們姊妹還想找你再好好賭一場哩。」

軒轅三光道：「我只說不摸骰子，並沒有說不摸牌九呀。」

大家忍不住都笑了起來，經過這緊張的兩晝夜之後，到這裡大家總算略爲輕鬆了一些！

只有花無缺，心情卻更沉重。他愈來愈不忍心傷害小魚兒，他甚至情願自己被小魚兒殺死，可是他卻不知道，就算他不惜一死，小魚兒活著卻更悲慘。沒有一個人在殺死自己的親兄弟之後，還能安心活著的，他們已注定了要有個悲慘的結局。

這結局看來已是誰都無法改變的了。

混亂之中，誰也沒有注意到李大嘴、哈哈兒、杜殺、屠嬌嬌、陰九幽、白開心，這幾人早已半途脫逃。

知道燕南天已出現，就算用刀架在他們脖子上，他們也是萬萬不敢跟著大家一起回去的。

那白夫人自然也是寸步不離的跟著白開心。

白開心方才挨了杜殺一耳光，現在半邊臉都腫了起來，連嘴都被擠到一邊，鮮血不時沿著嘴角往外淌。

白夫人忽然悄悄對白開心說道：「你可知道你爲什麼總是受人欺負嗎？」

「就因爲我遇上了你這掃帚星。」

白夫人也不生氣，反而笑了笑，道：「這就是因爲他們都有幫手，你卻孤單單一個，雙拳難敵四手，你既然懂得這道理，爲什麼不找個幫手呢？」

白開心眼睛一亮，立刻拉著白夫人走到旁邊，這時他們已走入了亂山之中，白開心拉著她躲在一個山坳裡，悄悄道：「一言驚醒夢中人，被你這麼一說，我倒想起個好幫手來了。」

白夫人笑道：「你現在還說我是掃帚星麼？」

白開心道：「不是不是，看你這鼻子，我就知道你有幫夫運。」

白夫人笑罵道：「少拍馬屁，先說說你想出的那個幫手是誰吧！」

白開心道：「這些人裡面，李大嘴和我早就是冤家對頭，現在杜老大也好像站到他那一邊去了，他們兩人功夫都不錯，尤其杜老大更扎手，我本可找哈哈兒對付他們的，但這胖子比泥鰍還滑，我若找他，他說不定一轉頭就將我給賣了。」

白夫人道：「屠嬌嬌呢？」

白開心道：「這陰陽人也不行，她表面上雖然跟我不錯，但平生最怕杜老大，要她和杜老大作對，她死也不肯的。」

白夫人笑道：「說不定她和杜老大暗中有一手。」

白開心嘻嘻笑道：「這他媽的真一點也不錯，所以我算來算去，只有說動陰九幽來搭檔，再加上你，有我們三個人，就足夠對付他們一幫的了。」

白夫人眨著眼道：「你有法子說得動他嗎？」

白開心道：「本來沒法子，現在卻有了。」白開心笑著繼續說道：「這人平生最喜歡鬼鬼祟祟的在暗中偷看別人的隱私，尤其喜歡看人家夫婦『辦事』，因爲他自己不能人道，所以只有看別人來過癮。」

白夫人眼珠一轉，笑啐道：「你難道想和我在這裡『辦事』嗎？」

白開心摟過她，笑道：「你他媽的又說對了，只要我們一開始，用不了多久他就會來的。」

白夫人吃吃笑道：「有別人在旁邊看著，我就不行了。」

白開心笑罵道：「騷婆子，你以爲我不懂嗎，有別人在旁邊偷看，你才更起興哩！」

他重重擰了她一把，道：「動呀！」

白夫人咬著他的耳朵，喘息著道：「重些，好人，擰重些……再重些……再重些……愈重愈好。」

過了半晌，白開心忽然笑道：「陰老九，你要看，索性就出來看個痛快吧！」

陰九幽果然在山石後笑道：「好小子，你這老婆真娶對了，她真有兩下子。」

白夫人喘息著笑道：「你想不想上來試試？」

陰九幽大笑道：「不必不必，只要讓我一飽眼福，我已足領盛情了。」

白開心道：「不錯，你還是乘這時候多開心吧，若是等燕南天找著你，就來不及了。」

提起「燕南天」這名字，陰九幽臉色就變了，冷冷道：「所以你現在才這麼樣不要命的開心是麼？」

白開心道：「我們沒關係，我可沒有害過燕南天，也用不著怕他，可是你……」

他嘿嘿一笑，故意不往下說了。

陰九幽鐵青著臉，呆了半晌，忽也笑道：「你以爲我害怕？燕南天此刻只怕已死在移花宮主手裡，我怕什麼？」

白開心大笑道：「不錯不錯，你實在用不著害怕，燕南天的武功根本就他媽的一文也不值，和移花宮主一動手，腦袋就要搬家了。」

陰九幽道：「燕南天武功雖不錯，但移花宮主……」

白開心截口道：「你們只知道燕南天武功已擱下多年，卻忘了他說不定已在這些年裡練成了一種極厲害的功夫，否則他怎敢來找移花宮主呢？難道他真活得不耐煩了麼？」

陰九幽怔了一怔，臉色更難看。

白開心道：「何況，移花宮主已在那山洞中餓了好幾天，人是鐵，飯是鋼，她們就算有天大的本事，也受不了的，現在就算已吃下了一些東西，但武功至少也要打個七折八扣，她們在這種時候和燕南天動手……依我看，只怕是凶多吉少。」

陰九幽怔了半晌，道：「就算他不死又有何妨，我惹不了他，難道還躲不了他麼？」

白開心道：「燕南天若想找一個人麻煩時，我還未聽說過有人能跑得了，何況，一個人活到五、六十歲，還要整天提心吊膽，東藏西躲的過日子，那也未免太可憐了。」

陰九幽咬著牙，恨恨道：「你在我面前說這種話究竟是什麼意思？」

白開心悠然道：「我也沒有什麼別的意思，只不過是想幫你個忙，讓燕南天莫要再找你了。」

陰九幽動容道：「你有法子？」

白開心閉著眼養了半天神，才緩緩道：「據我所知，向燕南天下手的人並不是你。」

陰九幽立刻道：「不錯，是李大嘴出的主意，由屠嬌嬌假扮成死屍……」

白開心一拍巴掌，道：「這就對了，只有他們兩人，才是真正的罪魁禍首，燕南天只要看到他們兩人已死了，氣就平了一大半，也就不會再窮兇惡極的找別人算賬了。」

陰九幽目光閃動，道：「你的意思是叫我去殺了他們？」

白開心道：「你一個人當然不成，但再加上我們夫妻兩人，再用點妙計，還怕他們不乖乖的將腦袋送上來？」

陰九幽沉吟著，冷冷道：「我看你們這是想為自己出氣。」

白開心道：「一點也不錯，我若不想替自己出氣，又何必來幫你的忙？我又不是你老子。」

陰九幽反而笑了，喃喃道：「我看這兩人也活夠了，早點送了他的終，也未嘗不是好事。」

白開心大喜道：「你他媽的，總算弄明白了，我總算沒有找錯人。」

陰九幽也笑道：「你他媽的眼睛總算沒有瞎。」

白開心又沉下了臉，嘆道：「可是，我們現在若去下手，哈哈兒雖然一定袖手旁觀，但杜老大卻一定不肯答應的，只要他一伸手管閒事，那就麻煩了！」

陰九幽目光閃動，道：「你小子難道想連杜老大也一起做了？」

白開心笑了笑，道：「這就叫：一不做，二不休。」

陰九幽冷笑道：「可是以我們三人之力想去鬥他們三人，就叫肥豬拱門，一定要送給別人去宰了。」

白開心嘆道：「你小子真沒有學問，連一點兵法也不懂。」

陰九幽沉吟了半晌，眼睛又一亮，道：「你的意思莫非是……」

白開心道：「乘其不備，攻其弱點，然後再逐個擊破。」

陰九幽道：「但……杜老大又有什麼弱點呢？」

白開心道：「他的弱點就是自命不凡，好逞英雄，所以我們最好用女人去對付他，因爲他總認爲女人是弱者。」

白夫人忽然一笑，道：「認爲女人是弱者的男人，一定要倒楣的。」

哈哈兒、屠嬌嬌、杜殺和李大嘴也在前面停了下來，他們覺得這裡的地勢很幽僻，可以在這裡先休息休息再說。他們知道從今以後，又要開始無休無盡的逃亡了，他們也知道在長期的逃亡之前，必定要先打好主意。但他們現在卻連一點主意也沒有。

屠嬌嬌忽然道：「你們看燕南天是否真的會死在移花宮主手裡呢？」

李大嘴道：「我看他已是凶多吉少的了。」

杜殺冷冷道：「我看倒未必！燕南天的武功，我知道得很清楚。」

他望著自己那隻斷手，目光中現出一種淒涼之意。

屠嬌嬌道：「燕南天若不死，一定不會放過我們的。我們能逃到哪裡去呢？難道再回惡人谷？」他們都知道在「惡人谷」裡雖可躲得過別人，但卻躲不過燕南天的，可是除了惡人谷外，他們又無處可去。一時之間，連這些最多嘴的人也說不出話來。

也不知過了多久，李大嘴皺眉道：「那損人不利己的白小子到哪裡去了？莫非又想打主意害人？」

杜殺冷冷道：「他只怕還沒有這麼大的膽子！」

屠嬌嬌正想說什麼，忽然見到白夫人踉蹌奔了過來，滿面俱是淚痕，倉皇的四下瞧了一瞧，就奔到杜殺面前，仆地跪了下去，嗄聲道：「杜大哥，求求你……求求你救救我吧！」

杜殺皺眉道：「救你？什麼事？」

白夫人流淚道：「我剛跟他成親還不到一天，他就想不要我了，而且還要殺了我，我孤苦伶仃，無依無靠，只有求杜大哥替我作主了，我知道杜大哥一向都主持公道的。」

杜殺果然怒道：「他既已與你成親，怎麼能再做這種事！」

李大嘴立刻接口道：「是呀，他就算不喜歡你，把你休了也就是了，怎麼能殺你呢？我早就知道這小子一點良心也沒有。」

杜殺霍然站起，厲聲道：「這小子在哪裡，你跟我去，看他還敢不敢動你一根手指。」

白夫人破涕爲笑，道：「我早就知道只有杜大哥是英雄，絕不會眼見一個弱女子受人欺負的。」她掙扎著從地上爬起來，好像連站都站不穩了。

杜殺皺眉道：「你已受了傷？」

白夫人又嘆了口氣，默然道：「他早已將我打得滿身都是傷，杜大哥你看。」她忽然解開衣襟，露出了赤裸的身子。

杜殺立刻閉上眼睛，道：「用不著再看了，快穿好衣服跟我走吧……」他話未說完，突覺胸口一涼，一柄利刃已刺入了他的胸膛。

杜殺狂吼一聲，斷腕上的鐵鈎已揮了出去。

但白夫人一招得手，就地便滾出了三、四丈，她只覺冰涼的鐵鈎已擦著了她胸前敏感的地方，連臉都駭白了。

這變化實在太突然，李大嘴、屠嬌嬌、哈哈兒也想不到這女人竟如此大膽，居然敢向杜殺下毒手，只見杜殺反手拔出了胸前的利刃，一股鮮血箭一般噴了出來，他想要再撲上去，但力氣已隨著鮮血流出。

他一雙殺人如麻的手上，已沾滿了鮮血，他自己的血！

李大嘴、屠嬌嬌雙雙趕過去，想扶住他，杜殺卻甩脫了他們的手，仰天長嘆道：「杜某英雄一世，想不到竟死在這淫賤無恥的婦人手裡。」

屠嬌嬌咬了咬牙，道：「杜老大，你放心，她也活不了的！」

杜殺道：「好，很好……」

他忽又淒然一笑，道：「早知如此，我們不如死在燕南天手裡了，他畢竟還是個英雄……」

「英雄」兩字說出，這自命英雄的人已倒了下去！白夫人彷彿直到這時才想起要跑，在地上一滾，翻身掠起。

李大嘴厲聲道：「你還想跑了麼？」

語聲中陰九幽忽然鬼魂般自山石後一掠而出，擋住了白夫人的去路！白夫人話也不說，迎面三掌拍了過去。

但陰九幽只不過一伸手，就已擰住了她的手腕，咯咯笑道：「今日我們若讓你跑了，『十大惡人』還能混麼？」

白夫人咬牙道：「我已受夠了你們這些惡人的欺負，你殺了我吧，反正我已出了一口氣。」

陰九幽冷笑道：「殺了你，哪有如此容易！」他轉過頭向李大嘴一笑，道：「聽說人肉要往活人身上切片下來吃著才有味，這道好菜我就送給你吧。」

李大嘴獰笑道：「我若不切好一千八百刀再讓她死，我就不姓李。」

白夫人嘶聲大笑道：「我還以爲你真想替杜老大報仇哩，原來你只不過想吃我的肉而已，來吧，乖兒子只管來吃老娘的奶吧，老娘若皺一皺眉頭，就算是你養的。」

屠嬌嬌冷冷道：「這女人自己一定不會有這麼大的膽子下毒手，一定是白開心在暗中主使。」

白夫人大笑道：「老娘還用得著別人主使？老實告訴你們，白開心那王八蛋也早已死在老娘小肚子上了，正等著你們去收屍哩。」

屠嬌嬌目光閃動，道：「你們先慢動手殺她，我先過去瞧瞧。」

李大嘴獰笑道：「你放心，我保險她三天三夜都死不了的。」他拿起那把上面還帶著杜殺鮮血的利刃，一步步向白夫人走了過去。

哈哈兒瞧了瞧他，又瞧了瞧已遠在十丈外的屠嬌嬌，咧嘴一笑，道：「白開心那張臉死了後不知是何模樣，我還是瞧瞧他去吧。」

李大嘴還未到白夫人面前，她已放聲大叫了起來，道：「陰九幽，你若是人，就殺了我吧。莫要讓這不是人的東西折磨我，我做鬼也感激你。」

陰九幽咯咯笑道：「我是人？誰說我是人？我根本就不是人！」

李大嘴大笑道：「原來你也會害怕的，看在你殺了白開心的份上，我就少剮你一百刀吧，但一千七百刀卻是再也少不得的。」

白夫人嗄聲道：「你這畜牲，你……」

李大嘴一步竄到她面前，獰笑道：「我本不知道第一刀該往哪裡下手，現在才知道了，我要先割下你的舌頭，叫你長舌婦的舌頭短些。」他手中的刀已劃了出去。

誰知就在這時，陰九幽忽然放開了白夫人，兩人一左一右，兩旁一夾，李大嘴還未弄明白這是怎麼回事，左邊脅下已挨了白夫人一掌，右邊脅下也挨了陰九幽一拳，口吐鮮血仆倒在地。

李大嘴居然還沒有死，呻吟著道：「你……你們還要將我弄到哪裡去？爲什麼不索性殺了我？」

白夫人柔聲道：「你要割我一千七百刀，我怎麼捨得現在就殺了你呢？」她俯下身，嘴唇似乎還在動著，也不知在李大嘴身旁說了句什麼話，李大嘴的眼睛忽然一亮。

忽然間，白夫人雙手將李大嘴的身子一托，李大嘴平空飛起三丈，竟一把揪住了陰九幽的頭髮，將他整個人壓在下面。陰九幽做夢也想不到還有這一手，大驚之下，剛想揮拳將李大嘴擊開，但白夫人的虎尾銀針已刺入了他脅下的血海穴。他立刻身子一麻，動都不能動了。

李大嘴喘息著獰笑道：「你既然知道天下最毒是婦人心，爲什麼還要相信婦人的話？你害死了我，以爲自己會有什麼好處？」

陰九幽喉嚨裡格格直響，一句話都未說出，脖子已被李大嘴生生擰斷了，於是他剩下的一半「人」也變做「鬼」，而且是個無頭鬼。李大嘴望著自己的一雙血手，忽然瘋狂般大笑起來。

白夫人嫣然道：「李大爺，我讓你替自己報了仇，你應該怎麼感激我？」

李大嘴笑聲漸漸停頓，喘著氣道：「你究竟想怎麼樣？」

白夫人柔聲道：「無論你感不感激我，我卻還要幫你一個忙。」

李大嘴道：「求求你，莫要再幫我的忙了，我已經受不了了。」

白夫人笑道：「這忙我是非幫不可的，你們『十大惡人』對我這麼好，我怎麼能不好好的報答你們呢？」她嫣然微笑著，忽然飛起一腳，將李大嘴踢得暈了過去。

一二二 兔死狗烹

白開心果然已老了。

他活著時就長得不大怎麼樣，死了後更是難看透頂，就活像個風乾了的黃鼠狼，被人高高吊起在樹上。

屠嬌嬌嘆了口氣，喃喃道：「我早就知道這人不得好死的，卻想不到他死得這麼慘，我們幫他將白老虎的女人搶過來，反而倒真是幫白老虎的大忙。」

她嘴裡說著話，人已到樹下。

突聽哈哈兒在後面大呼道：「留神些，這小子說不定是在裝死。」

他不說這句話還好，一說這句話，屠嬌嬌自然扭回頭瞧他去，她心神一分，白開心的雙手已扼住她的脖子。哈哈兒身子一震，呆在那裡，似已再也走不動半步。

只聽白開心冷冷笑道：「屠嬌嬌，我和你本沒有什麼過不去，本來也並不想殺你的，這全是陰老九的主意，你死了變鬼，最好找他去，千萬莫要找我。」

屠嬌嬌眼睛翻白，非但說不出話，連聽都聽不見了。白開心一個觔斗從樹上翻了下來，望著哈哈兒笑道：「你看我裝死的本事並不比屠嬌嬌差吧，她一生最會裝死害人，只怕再也想不到自己也會死在一個『假死人』的手上。」

哈哈兒嘆了口氣，喃喃道：「天道循環，看來果然是報應不爽，我下輩子投胎，再也不敢害人了。」

白開心大笑道：「哈哈兒，你難道也要改邪歸正了麼？『十大惡人』現在只怕只剩下三、四個人，正要讓你來撐場面哩，因爲你一個人的份量就可以抵得上別人兩、三個。」

哈哈兒似乎喜出望外，顫聲道：「你……你肯饒了我？」

白開心昂起了頭，背負起了手道：「也許，只不過我還要考慮考慮。」

哈哈兒苦笑著臉道：「求求你，莫要考慮了吧，只要你饒了我，你就是我的重生父母，從今以後你要我往東，我就不敢往西，你要我爬，我就不敢走。」

白開心嘻的一笑道：「既然如此，你就爬一圈給我看看。」

哈哈兒什麼話也不說，竟真的在地上爬了起來。

白開心拍手大笑道：「大家快來看呀，這裡有個胖烏龜。」

哈哈兒一面爬，一面涎著臉笑道：「胖烏龜，滿地爬，白大爺見了拍手笑哈哈，白奶奶一旁趕來了，笑得更像一朵花……」

白夫人果然來了，笑得果然像一朵花。

白開心向她擠了擠眼睛，道：「大功告成了麼？」

白夫人嬌笑道：「饒他們奸似鬼，也要吃老娘的洗腳水。」

白開心道：「陰老九呢？」

白夫人道：「我們當然不能留下他，否則我們以後……以後再好的時候，他若定要在旁邊瞧著，那怎麼受得了？」

白開心大笑道：「你他媽的說得真對極了，兔子既然全都已死光，還留著那條狗幹什麼？」

白夫人將李大嘴重重往地上一拋，道：「只有這大嘴狼，我知道你捨不得這麼快就殺死他的。」

白開心跳過去摟著她脖子笑道：「你真是我的心肝小寶貝，肚子裡的蛔蟲。」

白夫人吃吃的笑著道：「這胖烏龜呢？」

白開心道：「這胖烏龜反正我們隨時都可以要他命的，何必急著殺他？留下他來，我還可以像逗龜孫子似的逗著他玩，豈不開心。」

白夫人眼珠子一轉，道：「那麼這大嘴狼呢？你想怎麼樣對付他？」

白開心眨著眼道：「你難道又有什麼好主意？」

白夫人笑道：「他什麼人的肉都吃過了，連他老婆兒子都被他吃下肚裡，只有一種人的肉還沒有吃過，死了豈非遺憾得很，所以我一定要幫他這個忙。」

白開心道：「哪種人的肉他還沒有吃過？」

白夫人道：「吃人的人。」

白開心眼睛一亮，道：「你莫非要他自己吃自己的肉麼？」

白夫人好笑道：「你說這主意好不好？」

白開心又摟住了她，大笑道：「你真是個活寶貝，從今以後叫我怎麼離得開你？」

笑聲中，只聽「格」的一響。

白夫人忽然慘呼一聲，身子就像一灘泥似的倒了下去，脖子也軟軟的垂到一邊，眼睛卻銅鈴般瞪著白開心，她目光中充滿了驚駭恐懼，嗄聲道：「你……」

脖子已被扼斷的人，怎麼還說得出話來？她雖有許多兇惡狠毒的話要罵，但卻只能發出一陣令人毛骨悚然的「絲絲」聲，就像是響尾蛇臨死前發出的聲音。她至死也不相信白開心居然會殺她，正如杜殺和陰九幽至死也不相信她會殺他們一樣。

白開心笑嘻嘻道：「你用不著做出這副樣子，其實你也早就該知道，兔子既已死光了，我還要你這條母狗幹什麼？」白夫人瞪著他，眼珠都快凸了出來，無論什麼人見到她這麼樣瞪著自己，晚上只怕永遠再也休想睡得著覺了。

但白開心卻一點也不在乎，悠然接著道：「何況，我若不殺你，遲早都會被你殺死的，我知道你心裡早已將我們這些人全都恨之入骨，所以才會先利用我殺死他們，然後再想法子殺死我，我若不先下手爲強，後下手就遭殃了。」

白夫人脖子上的青筋一陣跳動，一口氣再也嚥不上來。

突然李大嘴道：「白開心呀白開心，我一直以爲你是個呆子，誰知你卻比我想像中聰明得多。」

白開心獰笑道：「你還沒有死？是不是在等著吃自己的肉？」

李大嘴勉強笑道：「一點也不錯，我早已想嚐嚐我自己的肉是什麼滋味，只可惜沒有機會，如今機會到了，我怎能錯過？」

白開心反倒怔住，道：「真的？」

李大嘴嘆道：「人之將死，其言也善，到現在我爲何還要騙你？」

白開心眨了眨眼睛，忽又大笑道：「你以爲我真會相信你的話？我偏偏不給你吃！」

李大嘴道：「你不相信最好，快拿刀來吧，但千萬莫要割我的手臂，那裡的肉最粗。」

白開心瞪了他半晌，忽然轉向哈哈兒道：「你相不相信他的話？」

哈哈兒一直乖乖的趴在地上，此刻忙陪著笑道：「狗改不了吃屎，這大嘴狼沒有別人的肉可吃，吃吃自己的肉總也是好的，白老大又何必讓他臨死還過一次癮？」

白開心撫掌道：「不錯不錯，我非憋死他不可，他的肉雖長在他身上，我卻一定要他眼巴巴的看著乾著急！」

李大嘴喘息著道：「我知道陰老九想殺我們，是爲了要燕南天以爲我們都死了，不再追查，但你要殺我們，對你又有什麼好處？」

白開心咧嘴一笑，道：「我的名字叫什麼你難道都忘了嗎？」

李大嘴怔了半晌，苦笑著喃喃道：「損人不利己……損人不利己……」他的氣似也喘不過來了，閉上眼睛，不再說話。

哈哈兒陪笑道：「白老大，你還要看我這隻胖烏龜爬麼？」

白開心揮了揮手，笑道：「起來吧，今天我已看夠了。」

哈哈兒道：「你……你真的已饒了我？」

白開心道：「你放心，只要你乖乖的聽話，我絕不會害你，眾家兄弟現在已只剩下咱們兩個人了，我怎麼捨得再殺你？你若死了，天下還有誰肯跟我交朋友？」

哈哈兒頓首道：「多謝白老大，多謝白老大。」

白開心哈哈大笑，開心得直好像自己已做了皇帝。但他還是「白開心」了一場。

哈哈兒磕到第三個頭時，背後忽然飛出三枝烏黑的短箭，「嗖」的射入白開心的胸膛。白開心大喝一聲，翻身跌倒，眼睛瞪著哈哈兒，那神情也正和白夫人方才瞪著他時完全一樣。

哈哈兒仰天大笑道：「白開心呀白開心，你聰明一世，糊塗一時，我竟會如此怕你，你難道一點也看不出我在作假麼？」

白開心兩隻手緊緊握著胸前的箭翎，嗄聲道：「我若看得出就不會上你這胖烏龜的當了。」

哈哈兒道：「哈哈，但你憑什麼認為我會如此怕你？」

白開心道：「我以爲胖子都怕死，絕對不敢向我出手的，我又以爲胖子都不中用，就算你下手我也不怕，但我卻忘了……忘了……」他臉色發白，嘴唇發黑，眼睛也發花了。

哈哈兒道：「哈哈，你莫非又忘了我的『笑裡藏刀三暗器』？你可知道昔日江湖中有多少人死在我這一手絕招之下？」

白開心喘息著道：「但你爲何要殺我？我們兩人在一起搭檔，豈非比一個人好得多？」

哈哈兒不再望他，卻走到屠嬌嬌面前，柔聲道：「嬌嬌，你還能看得到麼？我已爲你報仇了！」

白開心訝然失聲道：「原來你居然是在爲她報仇？你難道是她的……」

哈哈兒臉上的肉都在簌簌的發抖，彷彿痛苦已極，白開心不用再問，已知道他是屠嬌嬌的什麼人了。

只聽哈哈兒黯然道：「這許多年來，你總算對我不錯，現在你死了，我心裡還真難受得很……」

白開心苦笑道：「屠嬌嬌在惡人谷裡熬了二十年，我早就知道她一定熬不住的，一定有個姘頭，但我卻一直認爲她的姘頭是杜老大。」

他忽又大笑道：「其實我早該知道她的姘頭是你，像她這種不男不女的老太婆，除了你這胖烏龜外，她還能勾引上誰？」

話了。

哈哈兒怒吼著，飛起一腳，將他踢得飛了出去。他終於再也說不出損人不利己的刻薄

哈哈兒咬著牙喘息了半晌，突見屠嬌嬌眼睛竟張開了一線，哈哈兒又驚又喜，立刻蹲了下去道：「你還能說話麼？」

屠嬌嬌點了點頭，嘴唇動了動，彷彿說了句話。

但她的聲音實在太微弱，哈哈兒一個字也聽不到，只有將耳朵湊在屠嬌嬌嘴旁，柔聲道：「你還有什麼心事，都對我說吧，我一定替你做到。」

屠嬌嬌呻吟著道：「我們是同命鴛鴦，是不是？」

哈哈兒連連點著頭道：「不錯不錯，我們是同命鴛鴦，也是恩愛夫妻。」

屠嬌嬌嘴角泛出最後一絲微笑，道：「所以我死了，你也不能活著。」

哈哈兒這一驚真是非同小可，想跳起來卻已來不及了。屠嬌嬌兩條手臂已蛇一般纏住了他，一口咬在他咽喉上，哈哈兒拚命掙扎，終於還是掙不動了。只見他臉色漸漸發白，身上的血潮水般流入了屠嬌嬌的肚子，忽然用盡全身力氣，壓到屠嬌嬌身上。只聽「格刺格刺」一連串聲響，屠嬌嬌全身的骨頭都被壓折了，哈哈兒掙扎著站了起來，「哈哈，哈哈，哈哈」仰天大笑了三聲，「噗」地倒了下去，終於再也笑不出了。

李大嘴一直在瞧著，眼睛都已發直。這時他才長長嘆了口氣，喃喃道：「很好，很好，『十大惡人』終於死光了。三十年前，我就知道這些人必定會自相殘殺而死的，老天造我們十個人，本就是要我們以毒攻毒，自相殘殺，否則他造一個就夠了，何必造出十個來？」他掙扎著想站起來，卻又跌倒，於是他就掙扎著往山上爬，似乎想遠遠躲開這些人的屍身。

山風吹過，遠處似有野獸的吼聲傳來。山坳後灌木叢中，似乎有個很深的洞穴，洞上怪石崢嶸，遠遠看來就像是一隻洪荒怪獸，這洞穴就像是怪石的嘴。李大嘴掙扎著爬了進去。

洞穴裡陰森而潮濕，而且還有種令人作嘔的臭氣。但李大嘴卻像是平生也沒有到過如此舒服的地方，他長長嘆了口氣，在地上躺了下來。地上又是泥濘，又是碎石，但李大嘴卻像是躺在少女香閨中的軟床上，自言自語著道：「李大嘴呀李大嘴，老天能給你這麼樣一塊地方，讓你安安靜靜的等死，已經算對你很不錯了，你還有什麼好埋怨的？」

可是老天並沒有讓他安安靜靜的等死。也不知過了多久，洞外忽然響起了一陣腳步聲。李大嘴立刻就想跳起來，怎奈他此刻連爬都爬不動了，到了這種時候，一個人只能聽天由命了。

他索性躺著不動，暗道：「我吃了一輩子的人，老天就算要將我餵狗，也是應該的。」

只聽一人道：「就是這地方，絕不會錯的，洞口那塊石頭我認得。」這人說的雖是很普通的兩句話，但話聲卻是威嚴沉重，李大嘴雖聽不出這聲音是誰，但也不知怎他，一顆心竟「怦怦」的跳了起來。

過了半晌，又聽得一人道：「大叔，我瞞著你做了件事，你肯原諒我嗎？」

聽到這聲音，李大嘴才真的吃了一驚。這人竟是小魚兒，另一人自然就是燕南天，李大嘴再也想不到自己躲來躲去，竟還是躲不了。

他駭得連氣都不敢喘了。

其實他既已離死不遠，又還有什麼可怕的！但一個人若是做了虧心事，想不害怕都不行。

只聽燕南天道：「你瞞著我做了什麼事？」

小魚兒道：「我……我已瞞著你老人家，叫人來將江別鶴父子放了。」

燕南天似也怔了怔，厲聲道：「你爲什麼要這樣做？難道你已忘了那血海深仇麼？」

小魚兒道：「我沒有忘，可是我覺得並不一定要殺死他們才算報仇，我實在不喜歡殺人，別人殺了我親人，是他們卑鄙惡毒，我若再殺了他們，豈非也變得和他們一樣了麼？所以我要他們活著來懺悔自己的罪惡，我覺得這樣做比殺死他們更有意思得多。」他在燕南天面前侃侃而言，居然毫無畏怯之意。

燕南天沉默了很久，黯然長嘆道：「好孩子，好孩子，江楓有你這麼樣一個兒子，他死在九泉之下也該瞑目了，燕大叔白活了幾十年，竟還不及你通達明理。」

小魚兒道：「那麼，我和花無缺那一戰，可以不打了麼？」

燕南天聲音又變得嚴厲起來，道：「那萬萬不行。」

小魚兒道：「為什麼不行呢？我和花無缺又沒有仇恨，為什麼要跟他拚命！」

燕南天厲聲道：「這一戰並非為了報仇，而是為了榮譽。男兒漢頭可斷，血可流，卻絕不能做出丟人的事，到了這種時候，你若還想臨陣脫逃，又怎麼對得起你死去的父母，又怎麼對得起我！」

小魚兒嘆了口氣，也已啞口無言了。

燕南天道：「不但你勢必要與花無缺一戰，我也勢必要和移花宮主一戰，因為做錯了事的人一定要受懲罰，大丈夫有所不為，有所必為，我們就算明知要戰死，也絕不能逃避，這道理你明白了麼？」

小魚兒黯然道：「我明白了。」

燕南天長嘆了一聲，柔聲道：「我也知道你和花無缺已有了友情，所以不願和他動手拚命，但一個人活在世上，有時也勢必要做一些自己不願做的事，造化之弄人，命運之安排，無論多麼大的英雄豪傑也無可奈何的。」

小魚兒也長嘆了一聲，忽然道：「大叔，我只想求你一件事。」

燕南天道：「你說吧。」

小魚兒道：「我只求你見到杜殺、李大嘴他們的時候，莫要殺死他們。」

燕南天怒道：「這些人早已該死了，你爲何又要爲他們求情？」

小魚兒道：「一個人做錯了事，固然要受懲罰，但他們受的懲罰已夠了，他們在『惡人谷』受了二十年活罪後，簡直已變成了一群可憐蟲，每天都在心驚膽戰，東竄西逃，又像是一群喪家的野狗，以後怎麼敢再去害人呢？」

聽到這裡，李大嘴忍不住暗暗嘆道：「罵得好，實在罵得好，只不過你還是罵得太輕了，我們實在連野狗都不如。」

只聽燕南天道：「江山易改，本性難移，你怎知他們以後不會再害人了？」

小魚兒道：「他們入谷之前，曾經收藏了一批珠寶，就爲了這批珠寶，他們幾乎連命都送掉了，大叔你想，他們若還有害人的勇氣，是不是盡可再去搶更多的珠寶來？爲什麼還要尋找這批珠寶呢？」他嘆了口氣，道：「由此可見，他們的膽子早就寒了，已只不過是一些貪財的老頭子，哪裡還有『十大惡人』的雄風？這種人活著已和死人差不多，大叔你又何必再追殺他們，讓他們苟延殘喘多活兩年又有何妨？」

聽到這裡，李大嘴已是熱淚盈眶，忍不住長嘆道：「小魚兒，我們果然全都看錯你了，我們若能想到你會爲我們求情，只怕也不會落到這樣的下場。」

他話未說完，燕南天和小魚兒已竄了過來。

小魚兒失聲道：「李大叔，是你！你怎麼會變成這樣子的？」

李大嘴淒然一笑，道：「這只怕就叫做，善惡到頭終須報，多行不義必自斃。」

小魚兒道：「別的人呢？」

李大嘴嘆道：「死光了，全都死光了。」

小魚兒訝然道：「是誰殺了他們？」

李大嘴苦笑道：「除了他們自己，還有誰能殺得死他們？」

他長嘆了一聲，道：「燕大俠，我們實在很對不起你，你快殺了我吧！」

燕南天見到他時，本是滿面怒容，但此刻卻已露出憐憫之色，只是搖了搖頭，長嘆無語。

李大嘴苦笑道：「我知道我這種人已不值得燕大俠出手了，一個人若活到連他的仇人都認爲不值得殺的時候，他活著還有什麼意思？」

他忽又哈哈一笑，道：「幸好我已活不長了，這倒是我的運氣，否則我非撒泡尿自己淹死不可。」

燕南天嘆息了一聲，道：「走吧！」

小魚兒道：「我現在不能走。」

燕南天皺眉道：「你還要等什麼？」

小魚兒垂頭道：「我小的時候，他對我不錯，現在他落到這種地步，我怎麼能拋下他，讓他一個人在這裡等死？」

李大嘴大聲道：「你用不著可憐我，也用不著報我的恩，我對你根本沒什麼好處，我將你養大，也只不過是想要你長大出來害人而已。」

小魚兒笑了笑，道：「無論你們是爲了什麼，但總算將我養大了，現在我活得既然很有意思，就不能忘記你們的恩情。」

一二三　善惡一線

李大嘴聽了小魚兒的話，長嘆了一聲，喃喃道：「恩情，恩情……『十大惡人』養大的孩子，居然口口聲聲不忘記恩情，看來『十大惡人』早就該改行做別人的保母才是。」

只聽一人嬌笑道：「不錯，我們將來若有了孩子，一定要請你來做奶媽。」

原來蘇櫻也跟在後面來了，只不過一直沒有說話。

李大嘴瞪著她，道：「你們有了孩子，你和誰有了孩子？」

蘇櫻瞟了小魚兒一眼，垂下頭抿嘴笑道：「現在雖沒有，但將來總會有的。」

李大嘴大笑道：「好小子，想不到這條小魚兒終於還是上了鈎，看來你釣魚的本事倒真不小。」

小魚兒冷冷道：「她自我陶醉的本事更大。」

蘇櫻嫣然道：「就算我是自我陶醉好不好？無論你說什麼，我都聽你的。反正我若有了孩子，你就是他爸爸。」

小魚兒嘆了口氣，苦著臉道：「我遇見這種人，真是倒了八輩子窮楣了。」

李大嘴拊掌大笑道：「想不到小魚兒終於也遇見剋星了，好姑娘，我真佩服你，你真比我們『十大惡人』加起來還有辦法。」他笑著笑著，面上又顯出痛苦之色，顯然又觸動了傷處。

燕南天忽然道：「有恩必報，本是男兒本色，你留在這裡也好。」

小魚兒道：「你老人家呢？」

燕南天沉吟著，道：「我在山頂等你，算來她們想必已找到花無缺了，你也該趕緊去。」

小魚兒苦笑道：「我既然已答應了你老人家，就算爬，也要爬著去。」

燕南天道：「很好！」他說完了這兩個字，就大步走了出去。

李大嘴望著他雄偉的背影消失在黑暗中，忍不住長嘆道：「這人倒的確乾脆得很，真不愧是條男子漢！」

蘇櫻嫣然笑道：「我覺得你老人家也不愧是條男子漢。」

李大嘴怔怔，道：「我？」

蘇櫻道：「十大惡人中，也只有你老人家能算是條男子漢，只可惜你老人家的口味和別人不同，否則只怕已成了燕大俠的好朋友。」

李大嘴大笑道：「好，好，好，居然有這麼漂亮的美人兒說我是男子漢，我死了也總算不冤了，只可惜看不到你養出來的小小魚兒而已。」

小魚兒苦笑道：「想不到李大叔也戴不得高帽子的，被人拍了兩句馬屁，立刻就幫著別人來算計我了。」

李大嘴瞪眼道：「算計你？告訴你，你能得到她這樣的女人，實在是你天大的運氣，我若非已死了一大半，不和你爭風才怪。」

小魚兒咧嘴一笑，道：「說不定我的口味以後也會變得和李大叔一樣，半夜將她吃下肚子裡。」

李大嘴目中又露出痛苦之色，似乎再也不願聽到別人提起這件事。

小魚兒是多麼聰明的人，察言觀色，立刻改口道：「蘇櫻，你若真想李大叔做你兒子的奶媽，就該趕快替李大叔治好這傷勢。」

李大嘴怔了怔，道：「你要她爲我治傷？」

小魚兒笑道：「李大叔還不知道麼？這丫頭除了會自我陶醉之外，替人治病的本事也滿不錯的。」

李大嘴忽然大笑道：「我本還以爲你真是個聰明人，誰知你卻是個笨蛋。」

小魚兒道：「你……你難道不願讓她……」

李大嘴搶著道：「我問你，你看我幾時充過英雄？裝過好漢？」

他搖了搖頭，自己接著道：「沒有，從來也沒有，我一向是個很怕死的人，若是這傷還能治，我只怕早已跪下來求她了。」

蘇櫻柔聲道：「你老人家至少該讓我看看。」

李大嘴瞪眼道：「看什麼？我自己傷得有多重我自己難道不知道？你以為我也是個笨蛋？」

小魚兒和蘇櫻對望一眼，已知道他這是存心不想再活了，兩人交換了個眼色，心裡已有了打算。

李大嘴忽又笑道：「你若真認為欠我的情非還不可，倒有個法子報答我。」

小魚兒道：「什麼法子？」

李大嘴笑道：「我現在已餓得頭都暈了，你想法子請我好好吃一頓吧，聽說黃泉路上連家飯館都沒有，若要我一路餓著去見閻王，那滋味可不好受。」

小魚兒怔了半晌，摸著頭笑道：「這地方人肉倒真不好找，我看只有請李大叔將就些，從我大腿上弄一塊肉去當點心吧。」

李大嘴又瞪眼道：「人肉？誰說我要你請我吃人肉？」

小魚兒道：「你……你不吃人肉？」

李大嘴道：「人肉就算真的是天下第一美味，我吃了幾十年，也早該吃膩了。」他往地下重重啐了一口，道：「老實話，我現在一想起人肉就想吐。」

小魚兒這才真的怔住了。

李大嘴笑了笑，又道：「你以為我真的很喜歡吃人肉麼？老實告訴你，我吃人肉，只不過是為了嚇唬人而已。」

小魚兒道：「嚇唬人？」

李大嘴道：「你可知道屠嬌嬌、哈哈兒他們為什麼總是對我存著三分畏懼之心？那沒有別的原因，只不過因為我吃人！吃人的人總是能令人害怕的。」

小魚兒摸著腦袋，簡直有些哭笑不得。

李大嘴忽又嘆了口氣，道：「一個人活在世上，是為惡？還是為善？那分際實在微妙得很，我之所以成為『十大惡人』，也只不過是一念間事。」

他笑著問道：「你們可猜得出我怎會成為『十大惡人』的麼？」

小魚兒只有搖頭道：「我猜不出。」

李大嘴目光凝注著遠方的黑暗，緩緩道：「我從小就好吃，連廣東人不敢吃的東西，我都吃過，就是沒吃過人肉，總是想嚐人肉是什麼滋味。」

他笑了笑，接著道：「我不去想這件事也倒好了，愈想愈覺得好奇，有天我殺了個人後，終於還是忍不住將他的肉煮來吃了，覺得味道也不過如此而已，雖然比馬肉嫩些，但腳比馬肉還要酸，非多加蔥薑佐料不可。」

小魚兒忍不住問道：「人肉的滋味既然並不高明，你為什麼還要吃呢？」

李大嘴道：「我正在吃人的時候，忽然被個人撞見了，這人本是我的對頭，武功比我還高些，但他瞧見我吃人，立刻就嚇得面色如土，掉頭就走，以後見到我，也立刻落荒而逃，連架都不敢和我打了。」

他又笑了笑，道：「我這才知道吃人原來能令人害怕的，自從發現了這道理後，我才忽然變得歡喜吃人起來。」

小魚兒道：「難道你……你喜歡別人怕你？」

李大嘴道：「世上的人有許多種類，有的人特別討人喜歡，有的人特別討人厭，我既不能討人歡喜，也不願令人討厭，就只有要人害怕。」

他笑著接道：「能要別人害怕，倒也滿不錯，所以我也不覺得人肉酸了。」

小魚兒聽得目瞪口呆，只有苦笑，只有嘆息。

他本想問：「你為什麼連自己老婆的肉都要吃呢？」但他並沒有問出來，因為他已不願再讓李大嘴傷心。

李大嘴道：「這些年來，我總是一個人偷偷去燒些豬肉來解饞，但卻不敢被別人看到，就好像和尚偷吃葷一樣，愈是偷著吃，愈覺得好吃。」

他大笑著接著道：「但現在我再也不必偷著吃了，你們快好好請我吃一頓紅燒蹄膀吧，要肉肥皮厚，咬一口就沿著嘴直流油。」

小鎮上沒有山珍海味，但紅燒蹄膀總是少不了的。三斤重的蹄膀，李大嘴竟一口氣吃了兩個，幸好他們是在客棧裡開了間屋子關起來吃的，否則別人只怕要以為他們是餓死鬼投胎。

吃到一半，小魚兒將蘇櫻借故拉了出去，悄悄問道：「你扶他進來的時候，已查過他的傷勢了麼？」

蘇櫻嘆道：「他傷的實在不輕，肋骨就至少斷了十根，別的地方還有五處硬傷，若非他身子硬朗，早就被打死了。」

小魚兒道：「我只問你現在還有沒有救？」

蘇櫻道：「若是他肯聽我的話，好生調養，我負責可以救他，只怕……」

她長長嘆了口氣，接著道：「他自己若已不想活了，那麼就誰也無法救得了他。」

小魚兒咬著嘴唇，道：「我真不懂，他本是個很看得開的人，爲什麼會忽然想死呢？」

蘇櫻幽幽道：「一個人到了將死的時候，就會回憶起他一生中的所作所爲，這種時候還能心安理得，問心無愧的人，世上並不多。」

小魚兒嘆道：「不錯，他一定是對自己這一生中所做的事很後悔，所以想以死解脫，以死懺悔。」

蘇櫻黯然道：「到了這種時候，一個人若能將生死之事看得很淡，已經很難得了，所以我才說他不愧是條男子漢。」

就在這時，突見一個人在小院外的牆角後鬼鬼祟祟的向他們窺望，小魚兒眼珠子一轉，緩緩道：「李大叔對我不錯，他變成這樣子，我的脾氣自然不好，一心只想找個人來出氣，現在總算被我找著了。」他嘴裡說著話，忽然飛身掠了過去，躲在牆角後的那人顯然吃了一驚，但卻並沒有逃走的意思，反而躬身笑道：「我早就知道魚兒吉人天相，無論遇著什麼災難，都必能逢凶化吉，如今見到賢伉儷果然已安全脫險，實在高興得很。」

小魚兒失笑道：「你這兔子什麼時候也變得善頌善禱起來了？」原來這人竟是胡藥師，小魚兒想找個人出氣的，聽到他馬屁拍得刮刮響，火氣又發不出來了。

胡藥師道：「自從那日承蒙賢伉儷放給在下一條生路後，在下時時刻刻想找賢伉儷拜謝大恩，今日總算是天從人願。」

小魚兒道：「既然如此，你見到我們，爲何不過來？反而鬼鬼祟祟的躲在這裡幹什麼？」他忽又頓住道：「那位鐵萍姑鐵姑娘呢？」

胡藥師似乎怔了怔，訥訥道：「我……我不大清楚。」

小魚兒皺眉道：「你們兩人本是一起逃出去的，你不清楚誰清楚！」

胡藥師垂下頭，結結巴巴的陪著笑道：「她……她好像也在附近，可是……可是……」

小魚兒一把揪住他衣襟，怒道：「你小子究竟在搞什麼鬼？快老老實實說出來吧，就憑你也想在我面前玩花樣，簡直是孔夫子門前賣百家姓。」胡藥師臉色都變了，急得更說不出話來。

蘇櫻柔聲道：「有話好說，你何必對人家這麼兇呢？」

小魚兒叫了起來，道：「你還說我兇，這小子若是沒有做虧心事，怎麼怕成這副樣子？我看他說不定已將人家那位大姑娘給賣了。」

胡藥師苦著臉道：「她……她只叫我來將兩位拖住片刻，究竟是什麼事，我也不知道。」

小魚兒瞪大了眼睛，道：「是她叫你來將我們拖住的？」

胡藥師道：「不錯。」

小魚兒又怒道：「放屁，我不相信，你和鐵萍姑八竿子打不到一起去，為什麼要聽她的話？」

蘇櫻眨著眼道：「你怎知道他們八竿子打不到一起去，說不定他們……」

小魚兒忽又大聲道：「那麼，她為什麼要叫他來拖住我們呢？她想瞞著我們幹什麼？」

蘇櫻咬著嘴唇，緩緩道：「你想，她會不會和李大叔有什麼關係？」

小魚兒道：「他們又會有什麼關係？」

蘇櫻道：「李大叔以前的夫人，不也是姓鐵麼？」

小魚兒心頭一跳，忽然想起以前鐵萍姑只要一聽到「惡人谷」，一聽到「李大嘴」這名字，神情就立刻改變了。他又想起鐵萍姑曾經向他探問過「惡人谷」的途徑，似乎想到惡人谷去，她到惡人谷莫非就是為了去找李大嘴？想到這裡，小魚兒什麼話都不再說，跳起來就往院子裡跑，還未跑到門外，已聽到一陣啜泣聲音自他們那屋子裡傳了出來。

小魚兒一聽就知道這赫然正是鐵萍姑的哭聲。他立刻衝了進去，只見李大嘴木然坐在椅子上，滿面都是淒慘痛苦之色，鐵萍姑卻已哭倒在他身旁，手裡還握著把尖刀，只不過此時她手指已鬆開，刀已幾乎掉落在她手邊。

小魚兒怔住了，失聲道：「這是怎麼回事？鐵姑娘你難道認得李大叔麼？」

鐵萍姑已泣不成聲，李大嘴慘笑道：「她認得我的時候，你只怕還未出生哩。」

小魚兒訝然道：「哦？難道她是……是……」他望了望李大嘴，又望了望鐵萍姑，下面的話實在說不出來，因為說出來後連他自己都無法相信。

李大嘴卻長長嘆息了一聲，黯然道：「她就是我的女兒。」

小魚兒這才真的呆住了。

他本想問：「你不是已將自己的女兒和老婆一起吃了麼？」但此時此刻，他又怎麼能問得出這種話來？

李大嘴卻已看出他的心意，嘆道：「普天之下，都以為李大嘴已將自己的老婆和女兒一起吃了，二十年來，我也從未否認，直到今天……唉，今天我已不能不將此事的真相說出來，否則我只怕連做鬼都不甘心。」

他語聲中竟充滿了悲憤之意，像在承受著很大的冤屈，忍受著滿心的悲苦。蘇櫻悄悄掩上了門，送了杯茶去。

李大嘴道：「鐵老英雄愛才如命，將他女兒嫁給了我，希望我能從此洗心革面，我也一直都很感激他老人家的好意，可是……可是……」

他咬了咬牙，接著道：「可是他女兒卻對我恨之入骨，認爲我辱沒了她，竟在暗中和她的師弟有了不清不白的關係，我知道了這件事後，心裡自然是又恨又惱，但念在鐵老英雄對我的恩情，我還希望她能從此改過，只要他們不再暗中做那苟且之事，我也不願將他們這種見不得人的醜事宣揚出去。」

他嘴角的肌肉不住顫抖，咬緊了牙齒，接著道：「誰知她非但不聽我的良言，反而罵我是個活烏龜，叫我莫要管她的事。我一怒之下，才置她於死地，又將她活活煮來吃了，以洩我心頭之恨！」

蘇櫻動容道：「此事既有這麼段曲折，你老人家爲什麼一直不肯說出來呢？」

李大嘴道：「這一來是因爲我顧念鐵老英雄的面子，不忍令他丟臉傷心，二來也是爲了我自己的面子。」他慘然一笑，接道：「你們想，江湖中人若知道李大嘴的老婆偷人，我怎麼還混得下去？我寧可被人恨之入骨，我也不能讓人恥笑於我。」

蘇櫻垂下頭，亦自黯然無語，只因她很瞭解李大嘴這種人的心情，也很同情他的遭遇。

李大嘴道：「我殺了她後，也自知江湖中已無我容身之處，鐵無雙必定恨不得將我千刀萬剮，所以我只好連夜進入惡人谷，可是……」

他瞧了鐵萍姑一眼，黯然道：「可是我卻不願叫我的女兒在那種地方長大成人，所以我就將她交託給別人，我只希望她能平平安安的長大，平平安安的度過一生。」

小魚兒忍不住問道：「你將她交託給誰了？」

李大嘴恨恨道：「我本以爲那人是我的朋友，誰知……唉，我這種人是永遠沒有朋友的！」

鐵萍姑忽然痛哭著道：「那夫妻兩人日日夜夜的折磨我，還說我是李大嘴的女兒，是個壞種，所以我很小的時候就逃了出去。」

李大嘴淒然道：「你能投身於移花宮，也總算你不幸中的大幸了。」

鐵萍姑流著淚道：「後來我聽人說起李……李……」

蘇櫻柔聲道：「你聽人說起李大叔的故事，就認爲你母親和姊妹都已被李大叔吃了，你又因爲李大叔受了那麼多折磨，所以，你一直在心裡恨你自己的父親，認爲他不但害了你的母親，也害了你一生。」

鐵萍姑已哭成個淚人兒，哪裡還說得出話來？

李大嘴黯然道：「所以，她今天就算要來殺我，我也不怪她，因爲她……她……」說著說著他也不禁淚流滿面。

小魚兒忽然大聲道：「今天你們父女團聚，誤會又已澄清，大家本該高高興興的慶祝一番才是，怎會反而哭哭啼啼呢？」

李大嘴忽然一拍桌子，也大聲道：「小魚兒說得是，今天大家都應該開心些，誰也不許再流淚了。」

胡藥師逡巡著走過去，似乎想替她擦擦眼淚。

誰知鐵萍姑又板起了臉，道：「誰要你來，站開些！」胡藥師臉紅了紅，果然又逡巡著站在一邊。

小魚兒和蘇櫻相視一笑，蘇櫻道：「看來今天只怕是喜上加喜，要雙喜臨門了。」

李大嘴瞧了瞧胡藥師，又瞧了瞧他女兒，道：「這位是……」

胡藥師紅著臉垂首道：「晚輩姓胡，叫胡藥師。」

李大嘴喃喃道：「胡藥師，莫非是十二星相中的『搗藥師』麼？」

胡藥師道：「晚輩正是。」

李大嘴仰首大笑道：「想不到『十二星相』竟做了我的晚輩，看來有個漂亮女兒倒真是滿不錯的。」

鐵萍姑雖然紅著臉垂下頭，卻並沒有什麼惱怒之意。但胡藥師卻只敢遠遠的站著偷偷的瞧。

蘇櫻悄聲道：「膽子放大些，沒關係，什麼事都有我幫你的忙。」

小魚兒拍手大笑道：「看來你那幾聲賢伉儷叫得實在有用，現在卻怎地將拍馬屁的本事忘了，還不快跪下來叫岳父。」

胡藥師紅著個臉真的要往下跪下，但鐵萍姑的臉一板，他立刻又嚇得站了起來，臉都嚇得發白。

小魚兒想到鐵萍姑所受的苦難，想到江玉郎對她的負心，此刻也不禁暗暗替她歡喜。胡藥師的年紀雖然大些，但鐵萍姑這朵已飽受摧殘的鮮花，正需要一個年紀較大的男人細心呵護。年紀大的男人娶了年輕的妻子，總是會愛極生畏的，更絕不會因爲鐵萍姑不幸的往事而看不起她。

小魚兒喃喃道：「看來老天爺早已將每個人的姻緣都安排好了，而且都安排得那麼恰當，根本用不著別人多事操心。」

蘇櫻悄悄笑道：「不錯，他老人家既已安排了讓我見到你，你想跑也跑不了的。」

小魚兒剛瞪起眼睛，只聽李大嘴大笑道：「今天我實在太開心了，我平生從來也沒有像今天這麼樣覺得心安理得，也從沒有像今天這麼樣愉快，我若能死在這種時候，死在這種地方，也總算不枉我活了這一輩子……」只聽他語聲漸漸微弱，竟真的就此含笑而去。

一二四　天地蒼茫

鐵萍姑和胡藥師已護送著李大嘴遺體走了。臨走的時候，鐵萍姑似乎想對小魚兒說什麼，但幾次欲言又止，終於什麼話都沒有說。小魚兒卻知道她是想問問江玉郎的下落，而她畢竟還是沒有問出來，可見她對江玉郎已死了心。

這實在是好幾個月來，小魚兒最大的快事之一。

臨走的時候，胡藥師似乎也想對小魚兒說什麼，但他也像鐵萍姑一樣，欲言又止，並未說出。小魚兒也知道他是想問問白夫人的下落，但他並沒有問出來，可見他已將一片癡心轉到鐵萍姑身上。

這也令小魚兒覺得很開心。有情人終成眷屬，本是人生的最大快意事。

小魚兒面帶著微笑，喃喃道：「無論如何，我還是想不通這兩人怎會要好的，這實在是件怪事。」

蘇櫻柔聲道：「這一點也不奇怪，他們是在患難中相識的，人的情感，在患難中最易滋生，何況，他們又都是傷心人，同病相憐，也最易生情。」她嫣然一笑，垂著頭道：「我和你，豈非也是在患難中才要好的麼？」

小魚兒朝她皺了皺鼻子，道：「你和我要好，但我是不是和你要好，還不一定哩。」

蘇櫻笑道：「你莫忘了，這是老天爺的安排呀！」

小魚兒笑道：「你少得意，莫忘了你的情敵還沒有出現哩，說不定……」他本想逗逗蘇櫻的，但是提起鐵心蘭，就想起了花無缺，他心就像是結了個疙瘩，連話都懶得說了。

蘇櫻的臉色也沉重了起來，過了半晌，才嘆息著道：「看來你和花無缺的這一戰，已是無法避免的了。」

小魚兒也嘆了口氣，道：「嗯。」

蘇櫻道：「你是不是又在想法子拖延？」

小魚兒道：「嗯。」

他忽又抬起頭瞪著蘇櫻道：「我心裡在想什麼，你怎麼知道？」

蘇櫻嫣然道：「這就叫心有靈犀一點通。」甜蜜的笑容剛在臉上掠過，她就又皺起了眉道：「你想出了法子沒有？」

小魚兒懶洋洋的坐了下來，道：「你放心，我總有法子的。」

蘇櫻柔聲道：「我也知道你一定有法子，可是，就算你能想出個比以前更好的法子，又有什麼用呢？」

小魚兒瞪眼道：「誰說沒有用？」

蘇櫻嘆道：「就算你還能拖下去，但事情遲早還是要解決的，移花宮主絕不會放過你，你看，他們在那山洞裡，對你好像已漸漸和善起來，可是一出了那山洞，她們的態度就立刻變了。」

小魚兒恨恨道：「其實我也早知道她們一定會過河拆橋的。」

蘇櫻道：「所以你遲早還是難免要和花無缺一戰，除非……」蘇櫻溫柔的凝注著他，緩緩道：「除非我們現在就走得遠遠的，找個山明水秀的地方隱居起來，再也不見任何人，再也不理任何人。」

小魚兒沉默了半晌，大聲道：「不行，我絕不能逃走，若要我一輩子躲著不敢見人，還不如死了算了，何況，還有燕大叔……我已答應了他！」

蘇櫻幽幽嘆道：「我也知道你絕不肯這樣做的，可是，你和花無缺只要一交上手，就勢必要分出死活，是嗎？」

小魚兒目光茫然凝注著遠方，喃喃道：「不錯，我們只要一交上手，就勢必要分個你死我活……」他忽然向蘇櫻一笑，道：「但我們其中只要有一個人死了，事情就可以解決了，是嗎？」

蘇櫻的身子忽然起了一陣戰慄，顫聲道：「你……你難道能狠下心來殺他？」

小魚兒閉上眼睛，不說話了。

蘇櫻黯然道：「我知道你們這一戰的勝負，和武功的高低並沒有什麼關係，問題只在誰能狠得下心來，誰就可以戰勝……」

她忽然緊緊握住小魚兒的手，顫聲道：「我只求你一件事。」

小魚兒笑了笑，道：「你求我娶你作老婆？」

蘇櫻咬著嘴唇，道：「我只求你答應我，莫要讓花無缺殺死你，你無論如何也不能死！」

小魚兒道：「我若非死不可呢？」

蘇櫻身子又一震，道：「那麼……那麼我也只好陪你死……」她目中緩緩流下了兩滴眼淚，癡癡的望著小魚兒道：「但我卻不想死，我想和你在一起好好的活著，活一百年，一千年，我想我們一定會活得非常非常開心的。」小魚兒望著她，目中也露出了溫柔之意！

蘇櫻道：「只要能讓你活著，無論叫我做什麼都沒關係。」

小魚兒道：「若是叫你死呢？」

蘇櫻道：「若是我死了就能救你，我立刻就去死……」她說得是那麼堅決，想也不想就說了出來，但還未說出，小魚兒就將她拉了過去，柔聲道：「你放心，我們都不會死的，我們一定要好好活下去……」

他望著窗外的天色，忽又笑道：「我們至少還可以快活一天，為什麼要想到死呢！」

一天的時間雖短促，但對相愛的人們來說，這一天中的甜蜜，已足以令他們忘去無數痛苦……

深夜。

四山靜寂，每個人都似已睡了，在這群山環抱中的廟宇裡，人們往往分外能領略得靜寂的樂趣。但對花無缺來說，這靜寂的滋味實在不好受。

幾乎所有的人都已來到這裡，鐵戰和他們的朋友們、慕容姊妹和她們的夫婿、移花宮主……

花無缺只奇怪爲何聽不到他們的聲音。他們也許都不願打擾花無缺，讓他能好好的休息，以應付明晨的惡戰，但他們爲什麼不說話呢？他現在只希望有個人陪他說話。但又能去找誰說話呢？他的心事又能向誰傾訴？

風吹著窗紙，好像風也在哭泣。

花無缺靜靜的坐在那裡，他在想什麼？是在想鐵心蘭？還是在想小魚兒？無論他想的是誰，都只有痛苦。

屋子裡沒有燃燈，桌上還擺著壺他沒有喝完的酒，他輕輕嘆了口氣，正想去拿酒杯，忽然間門輕輕的被推開了，一條纖弱的人影幽靈般走了進來。是鐵心蘭！

在黑暗中，她的臉看來是那麼蒼白，但一雙眼睛卻亮得可怕，就彷彿有一股火燄正在她心裡燃燒著。她的手在顫抖，看來又彷彿十分緊張。這是爲了什麼？她難道已下了決心要做一件可怕的事？

花無缺吃驚的望著她，久久說不出話來。鐵心蘭輕輕掩上了門，無言地凝注著他。她的眼睛爲什麼那麼亮，亮得那麼可怕？

良久良久，花無缺才嘆息了一聲，道：「你……你有什麼事？」鐵心蘭搖了搖頭。

花無缺道：「那麼你……你就不該來的。」鐵心蘭點了點頭。

花無缺似已被她目中的火燄所震懾，一時間也不知該說什麼，剛拿起酒壺，又放下，拿起酒杯來喝，卻忘了杯中並沒有酒。

突聽鐵心蘭道：「我本來一直希望能將你當做自己的兄長，現在才知道錯了，因爲我對你的情感，已不是兄妹之情，你我又何必再自己騙自己呢？」這些話她自己似已不知說過多少次了，此刻既已下了決心要說，就一口氣說了出來，全沒有絲毫猶疑。

但花無缺聽了她的話，連酒杯都拿不住了。他從未想到鐵心蘭會在他面前說出這種話來，雖然他對鐵心蘭的情意，和鐵心蘭對他的情意，兩人都很清楚。可是，他認爲這是他們心底的秘密，是永遠也不會說出來的，他認爲直到他們死，這秘密都要被埋在他們心底深處。

鐵心蘭凝注著他，目光始終沒有移開，幽幽的接著道：「我知道你對我的情感，也絕不是兄妹之情，是嗎？」她的眼睛是那麼亮，亮得可直照入他心裡，花無缺連逃避都無法逃避，只有垂下頭道：「可是我……我……」

鐵心蘭道：「你不是？還是不敢說？」

花無缺長長嘆了口氣，黯然道：「也許我只是不能說。」

鐵心蘭道：「爲什麼不能？遲早總是要說的，爲什麼不早些說出來，也免得彼此痛苦。」她用力咬著顫抖的嘴唇，已咬得沁出了血絲。

花無缺道：「有些事永遠不說出來，也許比說出來好。」

鐵心蘭淒然一笑，道：「不錯，我本來也不想說出的，可是現在卻已到非說不可的時候，因爲現在再不說，就永遠沒有說的時候了。」

花無缺的心已絞起，他痛苦的責備自己，爲什麼還不及鐵心蘭有勇氣？這些話，本該是由他說出來的。

鐵心蘭道：「我知道你是爲了小魚兒，我本來也覺得我們這樣做，就對不起他，可是現在我已經明白了，這種事是勉強不得的，何況，我根本不欠他什麼。」

花無缺黯然點了點頭，道：「你沒有錯……」

鐵心蘭道：「你也沒有錯，老天並沒有規定誰一定要愛誰的。」花無缺忽然抬起頭望著她，他發現她的眸子比海還深，他的身子也開始顫抖，已漸漸無法控制自己。

鐵心蘭道：「明天，你就要和他作生死的決戰了，我考慮了很久很久，決心要將我的心事告訴你，只要你知道我的心意，別的事就全都沒有關係了。」

花無缺忍不住握起了她的手，顫聲道：「我……我……我很感激你，你本來不必對我這麼好的。」

鐵心蘭忽然展顏一笑，道：「我本就應該對你好的，你莫忘了，我們已成了親，我已是你的妻子。」

花無缺癡癡的望著她，她的手已悄悄移到他的臉上，溫柔的撫摸著他那已日漸瘦削的頰……一滴眼淚，滴在她手上，宛如一粒晶瑩的珍珠。

然後，淚珠又碎了……

風仍在吹著窗紙，但聽來已不再像是哭泣了。

花無缺和鐵心蘭靜靜的依偎著，這無邊的黑暗與靜寂，豈非正是上天對情人們的恩賜？愛情是一種奇異的花朵，它不需要陽光，也不需要雨露，在黑暗中，它反而開放得更美麗。

但窗紙終於漸漸發白，長夜終於已將逝去。

花無缺望著窗外的曙色，黯然無語。他知道他一生中僅有的一段幸福時光，已隨著曙色的來臨而結束了！光明，雖然帶給別人無窮希望，但現在帶給他的，卻只有痛苦。

花無缺卻淒然笑道：「明天早上，太陽依舊會昇起，所有的事都不會有任何改變的。」

鐵心蘭道：「可是我們呢？」她忽然緊緊抱著花無缺，柔聲道：「無論如何，我們現在總還在一起，比起他來，我們還是幸福的，能活到現在，我們已經沒有什麼可埋怨的了，是不是？」

花無缺心裡一陣刺痛，長嘆道：「不錯，我們實在比他幸福多了，他……」

鐵心蘭道：「他實在是個可憐的人，他這一生中，簡直沒有享受過絲毫快樂，他沒有父母，沒有親人，到處被人冷淡，被人笑罵，他死了之後，只怕也沒有幾個人會爲他流淚，因爲大家都知道他是個壞人……」她語聲漸漸哽咽，幾乎連話都說不下去。

花無缺垂下頭望著鐵心蘭，——小魚兒這一生中本來至少還有鐵心蘭全心全意愛他的，但現在……

鐵心蘭也垂下了頭，道：「我……我只想求你一件事，不知道你答不答應？」

花無缺勉強一笑：「我怎麼會不答應！」

鐵心蘭目光茫然凝注著遠方，道：「我覺得他現在若死了，實是死難瞑目，所以……」她忽然收回了目光，深深的凝注著花無缺，一字字道：「我只求你莫要殺死他！無論如何也莫要殺死他！」

在這一刹那間，花無缺全身的血液都似已驟然凝結了起來！他想放聲呼喊：「你求我莫要殺他，難道你不知道我若不殺他，就要被他殺死？你爲了要他活著，難道不惜讓我死?!你今天晚上到這裡，難道只不過是爲了要求我做這件事？」但花無缺是永遠也不會說這種話的，他寧可自己受到傷害，也不願傷害別人，更不願傷害他心愛的人。

他只是苦澀的一笑，道：「你縱然不求我，我也不會殺他的。」

鐵心蘭凝注著他，目中充滿了柔情，也充滿了同情和悲痛，甚至還帶著一種自心底發出的崇敬。但她也沒有說什麼，只輕輕說了一句：「謝謝你。」

太陽還未昇起，乳白色的晨霧瀰漫了大地和山巒，晨風中帶著種令人振奮的草木香氣。

小魚兒深深呼吸了一口氣，低頭喃喃道：「今天，看來一定是好天，在這種天氣裡，誰會想死呢？」

蘇櫻依偎在他身邊，見到他這副垂頭喪氣的模樣，目中又不禁露出了憐惜之意，輕輕撫摸著他的頭髮，正想找幾句話來安慰他。

突聽一人沉聲道：「高手相爭，心亂必敗，你既然明白這道理，就該定下心來，要知這一戰關係實在太大，你是只許勝，不許敗的。」

小魚兒用不著去看，已知道燕南天來了，只有垂著頭道：「是。」

燕南天魁偉的身形，在迷濛的霧色裡看就宛如群山之神，自天而降，他目光灼灼，瞪著小魚兒道：「你的恩怨都已了結了麼？」

小魚兒道：「是。」他忽又抬起頭來，道：「但還有一個人的大恩，我至今未報。」

燕南天道：「誰？」

「就是那位萬春流萬老伯。」

燕南天嚴肅的目光中露出一絲暖意，道：「你能有這番心意，已不負他對你的恩情了，但雨露滋潤萬物，並不是希望萬物對他報恩的，只要萬物生長繁榮，他已經很滿意了。」

小魚兒道：「我現在只想知道他老人家在哪裡？身子是否安好？」

「你想見他？」

小魚兒道：「是。」

燕南天淡淡一笑，道：「很好，他也正在等著想看看你……」

小魚兒大喜道：「他老人家就在附近麼？」

燕南天道：「他昨天才到的。」

蘇櫻也早就想見見這位仁心仁術的一代神醫了，只見一個長袍黃冠的道人負手站在一株古松下，羽衣飄飄，瀟然出塵，神情看來說不出的和平寧靜。小魚兒又驚又喜，早已撲了過去，他本有許許多多話想說的，但一時之間，只覺喉頭彷彿被什麼東西堵住了，連一句話都說不出來。

萬春流寧靜的面容上也泛起一陣激動之色，兩人一別幾年，居然還能在此重見，當真有隔世之悲喜。

燕南天也不禁為之唏噓良久，忽然道：「已將日出，我得走了。」

小魚兒道：「我……」

燕南天道：「你暫時留在這裡無妨。」

他沉著臉接著道：「只因你心情還未平靜，此時還不適於和人交手。」

萬春流道：「但等得太久也不好，等久了也會心亂的。」

燕南天道：「那麼我就和他們約定在午時三刻吧！」說到最後一字，他身形已消失在白雲飛絮間。

萬春流望了望小魚兒，又望了望蘇櫻，微笑道：「其實我本也該走開的，但你們以後說話的機會還長，而我……」

小魚兒皺眉道：「你老人家要怎樣？」

萬春流唏噓嘆道：「除了想看看你之外，紅塵間也別無我可留戀之處。」

小魚兒默然半晌，忽然向蘇櫻板著臉道：「兩個男人在一起說話，你難道非要在旁邊聽著不可？」

蘇櫻眼珠子一轉，道：「那麼我就到外面去逛逛也好。」

萬春流望著她走遠，微笑道：「脫韁的野馬，看來終於上了轡頭了。」

小魚兒撇了撇嘴，道：「她一輩子也休想管得住我，只有我管她。若不是她這麼聽我的話，早就一腳將她踢走了。」

萬春流笑道：「小魚兒畢竟還是小魚兒，儘管心已軟了，嘴卻還是不肯軟的。」

小魚兒道：「誰說我心已軟了？」

萬春流道：「她若非已對你很有把握，又怎肯對你千依百順？她若不知道你以後必定會聽她的話，現在又怎肯聽你的話？」他微笑著接道：「在這方面，女人遠比男人聰明，絕不會吃了虧的。」

小魚兒笑道：「我不是來向你老人家求教『女人』的。」

萬春流道：「我也早已看出你必定有件很秘密的事要來求我，究竟是什麼事？你快說吧，反正我對你總是無法拒絕的。」他目中充滿了笑意，望著小魚兒道：「你還記得上次你問我要了包臭藥，臭得那些人發暈麼，這次你又想開誰的玩笑？」

小魚兒想起那件事，自己也不禁笑了。但他的神情忽又變得嚴肅，壓低了聲音，正色道：「這次我可不是想求你幫我開玩笑了，而是一件性命交關的大事。」

萬春流也從未見過他說話如此嚴肅，忍不住問道：「是什麼事關係如此重大？」

小魚兒嘆了口氣，道：「我只想……」

這兩個月以來，蘇櫻對小魚兒的瞭解實在已很深了，女人想要瞭解她所愛的男人，並不是件太困難的事。平時小魚兒心裡在想什麼、要做什麼，蘇櫻總能猜個八九不離十，只有這次，她實在猜不透小魚兒究竟有什麼秘密的話要對萬春流說。

她本來並不想走得太遠的，但想著想著，眼睛忽然一亮，像是忽然下了個很大的決定。於是她就立刻匆匆走上山去。這座山上每個地方，她都很熟悉。

她心裡正在想：「移花宮主和花無缺他們已在山上等了兩天，他們會住在什麼地方呢？……」就在她心裡想的時候，她的眼睛已告訴她了。前面山坳後的林木掩映中，露出紅牆一角，她知道那就是昔年頗多靈跡，近年來香火寥落的「玄武宮」了。現在，正有幾個人從那邊走了出來。

這幾人年紀都已很老了，但體輕神健，目光灼灼，顯然都是一等一的武林高手，其中一人身上還揹著一面形狀特異而精緻的大鼓。還有一個老婆婆牙齒雖已快掉光了，但眼波流動，未語先笑，說起話來居然還帶著幾分愛嬌，想當年必定也是個風流人物。

蘇櫻並不認得這幾人，也想不起當世的武林高手中，有誰是隨身帶著一面大鼓的，她只認得其中一個人。那就是鐵心蘭。

她發覺鐵心蘭已沒有前幾天看來那麼憔悴，面上反而似乎有了種奇異的光彩，她自然永遠不會知道是什麼事令鐵心蘭改變了的。

她不願被鐵心蘭瞧見，正想找個地方躲一躲，但鐵心蘭低垂著頭，彷彿心事重重，並沒有看到她。

這些人一面說著話，一面走上山去。

鐵心蘭一行人說的話，蘇櫻都聽不到，只有其中一個滿面絡腮鬍子，生像極威猛的老人，說話的聲音特別大。只聽這老人道：「小蘭，你還三心二意的幹什麼？我勸你還是死心塌地的跟著花無缺算了，這小子雖然有些娘娘腔，但勉強總算能配得上你。」鐵心蘭垂著頭，也不知說了話沒有。

那老人又拍著她的肩頭笑道：「小鬼，在老頭子面前還裝什麼佯，昨天晚上你到哪裡去了，你以爲做爸爸的真老糊塗了麼？」鐵心蘭還是沒有說話，臉卻飛紅了起來。

那老婆婆就笑著道：「也沒有看見做爸爸的居然開女兒的玩笑，我看你真是老糊塗了。」那虬髯老人仰天大笑，彷彿甚是得意。

蘇櫻又驚又喜，開心得幾乎要跳了起來。聽他們說的話，鐵心蘭和花無缺顯然又加了幾分親密，而且鐵心蘭的爹居然也鼓勵她嫁花無缺，這實在是蘇櫻聽了最開心的事。

其實天下做父母的全沒有什麼兩樣，都希望自己的女兒能嫁個可靠的人，她以後若有個女兒，也會希望自己的女兒嫁給「移花宮主」的傳人，絕不會希望自己的女兒去嫁給「惡人谷」中長大的孩子。

只聽那老人又笑著道：「你既然已決心跟定花無缺了，還愁眉苦臉幹什麼？等到這場架打完，我就替你們成親，你也用不著擔心夜長夢多了。」

那老婆婆也笑道：「未來的老公就要跟人打架，她怎麼會不擔心呢？若換了是我，只怕早就先想法子去將那……那條小魚兒弄死了。」

那老人哈哈大笑道：「如此說來，誰能娶到你，倒真是得了個賢內助。」

老婆婆道：「是呀，只可惜你們都沒有這麼好的福氣。」

另一個又高又瘦的老人道：「依我看，花無缺這孩子精氣內斂，無論內外功都已登堂入室，顯然先天既足，後天又有名師傳授，那江小魚年齡若和他差不多，武功絕對無法練到這種地步，這一戰他絕無敗理，你們根本就用不著爲他擔心的。」

但蘇櫻卻開始擔心起來，她本來覺得這一戰勝負的關鍵，並不在武功之強弱。而現在，她卻愈想愈覺得這種想法並非絕對正確，小魚兒的武功若根本就不是花無缺的敵手，那麼他就算能狠下心來也沒有用，主要的關鍵還是在花無缺是否能狠下心來向小魚兒出手。他們兩人若是鬥智，小魚兒固然穩操左劵，但兩人硬碰硬的動起手來，小魚兒實在連一分把握都沒有。她若想小魚兒勝得這一戰，不但要叫小魚兒狠下心來，還要叫花無缺的心狠不下來。但小魚兒既能狠下心殺花無缺，花無缺憑什麼就不能狠心殺小魚兒，螻蟻尚且偷生，何況一個人呢？

「花無缺活得好好的，我憑什麼認爲他會自尋死路呢？他根本就沒有理由只爲了要讓別人活著，就犧牲自己呀。」蘇櫻嘆了口氣，忽然發覺自己以前只想了事情的一面，從來也沒有設身處地的爲花無缺想過。

在她眼中，小魚兒的性命固然比花無缺重要。但在別人眼中呢？在花無缺自己眼中呢？翻來覆去的想著，愈想心情愈亂；她自己覺得自己這一輩子心情從來也沒有這樣亂過。其實她想來想去，所想的只有一句話：要想小魚兒活著，就得想法子要花無缺死！死人就不能殺人了！

蘇櫻在一棵樹後面，等了很久，就看到慕容家的幾個姊妹和她們的姑爺陸陸續續的自玄武宮中走了出來。他們的眼睛有些發紅，神情也有些委靡不振，顯然這兩天都沒有睡好，江湖中人講究的本是「四海爲家，隨遇而安」。但這些養尊處優的少爺小姐們，早已不能算是「江湖中人」了。他們就算換了張床也會睡不著的，何況睡在這種冷清清的破廟裡。

但他們修飾得仍然很整潔，頭髮也仍然梳得光可鑑人，甚至連衣服都還是筆挺的，找不出皺紋來。他們也在議論紛紛，說得很起勁，蘇櫻用不著聽，也知道他們談論的必是小魚兒和花無缺的一戰。這一戰不但已轟動一時，而且必定會流傳後世。所以他們不惜吃苦受罪，也捨不得離開。

這群人走上山後，蘇櫻又等了很久，玄武宮裡非但再也沒有人出來，而且連一點動靜也沒有了。花無缺是否還留在玄武宮裡？移花宮主是否還在陪著他？蘇櫻咬了咬牙，決定冒一次險。

她想，大戰將臨，這些人先走出來，也許是要讓花無缺安安靜靜的歇一會兒，所以先上山去等著。現在燕南天既已到了山巔，移花宮主只怕也不會留在這裡，她們最少也該讓花無缺靜靜的想一想該如何應戰！

玄武宮近年香火雖已寥落，但正如一些家道中落的大戶人家，雖已窮掉了鍋底，氣派總算是有的。廟門內的院子裡幾株古柏高聳入雲，陽光雖已昇起，但院子裡仍是陰森森的瞧不見日色。

蘇櫻走過靜悄悄的院子，走上長階。大殿中香煙氤氳，「玄武爺」身上的金漆早已剝落，他座下的龜蛇二將似乎也因爲久已不享人間伙食，所以看來有些沒精打采的，至於神龕上的長幔更已變得又灰又黃，連本來是什麼顏色都分辨不出來了。十來個道士盤膝端坐在那裡，垂臉斂目，嘴裡唸唸有詞，也不知是在唸經，還是在罵人。

蘇櫻從他們身旁走出去，他們好像根本沒有瞧見一樣，蘇櫻本來還想向他們打聽消息，但見到他們這樣子，也就忍住了，除了有些腦筋不正常的之外，世上只怕很少有年輕女孩子願意和道士和尚打交道的。

後院裡兩排禪房靜悄悄的，連一個人影都沒有。花無缺難道也走了麼？蘇櫻正在猶疑著，忽然發現月門後的竹林裡還有幾間房子，想必就是玄武宮的方丈室。慕容家的姑娘們雖然都是「吃雞要吃腿，住屋要朝南」的人，但在這齣「戲」裡，花無缺才是「主角」，主角自然要特別優待。她們就算也想住方丈室，但對花無缺少不得也要讓三分。

蘇櫻立刻走了過去，只見方丈室的門是虛掩著的，正隨著風晃來晃去，簷下有隻蜘蛛正在結網，屋角的蟋蟀正在「咕咕」的叫著，梧桐樹上的葉子一片片飄下來，打在窗紙上「噗噗」的響。

屋子裡卻也靜悄悄的沒有人聲。蘇櫻輕輕喚道：「花公子。」

沒有人回應。花無缺莫非已走了？而且走的時候還忘記關上門。

但蘇櫻既已到了這裡，無論如何總得進去瞧瞧。她悄悄推開門，只見這方丈室裡的陳設也很簡陋，此刻一張白木桌子上擺著兩壺酒，幾樣菜。菜好像根本沒有動過，酒卻不知已喝了多少。

屋角有張雲床，床上的被褥竟亂得很，就彷彿有好幾個人在上面睡過覺，而且睡像很不老實。花無缺並沒有走，還留在屋子裡。

但他的一顆心卻似早已飛到十萬八千里之外去了。他癡癡的站在窗前，呆呆的出著神，像他耳目這麼靈敏的人，蘇櫻走進來，他居然會不知道。日色透過窗紙，照在他臉上，他的臉比窗紙還白，眼睛裡卻佈滿了紅絲，神情看來比任何人都委頓。

大戰當前，移花宮主爲何不想法子讓他養足精神呢？難道她們確信他無論在任何情況下都能擊敗小魚兒？還是她們根本不關心誰勝誰敗？她們的目的只是要小魚兒和花無缺拚命，別的事就全不放在心上了。蘇櫻覺得很奇怪，但她並不想知道這究竟是什麼原因，因爲她知道絕沒有任何人會告訴她。

突聽花無缺長長嘆息了一聲，這一聲嘆息中，竟不知包含了多少難以向人傾訴的悲傷和痛苦。他爲了什麼如此悲傷，難道是爲了小魚兒？

蘇櫻緩緩走過去，在他身旁喚道：「花公子……」

這一次花無缺終於聽到了。他緩緩轉過頭，望著蘇櫻，他雖在看著蘇櫻，但目光卻似望著很遠很遠的地方，遠得他根本看不到的地方。

蘇櫻記得他本有一雙和小魚兒同樣明亮，同樣動人的眼睛，可是這雙眼睛現在竟變得好像是一雙死人的眼睛，完全沒有光彩，甚至連動都不動，被這麼樣一雙眼睛看著，實在不是件好受的事。

蘇櫻被他看得幾乎連冷汗都流了出來，她勉強笑了笑道：「花公子難道已不認得我了嗎？」

花無缺點了點頭，忽然道：「你是不是來求我莫要殺小魚兒的？」蘇櫻怔了怔，還未說話，花無缺已大笑了起來。

他笑聲是那麼奇怪，那麼瘋狂，蘇櫻從未想到像他這樣的人也會發出如此可怕的笑聲來。正常的人絕不會這麼樣笑的，蘇櫻幾乎已想逃了。

只聽花無缺大笑道：「每個人都來求我莫要殺小魚兒，為什麼沒有人去求小魚兒莫要殺我呢？難道我就該死？」

蘇櫻道：「這……這恐怕是因為大家都知道小魚兒絕對殺不死你！」

花無缺驟然頓住笑聲，道：「他自己呢？他自己知不知道？」

「他若知道，就不會讓我來了，因為我並不是來求你的。」

花無缺道：「不是？」

蘇櫻道：「不是。」她也瞪著花無缺，一字字道：「我是來殺你的！」

這次花無缺也怔住了，瞪了蘇櫻半晌，突又大笑起來：「你憑什麼認爲你能殺得了我？你若是真要來殺我，就不該說出來，你若不說出來，也許還有機會。」

蘇櫻道：「我若說出來，就沒有機會了麼？」

花無缺道：「你的機會只怕很少。」

蘇櫻笑了笑，道：「我的機會至少比小魚兒大得多，否則我就不會來了。」

她忽然轉過身，倒了兩杯酒，道：「我若和你動手，自然連一分機會都沒有，但我們是人，不是野獸，野獸只知道用武力來解決一切事，人卻不必。」

花無缺道：「人用什麼法子解決？」

蘇櫻道：「人的法子至少該比野獸文雅些。」

她轉回身，指著桌上的兩杯酒道：「這兩杯酒是我方才倒出來的。」

花無缺道：「我看到了。」

蘇櫻道：「你只要選一杯喝下去，我們的問題就解決了。」

花無缺道：「爲什麼？」

蘇櫻道：「因爲我已在其中一杯酒裡下了毒，你選的若是有毒的一杯，就是你死，你選的若是沒有毒的一杯，就是我死。」她淡淡一笑道：「這法子豈非很文雅，也很公平麼？」

花無缺望著桌上的兩杯酒，眼角的肌肉不禁抽搐起來。

蘇櫻道：「你不敢？」

花無缺啞聲道：「我爲什麼一定要選一杯？」

蘇櫻悠然道：「只因爲我要和你一決生死，這理由難道還不夠麼？」

花無缺道：「我爲什麼要和你拚命？」

蘇櫻道：「你爲什麼要和小魚兒拚命？你能和他拚命，我爲什麼不能和你拚命？」

花無缺又怔住了。

蘇櫻冷冷道：「你是不是覺得這樣做太沒有把握？你是不是只有在明知自己能夠戰勝對方時才肯和別人決鬥？」她冷笑著接道：「但你明知有把握時再和人決鬥，那就不叫決鬥了，那叫做謀殺！」

花無缺臉色慘變，冷汗一粒粒自鼻尖沁了出來。

蘇櫻冷笑道：「你若實在不敢，我也沒法子勉強你，可是……」

花無缺咬了咬牙，終於拿起了一杯酒。

蘇櫻瞪著他，一字字道：「這杯酒無論是否有毒，都是你自己選的，你總該相信這是場公平的決鬥，比世上大多數決鬥，都公平得多。」

花無缺忽然也笑了笑，道：「不錯，這的確很公平，我……」

突聽一人大喝道：「這一點也不公平，這杯酒你千萬喝不得！」

「砰」的，門被撞開，一個人闖了進來，卻正是小魚兒。

蘇櫻失聲道：「你怎麼也來了？」

小魚兒冷笑道：「我爲何來不得？」

他嘴裡說著話，已搶過花無缺手裡的酒杯，大聲道：「我非但要來，而且還要喝這杯酒。」

蘇櫻變色道：「這杯酒喝不得。」

小魚兒道：「爲何喝不得？」

蘇櫻道：「這……這杯酒有毒的。」

小魚兒冷笑道：「原來你知道這杯酒是有毒的。」

蘇櫻道：「我的酒，我下的毒，我怎會不知道？」

小魚兒怒吼道：「你既然知道，爲何要他喝？」

蘇櫻道：「這本就是一場生死的搏鬥，總有一人喝這杯酒的，他自己運氣不好，選了這一杯，又怎能怪我？」

她瞪著花無缺，道：「但我並沒有要你選這杯，是麼？」花無缺只有點了點頭，他縱然不怕死，但想到自己方才已無異到鬼門關前走了一遭，掌心也不覺沁出了冷汗。

小魚兒望著杯中的酒，冷笑著道：「我知道你沒有要他選這杯，但他選哪杯也是一樣的。」

蘇櫻道：「爲什麼？」

小魚兒大吼道：「因爲兩杯酒中都有毒，這種花樣你騙得了別人，卻騙不過我，他無論選哪杯，喝了都是死，你根本不必喝另一杯的。」

蘇櫻望著他，目中似已將流下淚來。

小魚兒搖著頭道：「花無缺呀花無缺，你的毛病就是太信任女人了！……」

蘇櫻幽幽嘆息了一聲，喃喃道：「小魚兒呀小魚兒，你的毛病就是太不信任女人了。」

她忽然端起桌上的另一杯酒，一口喝了下去。

花無缺臉色變了變，嘎聲道：「你……你錯怪了她，這杯毒酒我還是應該喝下去。」

小魚兒道：「爲什麼？」

花無缺大聲道：「這既然是很公平的決鬥，我既然敗了，死而無怨！」

蘇櫻嘆道：「你實在是個君子，我只恨自己爲什麼要……」

小魚兒忽然又大笑起來，道：「不錯，他是君子，我卻不是君子，所以我才知道你的花樣。」

花無缺怒道：「你怎麼能如此說她，她已將那杯酒喝下去了！」

小魚兒大笑道：「她自然可以喝下去，因爲毒本是她下的，她早已服下了解藥，這麼簡單的花樣你難道都不明白麼？」

花無缺望著他，再也說不出話來。蘇櫻也望著他，良久良久，才喃喃道：「你實在是個聰明人，實在太聰明了！」她淒然一笑，接著道：「但無論如何，我總是爲了你，你實在不該如此對我的。」

小魚兒又吼了起來道：「你還想我對你怎樣？你以爲害死花無缺，我就會感激你嗎？」

蘇櫻道：「我自然知道你不會感激我，因爲你們都是英雄，英雄是不願暗算別人的，英雄要殺人，就得自己殺！」說著說著，她目中已流下淚來。但她立刻擦乾了眼淚，接著道：「我只問你，就算我是在用計害人，和你們又有什麼不同？」

小魚兒吼道：「當然不同，我們至少比你光明正大些！」

蘇櫻冷笑道：「光明正大？你們明知對方不是你的敵手，還要和他決鬥，這難道就很公平？很光明正大嗎？難道只有用刀用槍殺人才算公平，才算光明正大？你們爲什麼不學狗一樣去用嘴咬呢？那豈非更光明正大得多？」

她指著小魚兒道：「何況，我殺人至少還有目的，我是爲了你，一個女人爲了自己所愛的人無論做什麼都不丟臉，而你們呢？」她厲聲道：「你們馬上就要拚命了，不是你殺死他，就是他殺死你，你們又是爲了誰？爲了什麼？你們只不過是在狗咬狗，而且是兩條瘋狗。」

小魚兒竟被罵得呆住了，一句話也說不出來。被人罵得啞口無言，這還是他平生第一次。花無缺站在那裡，更是滿頭冷汗，涔涔而落。

蘇櫻嘶聲道：「我是個陰險狠毒的女人，你是個大英雄，從此之後，我再也不想高攀你了，你們誰死誰活，也和我完全無關……」她語聲漸漸哽咽，終於忍不住失聲痛哭，掩面奔出。

她沒有回頭。一個人的心若已碎了，就永遠不會回頭了。

梧桐樹上的葉子，一片片打在窗紙上，牆角的蟋蟀，還不時在一聲聲叫著，簷下的蛛網，卻已被風吹斷了。蛛絲斷了，很快還會再結起來，蜘蛛是永遠不會灰心的，但情絲若斷了，是否也能很快就結起來呢？

人是否也有蜘蛛那種不屈不撓的精神？

小魚兒和花無缺面面相對，久久說不出話來。過了很久，花無缺才嘆了口氣，道：「你爲何要那麼樣對她？」

小魚兒又沉默了很久，喃喃道：「看來你和我的確有很多不同的。」

花無缺道：「人與人之間，本就沒有完全相同的。」

小魚兒道：「她爲了我找人拚命，我卻罵得她狗血淋頭，她要殺你，你卻反而幫她說話，這就是我們最大的不同之處。」他苦笑著道：「所以你永遠是君子，我卻永遠只是個……」

花無缺打斷了他的話，道：「你爲何總是要看輕你自己，其實你才是真正的君子，否則你又怎會爲了我而傷害她？」他嘆息道：「除了你之外，我還想不出還有誰肯爲了自己的敵人而傷害自己的情人。」

小魚兒忽然笑了笑，道：「我並不是爲了你，而是爲了我自己。」

花無缺道：「爲了你自己？」

小魚兒道：「不錯，爲了我自己……」他慢慢的將這句話又重複了一次，目中閃動著一種令人難測的光，這使他看起來像是忽然變成了個很深沉的人。花無缺每次看到他目中露出這種光芒來，就知道很快就會有一個人要倒楣了，但這次他的對象是誰？

小魚兒已緩緩接道：「因爲我若讓你現在就死在別人手上，我不但會遺憾終生，而且恐怕難免會痛苦一輩子。」

花無缺動容道：「爲什麼？」

小魚兒道：「因爲……」

他的話還沒有說出來，突聽一人道：「因爲他也要親手殺死你！」這是邀月宮主的聲音，但卻比以前更冷漠。

她的臉也變了，雖然依舊和以前同樣蒼白冷酷，但臉上卻多了種晶瑩柔潤的光。她的臉以前若是冰，現在就是玉。

小魚兒望著她長長嘆了口氣，道：「才兩、三天不見，你看來居然又年輕了許多，看來天下的女人都該練你那『明玉功』才是。」邀月宮主只是冷冷瞪著他，也不說話。

小魚兒又嘆了口氣，道：「自從我將你們救出來之後，你就又不理我了，有時我真想永遠被關在那老鼠洞裡，那時你多聽我的話，對我多客氣！」

邀月宮主臉色變了變，道：「你的話說完了麼？」

小魚兒笑道：「說完了，我只不過是想提醒你一次，若不是我，你就算變得再年輕，不出幾天還是要被困死在那老鼠洞裡。」

從山頂望下去，白雲縹緲，長江蜿蜒如帶。燕南天孤獨的站在山巔最高處，看來是那麼寂寞，但他早已學會忍受寂寞——自古以來，無論誰想站在群山最高處，就得先學會如何忍受寂寞。山上並不只他一個人，但每個人都似乎距離他很遙遠。山風振起了他衣袂，白雲一片片自他眼前飄過。

慕容珊珊忽然長長嘆了口氣，黯然道：「前不見古人，後不見來者……燕大俠雖然絕代英雄，但這一生中又幾曾享受過什麼歡樂？」

慕容珊珊嘆道：「看來一個人還是平凡些好。」

慕容雙也嘆了口氣，悠悠道：「我欲乘風歸去，又恐瓊樓玉宇高處不勝寒……」

突聽一人呼道：「來了，來了。」

慕容雙道：「什麼人來了？」她轉過身，已瞧見白雲繚繞間，出現了小魚兒和花無缺的身影。山風更急，天色卻漸漸黯了。

蘇櫻茫然走著，也不知走了多遠，也不知已走到哪裡？她只恨不能有一陣霹靂擊下，將她整個人都震得四分五裂，一片片被風吹走，吹到天涯海角，吹得愈遠愈好。她又恨不得小魚兒會忽然趕來，跪在她腳下，求她寬恕，求她原諒，而且發誓以後永遠再不離開她。

但小魚兒並沒有來，霹靂也沒有擊下。杯中的苦酒還滿著，她也不知到何時才能喝光。

從鐵心蘭站著的地方，可以看得到小魚兒，也可以看得到花無缺，她看到花無缺目光中的痛苦之色，自己的心也碎了。小魚兒卻仍然在笑著，彷彿一點也不擔心，他難道早已算準花無缺會殺他？還是他已有對付花無缺的把握？鐵心蘭咬著嘴唇，咬得出血，血是鹹的，心卻是苦的，但她的苦心又有誰知道？

一二五　生死之搏

一陣風吹過，天地間彷彿忽然充滿了肅殺之意。

小魚兒縮了縮脖子，道：「好大的風，好冷，真該多穿兩件衣服的。」

燕南天皺了皺眉，沉聲道：「你難道已覺得有些受不了麼？」

小魚兒道：「大叔你放心，我身子還沒有那麼嬌嫩。」

燕南天默然半晌，緩緩道：「一個內功已有火候的人，雖不能說可以完全寒暑不侵，但至少總不該像常人那麼畏寒畏暑。」

小魚兒道：「是。」

燕南天道：「你所練的武功，乃是無數位武林前輩的心血結晶，可說無一招不是武學中的精萃，而且你小時萬大叔就已替你打了很多的底子，並沒有讓你功夫走入邪路，這種種條件加在一起，所以我才放心讓你和花無缺動手，但你功力究竟如何，我並不知道，你很聰明，也很幸運，我唯一只怕你性情太浮，心思太躁，沒有將功夫練純。」

小魚兒垂下頭笑了笑，道：「我做別的事雖三心二意，但練武時倒很專心的。」

燕南天點了點頭，道：「但願如此就好。」他忽又問道：「你既已和花無缺交過手，可知他的武功如何？」

小魚兒想了想，道：「移花宮能夠享這麼大的名，武功實在有獨得之秘，尤其那種『移花接玉』的功夫，實在令人頭痛。」他笑了笑，接著道：「幸好我多少已摸出其中一些訣竅了。」

燕南天正色道：「移花接玉只不過是移花宮許多武功之一，移花宮的武功變化繁複，雖冷靜卻極深契，而且，我看花無缺外表看來雖不如你聰明，其實絕不會比你笨，你的武功博而雜，他的武功精而深，你和他動手時，切莫要和他以招式硬拚，最好先想法子將他的功力耗去幾成。」

小魚兒道：「這我也知道，他的根基實在比我打得好，我和他交手，勝算並不多，但我卻佔了一個很大的便宜。」

燕南天厲聲道：「武學之道，絕沒有便宜可佔，你想佔人便宜，你就先敗了。」

小魚兒肅然道：「是，只不過……他武功的深淺，我已全知道，我武功的路數，他卻一點也不知道，因爲我從來未將真實的武功在人前炫露過。」

燕南天目中露出一絲欣慰之色，頷首道：「很好，知己知彼，方能百戰百勝。」

小魚兒忽然一笑，道：「燕大叔，我也想問問你老人家一件事。」

燕南天道：「你說吧！」

小魚兒眨著眼睛道：「你老人家若真和邀月宮主動起手來，能有幾分勝算，幾成把握？」

燕南天目光望著遠處一朵飄動的白雲，沉默了很久，堅毅的嘴角忽然露出了一絲罕見的微笑。他並沒有回答小魚兒這句話，但小魚兒已用不著他回答了。小魚兒面上也不禁露出了會心的微笑。

一直站在旁邊沒有說話的萬春流忽然道：「時候已快到了，你準備好了麼？」

小魚兒點了點頭，忽又道：「我也還有件事想問萬大叔。」

萬春流笑道：「你問的話我並不見得全能回答的，我知道的事並不比你多。」

小魚兒也笑了笑，道：「但這件事萬大叔一定知道。」

他忽然很小心的自懷中取出了個酒杯，道：「這杯子裡還有一滴酒，我總懷疑酒裡有毒，而且是種無色無味的毒，萬大叔你看它究竟是否有毒好麼？」

萬春流接著酒杯，用小指將杯中的餘瀝沾起了一些，放在鼻子上嗅了嗅，又用舌頭輕輕舐了舐，道：「這酒中……」

小魚兒忽又打斷了他的話，道：「無論酒中是否有毒，萬大叔現在都莫要告訴我。」

萬春流道：「這又是爲了什麼？」

小魚兒嘆了口氣，道：「因爲酒中若真有毒，我就會很生氣，酒中若是無毒，我又會覺得很難受，所以萬大叔還是等我打完了再告訴我，免得我分心。」

萬春流雖然覺得很奇怪，還是笑著道：「好，反正你這孩子做的事，總是教人猜不透的。」

但小魚兒卻似忘記了一件事。他若是戰敗，豈非就永遠不知道這答案了麼？

慕容姑娘和她們的姑爺自然也可以同時看到小魚兒和花無缺兩邊的情況，他們都覺得有些奇怪。

慕容雙道：「你看見了嗎？小魚兒和燕大俠像是有說不完的話要說，但花無缺和移花宮主只是站在那裡乾瞪眼。」

慕容珊珊道：「不錯，看來移花宮主對花無缺這一戰的勝負根本一點也不關心，他們師徒間難道連一點感情都沒有？」

南宮柳嘆息了一聲，道：「這也許是因爲她們覺得花無缺這一戰有必勝的把握。」

慕容珊珊撇了撇嘴，道：「我看倒未必，花無缺雖然機智武功都不錯，但小魚兒可也不是好惹的，若論動起手來的應變功夫，我看簡直沒有任何人能比得上他。」

慕容雙道：「不錯，我看花無缺的功力要稍強些，但高手相爭，光是功力高並沒有太大的作用，主要還是得看當時臨機應變，制敵機先。」

秦劍道：「據我所知，小魚兒武學極博，似乎身兼數家之長，這一戰至少可有六成勝算。」

慕容珊珊道：「我看還不止六成。」

他們對花無缺沒有什麼好感，所以一心只想小魚兒得勝，但「狂獅」鐵戰那邊的人就完全不同了。

蕭女史正在向鐵戰道：「你看你女婿這一戰有幾成把握？」

鐵戰道：「十成。」

蕭女史失笑道：「你也莫要太篤定了，我看那小魚兒並不是好對付的人，何況，他還有燕南天在後面支持他。」

鐵戰道：「那有個屁用！燕南天又不能替他動手的，他就算再聰明，但李大嘴、屠嬌嬌那幾個調教出來的徒弟，強也強得有限。」

蕭女史道：「哦？我還以爲他是燕南天的徒弟哩，早知他武功只不過是你那些惡朋友教出來的，這一戰我連看都懶得看了。」

突見燕南天長身而起，道：「時候已到了，你去吧。」

他這話雖只是對小魚兒說的，但聲如洪鐘，響徹了群山。

花無缺也站了起來，向移花宮主躬身道：「師父還有什麼吩咐？」

邀月宮主道：「沒有了，你去吧，我知道你絕不會令我失望的。」她語音雖平靜，心情卻也不禁十分激動。

最後的時刻終於到了！這一次，她無論如何也絕不會再讓這一戰半途中止。這一次，小魚兒和花無缺必有一人要倒下去。

無論誰想描述她此刻的心情有多麼緊張和興奮，都是多餘的，因為她此刻心情之緊張和興奮，世上根本沒有第二個人能想像得到。唯一能知道她的心情的人，自然就是憐星宮主。

她的臉看來比平時更蒼白，花無缺轉過臉望著她時，她居然避開了花無缺的目光，因為她生怕自己會忍不住將這秘密說出來！她本也不是個富於感情的人，但這兩天，她發覺自己有些變了，因為在那山洞裡，她已經歷過許多件她平生未曾經歷過的事，她從來也未曾想過，這件事居然有一天會發生在她身上。

她這一生中從來也不知道一個人面對死亡時是什麼滋味，從來也不知道恐懼。她從來也沒倚靠過別人，更沒有對任何人生出過感激之心。她自然從沒有挨過餓，沒有喝醉過酒，更絕沒有想到自己也會有一天竟倒在一個男人的懷抱中。但這些她活了幾十年都沒有經歷過的事，竟在短短三、兩天內一起發生在她身上。而且每件事的印象都是那麼鮮明而深刻，她拚命想忘記也忘不了。

這兩天她只要一想到小魚兒，心裡就發疼。小魚兒對她實在不錯，而她對小魚兒呢？這惡毒而殘酷的計畫，可說全都是她安排的。小魚兒和花無缺悲慘的命運，只要她說一句話，就可以完全改觀，而她竟不能、也不敢將這句話說出來！

小魚兒向燕南天和萬春流恭恭敬敬行了個禮，就走了出去。花無缺已在等著他，但他卻像是一點也不著急，一一向各人打招呼。

然後向花無缺走了過來。

花無缺望著他在向每個人訣別，心裡也不知是什麼滋味。因爲只有他知道小魚兒是絕不會死的。他已答應了鐵心蘭，爲了遵守諾言，他已決心犧牲自己，死，並不是容易的事，一個人到了臨死的時候，才知道生命是值得留戀的，但鐵心蘭的情感，卻更令他刻骨銘心，永難捨棄，在兩者不可兼得時，他只有捨棄生命，選擇愛情。

看到軒轅三光和小仙女他們對小魚兒所生出的同情和惋惜，花無缺心裡更不知是何滋味。現在，他已抱定必死之心，卻連一個訣別的對象都沒有。

他問自己：「我死了以後，有誰會爲我悲傷，爲我流淚？」他幾乎忍不住要奔到鐵心蘭面前，和她抱頭痛哭一場，可是他並沒有這樣做，也不能這樣做。他只能靜靜的站在那裡，等小魚兒過來……

決戰已開始！

江湖中每天、每時、每刻，都不知有多少人在作生死的決戰，但千百年來，只怕再也不會有一次決戰比這次更令人傷感的！因爲在這一場決戰中，兩個人都不願傷害對方，兩個人都寧可犧牲自己，這種情況已是江湖中從來未見的了。更令人傷感的是，在這一場決戰中死者固然可悲，能活下來的一個人命運卻更悲慘。

甚至在決戰尚未開始時，甚至遠在二十年之前，兩個人都已注定只有死路一條。而這兩人偏偏竟是親生的兄弟。在場的人，除了移花宮主之外，無論誰若知道這情況，只怕都難免要傷心落淚，只可惜在兩人沒有死之前，誰也不會知道這秘密！

只有鐵心蘭的心情，和每個人都不同。花無缺和小魚兒出手前並沒有說話！這也許是因爲他們覺得所有的話都早已說完了，現在已沒有什麼好說的。花無缺也並沒有向鐵心蘭說話，雖然鐵心蘭的命運已和他聯繫在一起，無疑已是他生命中最重要的一個。

「開始！」燕南天的叱聲方起，兩人已猝然動手。但在花無缺出手之前，鐵心蘭卻發現他向她瞧了一眼。

只瞧了一眼！雖然只瞧了一眼，但卻已勝過千言萬語。鐵心蘭看到他的目光，已知道他是在向她訣別，在向她允諾，在向她表示他那比山還堅定，比海還深邃的愛情。她已知道他這是在對她說：「我一定不會辜負你，小魚兒一定不會死，你放心吧。」

但鐵心蘭的心都已碎了。她所要求的，現在固然已得到，但這難道真是她所要求的嗎？她難道真希望花無缺死？她望著花無缺，眼淚在流下面頰。

「我也一定不會辜負你的，你放心吧！」她悄悄的後退，退了出去，因爲她無論如何也不忍心眼見花無缺爲她而死，死在她面前。因爲花無缺不但是她的情人、她的夫婿，也是她的朋友、她的兄弟、她的靈魂、她的生命……

一二六 生離死別

白雲縹緲。

蘇櫻倒在樹下，癡癡的望著這縹緲的白雲，眼淚早已流盡了。因爲她的生命和靈魂，她的情人和夫婿，此刻正在這縹緲的白雲間，在和別人作生死的決鬥。她卻連這次決鬥的結果都不知道。小魚兒現在究竟是勝？是負？是生？還是死？……

蘇櫻揉了揉眼睛，告訴自己：「我爲什麼還要關心他？他和我還有什麼關係？」

她想站起來，振作自己，怎奈她不但心已碎了，整個人都似全都碎了，哪裡還能站得起來？忽然間，樹後有一陣悲慘的哭聲傳了過來，彷彿有個人已撲倒在這棵樹的另一邊。這棵樹三人合抱，所以她並沒有發現樹後的蘇櫻。

蘇櫻卻已聽出她就是鐵心蘭。心中忖道：「鐵心蘭爲何到這裡來？爲何如此傷心？難道那一場決戰已結束，難道小魚兒和花無缺之間已有個人死了？可是，死的是誰呢？」蘇櫻掙扎著爬起，繞了過去。

鐵心蘭猝然一驚，失聲道：「你也在這裡？」

蘇櫻緊緊拉著她的手臂，道：「他……他已死了？」

鐵心蘭黯然點了點頭，又痛哭起來。蘇櫻只覺頭腦一陣暈眩，整個人都似已崩潰。她的人還未倒在地上，也失聲痛哭了起來。

兩人對面坐在樹下，對面痛哭，也不知哭了多久，鐵心蘭忽然問道：「小魚兒沒有死，你哭什麼？」

蘇櫻怔了怔，抽泣著道：「小魚兒沒有死？死的難道是花無缺？」

鐵心蘭道：「嗯。」蘇櫻又驚又喜，但忽然大聲道：「我不信，小魚兒是絕不會殺花無缺的。」

鐵心蘭道：「不是他殺死了花無缺，而是花無缺殺死了自己。」

蘇櫻道：「他殺死了自己？為什麼？」

鐵心蘭嘴唇都已咬得出血，顫聲道：「因為……因為我求他莫要殺小魚兒，他答應了我，自己只有死……」

蘇櫻吃驚的張大了眼睛，望著她，就好像從來沒有見過她這個人似的，過了很久，才一字字道：「你明知花無缺只有一死，還要求他莫要殺死小魚兒？」鐵心蘭全身似已痙攣，痛苦的咬緊了牙。

蘇櫻道：「花無缺明知如此，還是答應了你？」

鐵心蘭痛苦的目光中露出一絲溫柔之色，道：「他本就是世上最偉大的人。」

蘇櫻道：「但你為了小魚兒，而不惜要這最偉大的人死？想不到你對小魚兒的情感竟如此深厚……」

鐵心蘭忽然大聲道：「但我真心愛著的並不是小魚兒。」

蘇櫻道：「不是小魚兒，難道是花無缺？」

鐵心蘭流淚道：「不錯，我……我愛的是他，全心全意的愛他，你永遠不知道我現在愛他有多深，沒有人知道我愛他有多深。」

蘇櫻道：「但你卻要他死！」

鐵心蘭掩面痛哭道：「不錯，因爲我已決心要陪著他一起死。」

蘇櫻望著鐵心蘭，像是也怔住了，過了半晌，才長長嘆了口氣：「你這是爲了什麼呢？」

鐵心蘭痛哭著道：「因爲我愛上了花無缺，花無缺也愛上了我，我覺得我們都對不起小魚兒，所以我們只有死……只有以死才能報答他！」

蘇櫻長嘆道：「我還是不懂，雖然我也是女人，卻還是不懂你的心意，難怪男人都說女人的心比海底的針更難捉摸了……」突見鐵心蘭身子一陣抽搐，全身似將縮成一團。

蘇櫻失聲道：「你怎麼樣了？」

鐵心蘭緊閉眼睛，滿面俱是痛苦之色，但嘴角卻露出了一絲微笑，這微笑看來竟充滿了愉快和幸福之意。她一字字道：「現在他已死了，我也要死了，我們立刻就要相聚，世上所有醜惡殘酷，痛苦的事，再也不能傷害到我們。」

蘇櫻拉著她的手，道：「胡說，你不會死的。」

鐵心蘭淒然笑道：「我已服下世上最毒的毒藥，已是非死不可的了……」

現在，小魚兒和花無缺已鬥到七百招。兩人的武功都宛如長江大河之水，滾滾而來，永無盡時，奇招妙著，更是層出不窮，簡直令人目不暇接，不可思議！

但這一戰卻已顯然到了尾聲。這並不是說兩人內力已竭，而是兩人都已不願再打下去了。他們正如一對孔雀，已開過美麗的屏花。現在，他們已是死而無憾！

蕭女史不住搖著頭嘆息道：「可惜呀，可惜！這兩個孩子都是百年難遇的武林奇才，無論誰死了都可惜得很。」

禰十八也不禁嘆息著點了點頭，道：「這就叫造化弄人……造化弄人……」

別人的心情又何嘗不和他們一樣？就連燕南天都不禁對花無缺起了憐惜之意，他固然希望小魚兒能戰勝，卻也不願眼見花無缺這樣的少年慘遭橫死。卻不知這兩人根本就沒有誰能活下去。

只有憐星宮主知道這秘密，她蒼白而美麗的面容上，也不禁露出了激動之色，在心裡喃喃自語：「我怎能讓這兩人死？花無缺是我從小帶大的孩子，小魚兒不但救過我的命，而且也保全了我的顏面，我怎麼能眼看這兩人死在我面前！」

她忽然衝了出去。在這一剎那間，她已將二十年前的仇恨全都忘得乾乾淨淨，只覺心裡熱血澎湃，不能自已。

她忍不住大聲道：「住手，我有話說。」只可惜她的聲音已嘶啞，而大家又全都被眼前這一場驚心動魄的大戰所吸引，並沒有留意到她在說什麼。

而邀月宮主卻留意到她了。她一句話方出口，邀月宮主已掠到她身邊，出手如電，拉住了她的手臂，扣住了她的穴道，厲聲道：「你有什麼話說？」

憐星宮主流下淚來，道：「大姊，二十年前的事，已過去很久了，江楓他們雖然對不住你，可是……可是他們如今連屍骨都已化爲飛灰，大姊，你……何必再恨他們呢？」

「你難道想饒了他們？」邀月宮主的臉色又白得透明了，道：「你難道想要在此時說出他們的秘密？」

憐星宮主道：「我只是想……」

她忽然發現邀月宮主的臉色，忍不住機伶伶打了個寒噤。邀月宮主一字字道：「從你七歲的時候，就喜歡跟我搗蛋，無論我喜歡什麼，你都要和我爭一爭，無論我想做什麼，你都要想法子破壞！」她的臉色愈來愈透明，看來就宛如被寒霧籠罩著的白冰。

憐星宮主臉色也變了，顫聲道：「你……你莫忘了，我畢竟是你的妹妹。」她身形急轉，想藉勢先甩開邀月宮主的手，但這時已有一陣可怕的寒意自邀月宮主的掌心傳了出來，直透入她心底。

憐星宮主駭然道：「你瘋了，你想幹什麼？」

邀月宮主一字字緩緩道：「我並沒有瘋，只不過，我等了二十年才等到今天，我絕不會再讓任何人來破壞它，你也不能……」她每說一字，憐星宮主身上的寒意就加重了一分，等她說完了這句話，憐星宮主全身都已幾乎僵硬。她只覺自己就好像赤身被浸入一湖寒水裡，而四周的水正在漸漸結成冰，她想掙扎，卻已完全沒有力氣。邀月宮主根本沒有看她，只是凝注著小魚兒和花無缺，嘴角漸漸露出一絲奇異的微笑，緩緩道：「你看，這一戰已快結束了，江楓和月奴若知道他們的孿生子正在自相殘殺，一定會後悔昔日爲何要做出那種事的。」

憐星宮主嘴唇顫抖著，忽然用盡全身力氣，大呼道：「你們莫要再打了，聽見了嗎？因爲你們本是親生的兄弟！」

邀月宮主冷笑著，並沒有阻止她，因爲她雖然用盡了力氣在呼喊，但別人卻只能聽到她牙齒打戰的聲音，根本聽不出她在說什麼。憐星宮主目中不覺流出了眼淚來，數十年以來，這也許是她第一次流淚，但她流出來的眼淚，也瞬即就凝結成冰。

她知道小魚兒和花無缺的命運現在才是真的沒有誰能改變了，因爲現在世上知道這秘密的人已只剩下邀月宮主。而邀月宮主卻是永遠不會說出這秘密的，除非等到小魚兒或花無缺倒下去，那時所有的事便已到了結局。這一段錯綜複雜，糾纏入骨的恩怨，也唯有到那時才會終止。這結局實在太悲慘，憐星宮主已不願再看下去。事實上，她也已無法看下去。

鐵心蘭倒在蘇櫻懷中，喘息著，掙扎著道：「我……我們總算是姊妹，現在我想求你一件事，不知道你答不答應？」

蘇櫻溫柔的撫摸著她的頭髮，柔聲道：「無論你要我做什麼，只管說吧。」

鐵心蘭道：「我死了之後，希望你能將我和花無缺埋葬到一起，也希望你告訴小魚兒，我雖然不能嫁給他，但我始終是他的姊姊，他的朋友。」

蘇櫻揉了揉眼睛，道：「我……我答應你。」

鐵心蘭凝注著她，緩緩又道：「我也希望你好好照顧小魚兒，他雖然是匹野馬，但有你在他身旁，他也許會變得好一些的。」

蘇櫻幽幽嘆息了一聲，道：「他會麼？」

鐵心蘭道：「嗯，因爲我很瞭解他，我知道他真心喜歡的，只有你一個人，至於我……他從沒有喜歡過我，只不過因爲他很好強很好勝……」

蘇櫻顫聲道：「我知道，我全知道，求你莫要再說，無論你要我做什麼，我都答應你。」

鐵心蘭嫣然一笑，緩緩闔起眼瞼。她笑得是那麼平靜，因爲她已不再有煩惱，不再有心事。蘇櫻望著她，卻已不禁淚落如雨……

花無缺的手已漸漸慢了下來。他知道時候已到了，已沒有再拖下去的必要。

無論任何事，遲早都有結束的時候，到了這時候，他的心情反而特別平靜。嫉妒、愛憎、好勝、炫耀……這些世俗的情感，忽然之間都已昇華，這種情感的昇華正是人類至高無上的情操。

他只希望小魚兒能好好的活著，鐵心蘭能好好的活著，所有他的朋友和仇敵都好好活著，而且活得愉快。他當心著小魚兒的出手，等待著機會。

等待著機會死！

他準備讓小魚兒「勝」得光光彩彩，既不希望被任何人看出他是自己送死的，更不希望被小魚兒自己知道。所以他既不能故意露出破綻，更不能自己撞到小魚兒掌下去，他要等待小魚兒施展出一著很奇妙的招式時，再故意「閃避不開」！

只見小魚兒身形旋轉，左掌斜斜劈下，右掌卻隱在身後。花無缺知道他這左掌本是虛招，隨在身後的那隻右掌才是真正的殺手，對方招架他左掌時，他身子已轉過，右掌就會忽然自脅下穿出。這一招虛虛實實，連消帶打，而且出手的部位奇秘詭異，本可算得上是江湖罕見的絕招殺手。

但小魚兒卻似已打暈了頭，竟忘了這一招他方才已使出過一次，花無缺方才避開他這一招時雖曾遇險，可是現在卻已對這一招瞭如指掌。

這正是花無缺的「機會」到了。他手掌自下面反切上去，直切小魚兒脅下，只因他知道等他這一掌切到時，小魚兒身子已轉過，他這一掌就落空，那時他「招式已用老」，等小魚兒右掌穿出時，他便要立斃在小魚兒掌下。所以他這一招看來雖也是連消帶打的妙著，其實卻是送死的招式。

誰知小魚兒這一次身形轉得竟比上次慢了好幾倍，等花無缺一掌切到他脅下時，他身子竟還沒有轉過去，脅下軟骨，本是人身要害之一。花無缺本已成竹在胸，故意將這一掌招式用得很老，所以等他發現不妙時，再想收招變式已來不及了。

只聽「砰」的一聲，小魚兒已被他打得飛了出去！

四下驚呼聲中，燕南天一掠七丈，如大鵬般飛掠了過來。軒轅三光等人也驚呼著趕到小魚兒面前。只見小魚兒面如金紙，氣若遊絲，已是奄奄一息，再一探他的脈搏，亦是若斷若續，眼見生機便已將斷絕。無論誰都可以看出他是萬萬活不成的了。

燕南天已不覺急出了滿面痛淚，跺腳道：「你……你明明可以避開那一招的，你……你……你……」

小魚兒淒然一笑，掙扎著道：「我本想用這一招故意誘他上當的，誰知……誰知他……」

他急劇的咳嗽著，嘴角已沁出了血絲，喘息著又道：「這只因我……我太聰明了，反而弄巧成拙……弄巧成拙……」

他將「弄巧成拙」這句話一連說了兩次，聲音愈來愈微弱，眼瞼漸漸闔起，喘息漸漸平靜……

他似乎還想張開眼來，對他所留戀的這世界再瞧最後一眼，但無論他多麼努力都已沒有用了。他的眼睛再也張不開來。

花無缺木立在那裡，心神已完全混亂，眼前卻變成了一片空白，什麼都不能思想，什麼都已看不到。

小魚兒竟死了！小魚兒竟被他殺死了！

他只希望這件事不是真的，而是一場夢，噩夢！他的眼淚都似已枯竭。

燕南天忽然怒喝一聲，反身一掌向花無缺劈下，花無缺卻站著動也沒有動。

邀月宮主正在檢查小魚兒的脈搏，此刻忽然一掠數丈，將花無缺拉出了燕南天的掌風中。

邀月宮主悠然道：「方才我拉開了無缺，其實卻是救了你！只因世上誰都可以殺他，只有你是萬萬殺不得他的！」

燕南天道：「爲什麼？」

邀月宮主目中閃動著一絲殘酷的笑意，道：「你可知道他是誰麼？」

燕南天忍不住問道：「他是誰？」

邀月宮主忽然瘋狂般大笑起來，指著花無缺道：「告訴你，他也是江楓的兒子，他本是小魚兒的孿生兄弟。」

這句話說出，四下立刻騷動起來。燕南天卻怔住了，怔了半晌，才怒喝道：「放屁！」

邀月宮主大笑著道：「我等了二十年，就是在等今天，等他們兄弟自相殘殺而死，我等了二十年，直到今天才能將這秘密說出來，我實在高興極了，痛快極了！」

燕南天狂吼道：「無論你怎麼說，我連一個字都不相信。」

邀月宮主咯咯笑道：「我知道你會相信的，一定會相信的，你仔細一想，就會發覺他們兩人有多麼相似，你再看看他們的眼睛，他們的鼻子……」燕南天雙拳緊握，已不覺汗出如漿。

邀月宮主笑著道：「你可知道我爲什麼要逼他們兩人動手？你可知道我爲什麼一定要花無缺親手殺死小魚兒？……你們本來一定想不通這道理，是嗎？現在你們雖已明白，卻已太遲了，太遲了……」

這秘密實在太驚人，宛如晴空中忽然劈下的霹靂，震得所有的人全都呆住了，心裡雖然激動，卻反而連絲毫聲音都發不出來。天地間彷彿只剩下了邀月宮主瘋狂的笑聲。

大家想到花無缺和小魚兒以前的種種情況，縱然想不信邀月宮主的話，也是萬萬無法不信了。大家心裡也不知是驚訝，是憤怒，還是同情……也許這許多情感都有一些，但畢竟還是憐憫和同情多些。

只見花無缺臉色發白，望著地上小魚兒的屍體，身子漸漸開始發抖，愈抖愈厲害，到後來抖得連站都站不住了，全身縮成一團。

燕南天望著這一生一死兄弟兩人，岩石般的身形竟似也要開始崩潰，在這一刹那間，他才真正變成了個老人。他心裡充滿了悲哀和痛悔。

「我爲什麼也要逼著他們兩人動手？爲什麼不阻止他們？」他知道這一切都是爲了仇恨！他現在也已知道仇恨並不能爲任何人帶來光榮，仇恨帶來的，只有痛苦，只有毀滅！但現在他才知道已太遲了！他甚至已悲痛得連憤怒的力量都失去，非但沒有向邀月宮主挑戰，甚至連看都沒有再看她一眼。

邀月宮主卻在看著他們。她目光中的笑意看來是那麼殘酷，那麼惡毒，瞪著花無缺冷冷道：「你自己殺死了你自己的兄弟，你還有什麼話說？」花無缺以手掩面，全身都縮到地上。

邀月宮主獰笑著道：「你莫忘了，你身上還有一柄『碧血照丹心』，你現在總該相信這是柄魔劍了吧。無論誰得到它，都只有死！」花無缺霍然抬起頭，「碧血照丹心」已在他手上！

碧綠色的短劍，在夕陽下散發著妖異的光芒。雖然每個人都知道他要做什麼，但卻沒有任何人能阻止他，無論誰落到這種地步，也都只有死，非死不可！

邀月宮主一字字道：「現在你的時候已到了，你還等什麼？」花無缺反手一劍，向自己胸膛刺下！

忽然間，一隻手伸過來，奪去了花無缺掌中的劍！要自花無缺手上奪劍，本不是件容易事，但現在，花無缺已幾乎完全崩潰，他抬起頭，瞪了這人很久，才顫聲道：「你是誰？爲什麼不讓我死？」

一二七　眞相大白

奪劍的人竟是萬春流。他嘆息了一聲，緩緩道：「一個人若是要死，那是誰也攔不住的。」

邀月宮主厲聲道：「你既然知道，爲什麼還要來多事？」

萬春流根本不理她，還是凝注著花無缺，柔聲道：「我並不是阻止你，只不過勸你再多等片刻，也許還不到半個時辰，過了半個時辰後，你若還是要死，我保證絕沒有任何人來阻止你。」

他望著手裡的劍，接著又道：「到了那時，無論任何人想死，我非但絕不阻止，而且還會將這柄劍親自交到她手上。」

邀月宮主大笑道：「半個時辰？這半個時辰難道還會有鬼麼？孩子，我勸你還是莫要再等了吧，多等一刻，你就多受一刻的痛苦！」

「狂獅」鐵戰忽然大喝道：「就算再多受片刻痛苦又有何妨？你難道連這點勇氣都沒有？」

邀月宮主怒道：「你是什麼人？竟敢在我面前多嘴？」

鐵戰大怒道：「我多了嘴又怎樣？」

他的喝聲更大，邀月宮主臉色又開始透明，一步步向他走了過來，道：「誰多嘴，我就要他死！」

蕭女史忽也冷冷一笑，站到鐵戰身旁，道：「我平生什麼都不喜歡，就喜歡多嘴。」

禰十八嘆了口氣，道：「我的脾氣也正和她一樣！」

俞子牙道：「還有我！」

剎那之間，這些久已隱跡世外的武林高人，都已站在一排，靜靜的凝注著邀月宮主，每雙眼睛都是清澈如水，明亮如星。

邀月宮主驟然停下腳步，望著各人的眼睛，她只有停下腳步，過了半晌，才淡淡一笑，道：「我既已等了二十年，又何在乎多等這一時半刻？」

除了萬春流之外，誰也不知道在這短短半個時辰中，事情會有什麼變化？但萬春流卻似胸有成竹，竟盤膝坐到花無缺身旁，閉目養起神來。

燕南天呆了很久，緩緩俯下身，抱起了小魚兒的屍體。

但萬春流卻忽然大聲道：「放下他！」

燕南天怔了怔，道：「放下他？爲什麼？」

萬春流道：「你現在不必問，反正馬上就會知道的。」

燕南天默然半晌，剛將小魚兒的屍體放回地上，突然又似吃了一驚，再拉起小魚兒的手。只見他面色由青轉白，由白轉紅，忽然放聲大呼道：「小魚兒沒有死，沒有死……」

邀月宮主也一驚，但瞬即冷笑道：「我知道他已死了，我已親自檢查過，你騙我又有什麼用？」

燕南天大笑道：「我爲何要騙你？他方才就算死了，現在也已復活！」

這句話說出來，騷動又起，大家心裡雖都在希望小魚兒復活，但卻並沒有幾個人相信燕南天的話。邀月宮主更忍不住大笑起來，指著燕南天道：「這人已瘋了，死人又怎會復活！」

燕南天仰首而笑，也不去反駁她的話，大家見到他的神情，心裡也不禁泛起一陣悲痛憐惜之心。這一代名俠只怕真的已急瘋了。死人又怎會復活?!

但就在這時，突然一人道：「誰說死人不能復活？我豈非已復活了麼？」

驟然間，誰也不知道這句話究竟是否小魚兒自己說出來的，但小魚兒的「屍體」卻已自地上坐了起來！

死人竟真的復活了！大家幾乎不相信自己的眼睛，怔了半晌，又忍不住歡呼起來，有的人心裡已恍然大悟，原來小魚兒方才只是在裝死！

但邀月宮主卻知道他方才是真的死了，因爲她已檢查過他的脈搏，知道他呼吸已停，脈搏已斷，連心跳都已停止，他怎會復活的？難道真的見了鬼麼？邀月宮主瞪著小魚兒，一步步向後退，面上充滿了恐懼之色。

小魚兒望著她嘻嘻一笑，道：「你怕什麼？我活著時你尚且不怕，死了後反而害怕了麼？」

邀月宮主顫聲道：「你……你究竟在玩什麼花樣？」

小魚兒大笑道：「小魚兒玩的花樣你若也猜得到，你就是天下第一聰明人了。」他轉向萬春流，道：「她什麼都說了？」

萬春流拉起了花無缺，微笑道：「她什麼都說過了，這秘密其實只需一句話就可說明！你們本是親兄弟，而且是孿生的兄弟！」

小魚兒歡呼一聲，跳起來抱住了花無缺，大笑道：「我早知道我們絕不會是天生的對頭，我們天生就應該是朋友，是兄弟！」他雖然笑著，但眼淚卻也不禁流了出來。

花無缺更是已淚流滿面，哪裡還能說得出話？燕南天張開巨臂，將這兄弟兩人緊緊擁抱在一起，仰天道：「二弟，二弟，你……你……」他語聲哽咽，也唯有流淚而已。

但這卻是悲喜的眼淚，大家望著他們三人，一時之間，心裡也不知是悲是喜？熱淚也不禁奪眶而出。慕容雙情不自禁依偎到南宮柳懷裡，心裡雖是悲喜交集，卻又充滿了柔情蜜意，再看她的姊妹，亦是成雙成對，互相偎依。

蕭女史擦著眼睛，忽然道：「無論你們怎樣，我卻再也不想回去了，這世界畢竟還是可愛的。」

邀月宮主木立在那裡，根本就沒有一個人睬她，沒有人看她一眼，她像是已完全被這世界遺棄。

只有萬春流卻緩緩走到她面前，緩緩道：「水能載舟，亦能覆舟，毒藥能害人，亦能救人，其中的巧妙雖各有變化，運用卻存乎一心。」

他微微一笑，接著道：「若將幾種毒草配煉到一起，就可煉出一種極厲害的麻痺藥，剎那間就可令人全身麻痺，呼吸停止，和死人無異，若用這種麻藥來害人，自然就可乘人在麻痺時爲所欲爲，但在下配煉這種麻藥，卻是爲了救人，因爲它不但可以止痛，還可要人上當！」

說到這裡，邀月宮主面上的肌肉已開始抽搐。但萬春流還是接著說了下去，道：「小魚兒還未動手之前，就問我要了這些麻藥，他從小和我在一起，深知這種麻藥的用法，所以就想到用它來裝死，因爲他也知道他一死之後，你一定會將所有的秘密說出來。」

他又笑了笑，道：「這孩子實在聰明，所想出的詭計無一不是匪夷所思，令人難測，也就難怪連宮主都會上了他的當了。」他雙手將那柄「碧血照丹心」捧到邀月宮主面前，悠然道：「花無缺既已用不著這柄劍了，在下只有將之交回給宮主，宮主說不定會用得著它，是麼？」他微笑著轉身，再也不回頭去瞧一眼。邀月宮主這時只要一揮手，就可將他立斃於劍下！

但萬春流卻知道以邀月宮主此刻的心情，是必定再也不會殺人的了，也許她唯一殺的人，就是她自己！「碧血照丹心」也許的確是柄不祥的魔劍！

蘇櫻早已來了，她來的時候，正是小魚兒「復活」的時候，但直到這時她才擦乾眼淚，走了過去。小魚兒忽然發現了她，又驚又喜，道：「你也來了，我知道你一定會回來的。」

蘇櫻面上冷冰冰的毫無表情，道：「我這次來，只因爲我已答應過別人，到這裡來辦一件事。」

小魚兒道：「你答應了誰？來辦什麼事？」

蘇櫻道：「我答應了鐵心蘭，到這裡來……」

她話未說完，鐵戰、花無缺已同時失聲道：「她的人呢？」

蘇櫻望著花無缺，道：「她只想讓你知道，她雖要你爲她而死，可是她自己也早就準備陪著你死了，她還要我將你們兩人的屍體葬在一起。」

花無缺流淚道：「我……我知道她絕不會負我的，我早已知道。她……她的人現在哪裡？」

蘇櫻道：「她早已服下了毒藥，準備一死……」

鐵戰狂吼一聲，扼住了花無缺的喉嚨，大吼道：「都是你這小子害了她，我要你陪命！」

花無缺的人早已呆了，既不掙扎，也不反抗，只是喃喃道：「不錯，是我害了她……是我害了她……」

大家本來爲他們兄弟高興，此刻見了花無缺的模樣，心情又不禁沉重了起來，總覺得蒼天實在不公，爲什麼總是對多情的人如此殘忍。誰知這時小魚兒卻忽然大笑起來。

鐵戰大怒道：「你這畜牲！你笑什麼？」

小魚兒笑道：「莫說鐵心蘭只不過服下了一點毒藥，就算她將世上的毒藥全都吞下去，蘇姑娘也有法子能將她救治的，蘇姑娘，你說對不對？」

蘇櫻狠狠瞪了他一眼，但還是點了點頭，向花無缺展顏笑道：「我本來也想讓你著急的，可是見了你這副樣子，我可不忍了……你快去吧，她就在那邊的樹下，現在只怕已醒來了。」

花無缺大喜道：「多謝……」他甚至等不及將這多謝兩個字說完，人已飛掠了出去。

鐵戰也想跟他一起走，但蕭女史卻拉住了他，笑道：「那邊的地方很小，你過去就嫌太擠了。」

鐵戰怔了怔，但畢竟還是會過意來，大笑道：「不錯不錯，太擠了，的確太擠了……」

小魚兒笑嘻嘻的剛想去拉蘇櫻的手，但蘇櫻一見到他，臉立刻沉了下去，一甩手扭頭就走。

這時邀月宮主竟忽然狂笑起來，狂笑著抱起她妹妹的屍體，狂笑著衝了出去，瞬眼間就消失在蒼茫的迷霧中。

但這時小魚兒誰也顧不得了，大步趕上了蘇櫻，笑道：「你還在生我的氣？」蘇櫻頭也不回，根本不理他。

小魚兒道：「就算我錯怪了你，你也用不著如此生氣呀。」蘇櫻還是不理他。

小魚兒道：「我已經向你賠不是了，你難道還不消氣？」蘇櫻好像根本沒聽見他在說什麼。

小魚兒嘆了口氣，喃喃道：「我本來想求她嫁給我的，她既然如此生氣，看來我不說也罷，也免得去碰個大釘子。」

蘇櫻霍然回過頭，道：「你……你說什麼？」

小魚兒眨了眨眼睛，攤開雙手笑道：「我說了什麼？我什麼也沒有說呀。」

蘇櫻忽然撲了上去，摟住了他的脖子，咬著他的耳朵，打著他的肩頭，跺著腳嬌笑道：「你說了，我聽見你說了，你要我嫁給你，你還想賴嗎？」

小魚兒耳朵被咬疼了，但此刻他全身充滿了幸福之意，這一點疼痛又算得了什麼？他一把將蘇櫻抱了起來，大步就走。

蘇櫻嬌呼道：「你……你想幹什麼呀？」

小魚兒悄悄道：「這裡的人太擠了，我要找個沒人的地方去跟你算賬！」

蘇櫻飛紅了臉，道：「你……你方才說的話，賴不賴？」

小魚兒笑道：「男子漢大丈夫，說出的話還能賴嗎？」

蘇櫻「嚶嚀」一聲，緊緊勾住了他脖子，在他耳邊悄悄道：「不錯，這裡人實在太多了，你快帶我走吧，從今以後，無論你要走到哪裡去，我都跟著。」

慕容雙依偎在南宮柳懷裡，臉上也是紅紅的，紅著臉笑道：「你難道不覺得人太擠了麼？」

南宮柳溫柔的望著她，悄悄道：「你也想回家？」

慕容雙垂下了頭，悄笑道：「何必回家，只要是沒有人的地方……」

突聽慕容珊珊嬌笑道：「好呀，老夫老妻的，還在這裡肉麻當有趣，也不怕害臊麼？」

慕容雙紅著臉，跺腳道：「鬼丫頭，誰叫你來聽我們悄悄話的。」

慕容珊珊笑道：「我不管你怎麼著急，今天也絕不放你們回去，大家全都要留在這裡，等著和燕大俠一起喝杯酒。」

慕容雙道：「但這裡哪來的酒？」

慕容珊珊笑罵道：「我看你真是暈了頭，難道沒見到軒轅三光方才已拉著鐵大俠去買酒了麼？」

燕大俠大笑道：「不錯，今天務請大家都留在這裡喝一杯，就算是江小魚和江無缺的喜酒吧！」

他將「江無缺」三個字說得特別有力，好像在向大家特別聲明，「花無缺」從此之後就是「江無缺」了！

蕭女史一直在呆呆的出著神，此刻才幽幽的嘆息了一聲，道：「看到了這些年輕人，我才真有些後悔了。」

爾十八道：「後悔什麼？」

蕭女史道：「後悔我以前為什麼總是三心二意的，左也不嫁，右也不嫁，否則我現在也不會像這麼樣孤孤單單的了。」

爾十八道：「可是你現在再打定主意找個人也不遲呀。」

蕭女史嘆了口氣，道：「現在？現在還有誰會要我這老太婆？」

爾十八指著自己的鼻子笑道：「你莫忘了，我到現在也還是孤孤單單的光棍一個。」

蕭女史的臉驟然飛紅了起來，像是忽然年輕了幾十歲，「啪」的輕輕打了爾十八個耳刮子，笑罵道：「瞧你老得牙都快掉了，還敢來打我的主意麼？」

爾十八嘻嘻笑道：「這就叫老配老，少配少，王八配烏龜，跳蚤配臭蟲……」

蕭女史又是一個耳刮子要打過去了，幸好這時鐵戰和軒轅三光已回來，爾十八趕緊迎了上去，道：「你們買的酒呢？」

軒轅三光苦著臉道：「格老子，我的錢早已輸光了，沒想到這老瘋子跟我一樣，也是個窮光蛋，袋子裡連一文錢都沒有。」

歡樂的時候沒有酒，就好像菜裡沒有放鹽一樣。大家正覺得有些失望，忽然發現黑壓壓的一群人「吱吱喳喳」的爬上山來，仔細一看，卻原來是一群猴子。這群猴子有大有小，吵得翻了天，手裡卻都捧著樣東西，竟是些瓶瓶罐罐，破罈子、破茶壺。大家又奇怪，又好笑，正不知這些猴子是爲什麼來的，鼻子裡卻已聞到一陣濃烈的酒香。

爾十八趕上去一看，這些瓶瓶罐罐裡竟裝滿了美酒。他忍不住大笑道：「人沒將酒買回來，猴子卻將酒送來了，看來猴子比我們這些人還強得多。」

軒轅三光嘆了口氣，苦笑著喃喃道：「猴子有時的確比人還聰明些，至少牠們不會去賭錢……」

這時小魚兒正在遠處的一個山洞裡吃吃的笑著，道：「我打賭，他們就算想一萬年，也絕對想不出酒是從哪裡來，是什麼酒？」

蘇櫻像條貓似的蜷伏在小魚兒懷裡，媚眼如絲，似乎根本懶得說話，只是懶洋洋的問著道：「那究竟是什麼酒？」

小魚兒道：「那就叫猴兒酒，就是猴子自己釀出來的。」

蘇櫻道：「猴子也會釀酒？」

小魚兒笑道：「猴子釀的酒，有時比人還好得多，無論酒量多好的人，若是喝多了猴兒酒，至少也得醉三天。」

蘇櫻道：「可是，你究竟是用什麼法子要那些猢猻將酒送去的呢？這連我都不懂了。」

小魚兒眨著眼笑道：「江小魚的妙計，你自然是永遠弄不懂的，你若也和我一樣聰明，我就不會娶你做老婆了。」

蘇櫻忍不住咬了他一口，嫣然笑道：「小魚兒呀小魚兒，你真是個壞東西。」

小魚兒忽然板起臉，道：「我已經是你老公，馬上就要做你兒子的爸爸，你怎麼還能叫我『小魚兒』？」

蘇櫻嬌笑著道：「小魚兒呀小魚兒呀，你就算活到八十歲，做了爹爹，人家還是要叫你小魚兒，因爲『小魚兒』這三個字實在太有名了。」

全書完

古龍精品集 10

絕代雙驕（五）

作者：古龍
發行人：陳曉林
出版所：風雲時代出版股份有限公司
地址：10576台北市民生東路五段178號7樓之3
電話：(02) 2756-0949　　傳真：(02) 2765-3799
封面原圖：明人出警圖（原圖爲國立故宮博物館典藏）
封面影像處理：風雲編輯小組
執行主編：劉宇青
行銷企劃：林安莉
業務總監：張瑋鳳
出版日期：古龍80週年紀念版2019年1月
ISBN：986-146-290-2

風雲書網：http://www.eastbooks.com.tw
官方部落格：http://eastbooks.pixnet.net/blog
Facebook：http://www.facebook.com/h7560949
E-mail：h7560949@ms15.hinet.net
劃撥帳號：12043291
戶名：風雲時代出版股份有限公司

風雲發行所：33373桃園市龜山區公西村2鄰復興街304巷96號
電話：(03) 318-1378　　傳真：(03) 318-1378
法律顧問：永然法律事務所 李永然律師
　　　　　北辰著作權事務所 蕭雄淋律師

行政院新聞局局版台業字第3595號 營利事業統一編號22759935

定價：240元

國家圖書館出版品預行編目資料

絕代雙驕／古龍作.　--　再版.　--　臺北
　市：風雲時代，　2006〔民95〕
　冊；　公分.　--（古龍武俠名著經典系列）
　ISBN 986-146-286-4（第一冊：平裝）
　ISBN 986-146-287-2（第二冊；平裝）
　ISBN 986-146-288-0（第三冊；平裝）
　ISBN 986-146-289-9（第四冊；平裝）
　ISBN 986-146-290-2（第五冊；平裝）
857.9　　　　95008882